KB262066

鬼刀風雲

귀도풍운

야차(夜叉) 新 무협 판타지 소설

FANTASTIC ORIENTAL HEROES

귀도풍운 1
야차 新무협 판타지 소설

초판 1쇄 찍은 날 § 2009년 5월 11일
초판 1쇄 펴낸 날 § 2009년 5월 18일

지은이 § 야차
펴낸이 § 서경석

편집장 § 문혜영
편집책임 § 문정흠

펴낸곳 § 도서출판 청어람
등록번호 § 제1081-1-89호
등록일자 § 1999. 5. 31
어람번호 § 제2-1738호

주소 § 경기도 부천시 원미구 심곡2동 163-2 서경B/D 3F (우) 420-822
전화 § 032-656-4452팩스 § 032-656-4453
http://www.chungeoram.com
E-mail § eoram99@chollian.net

ⓒ 야차, 2009

ISBN 978-89-251-1803-1 04810
ISBN 978-89-251-1802-4 (세트)

야차(夜叉) 新무협 판타지 소설

귀도풍운

1 원수를 가르쳐 도(刀)를 잇다

目次

하얀 입김이 서리가 되어 도신(刀身)에 맺힌다.

코를 가로지르는 검상은 호흡을 흐트러뜨리고 입으로 내뿜는 입김은 칼날을 얼어붙게 한다. 거친 호흡은 사내의 심장을 요동치게 만들고 피가 끓게 만들었다.

그의 생 자체는 운명과 다퉈온 삶이었다.

어머니가 돌아가시고 지옥과도 같은 십 년의 수련을 이겨냈을 때도, 개처럼 사육되어 사냥에 쓰일 때도 그는 끝내 싸워 이겨냈다.

"살아남는 것이 강한 것이다."

첫 사부이자 친형과도 같던 이가 지나가듯 해준 말이지만 그의 인생을 결정짓게 만든 한마디였다.

누군가는 반박할지 모르나 저 한마디를 가슴에 품고 살아온 세월이 곧 증거였다.

틀렸다면 사내는 명줄을 놔도 진작 놨을 테니까.

하나 목표를 향해 거칠게 투쟁해 왔던 시간도 여기서 끝이다. 살아남는 것이 강한 것이라는, 오랫동안 그가 신봉해 왔던 진리를 지우고 그 자리에 다른 것을 채웠다.

문득 날카로운 도신을 거울삼아 자신의 표정을 읽은 사내는 뭐가 우스운 건지 슬쩍 미소 지었다. 이를 드러내고 웃는 모습이 늑대와도 같다.

늑대를 닮은 미소는 그의 삶의 흔적.

어색하기 그지없는 미소지만 그게 지금 그가 지을 수 있는 최상의 미소였다. 그날… 이후로 웃은 적이 그리 많지 않다. 하지만 이제부터는 자주 웃어야 했다. 이곳에서 죽어 설사 지옥에 가더라도 웃는 법을 연습해야 한다. 그것은 그가 새롭게 가슴 안에 채워 넣은 단 하나뿐인 진리이고 소중했던 이와의 약속이었다.

도파(刀把)를 쥔 그의 손목에 힘이 들어갔다.

그리고…….

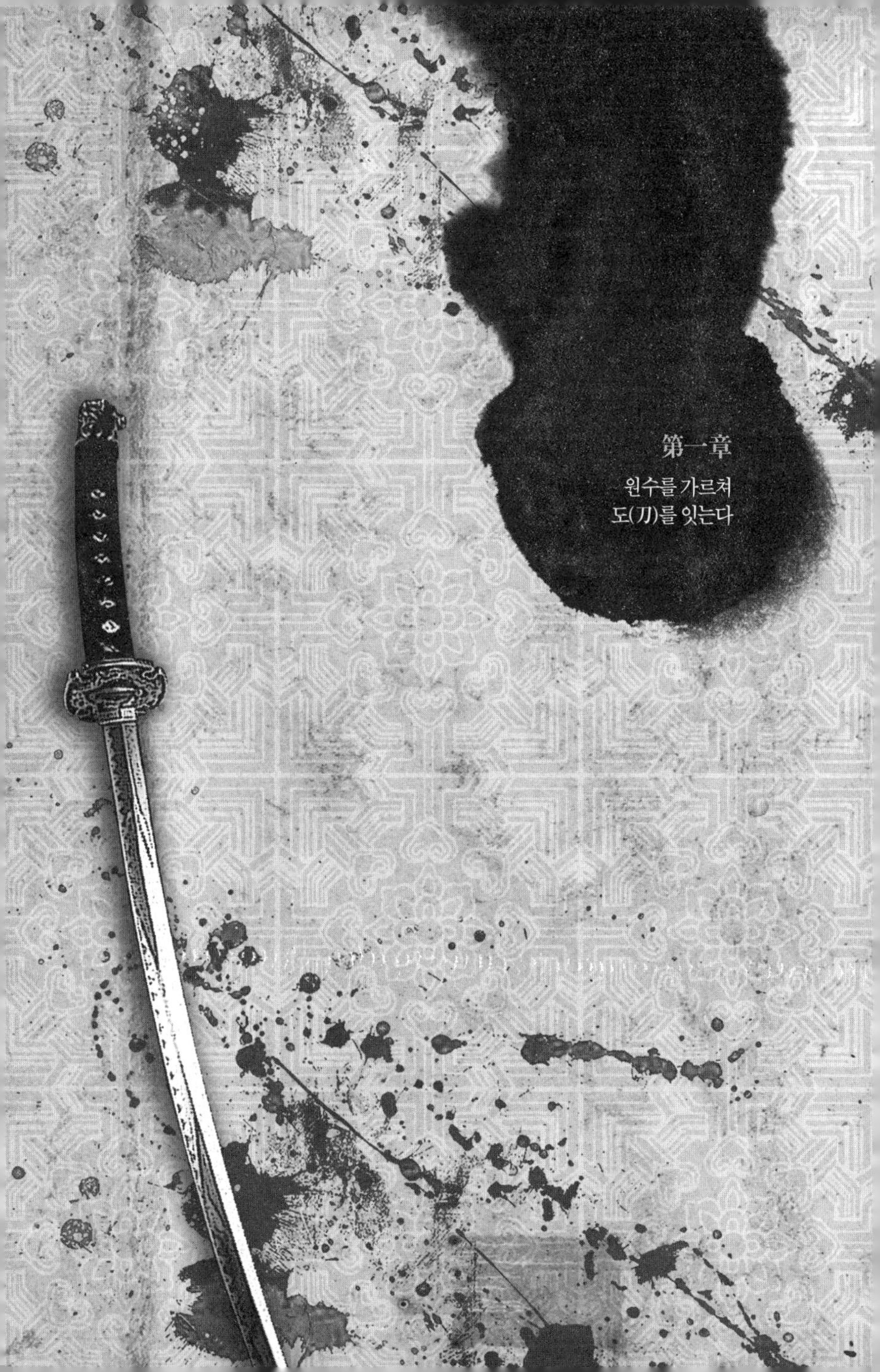

第一章
원수를 가르쳐
도(刀)를 잇는다

칼도
풍운
鬼刀風雲

"**얼**마나 남았다던가?"

"…길어야 넉 달이라고 하더군요."

"그래, 그 질긴 목숨이 이제야 끝장나는군."

"당신 입은 여전히 더럽군요."

여인의 차가운 목소리에 사내의 입꼬리가 치켜 올라간다. 죽음을 앞둔 여인 앞에서 지을 미소는 아닌 듯 보이나, 그처럼 차가운 미소가 어울리는 이도 드물 것이다.

"자네 아들, 벌써 열넷이던가?"

사내의 질문에 여인은 절대 들어선 안 될 질문을 들었다는 듯 눈을 크게 뜨며 대답했다.

그녀의 눈빛에 가득하던 서늘함은 어느새 분노로 바뀌었다.

"그 아이는 손대지 마세요!!"

"흠, 글쎄……."

"차라리 날 죽여요!!"

"넉 달만 기다리면 서로 마주 볼 일 없을 텐데 굳이 내 손을 더럽히긴 싫군."

여인의 목소리가 다급해졌다.

"못난 어미 만나 고생만 하고 자란 아이예요. 그러니… 그러니 그 아일 가만 내버려 둬요."

의자에 앉아 손가락으로 무릎을 두드리는 행위는 사내가 깊은 생각을 할 때 나오는 버릇이었다. 물론 대개가 좋은 생각은 아니었다.

그가 차가운 미소를 지우지 않은 채로 여인을 향해 말했다.

"…기녀 출신 어미 밑에서 자란 아이가 어미마저 죽고 홀로 남았을 때 어찌 되리라 보는가?"

"……."

여인은 이미 답을 알고 있었지만 대답할 수 없었다.

사내는 여인의 대답을 기다리지 않고 말했다.

"기녀들 기둥서방 노릇을 하거나 주먹질이나 하고 다니는 파락호가 되겠지. 그러다가 길바닥에서 눈먼 칼 맞고 죽던가 아니면 매독이 옮아 죽던가. 아! 운이 좋다면 몸 파는 창기들

포주 노릇 정돈 할 수도 있겠군. 그게 자네가 바라는 아들의 미래인가?”

“아, 아니야. 내 아들은 절대 그렇게…….”

“이따위 쓰레기들이나 모이는 곳에서 어미도 없는 고아가 잘도 클 거라 생각하다니, 인생 헛살았군.”

사내의 독설에 여인은 말문이 막힌 듯 입을 닫았다.

그 모습에 사내의 입가에 다시 차가운 미소가 피어났다.

악귀를 닮은 그 미소에 여인은 소름이 돋았다.

그가 차가운 미소를 지우고 다시 말했다.

“오해는 하지 말게. 난 자네 아들에게 기회를 주려는 것뿐이니. 내 양자로 들어오면 무공도 배울 수 있고 학문도 배울 수 있지.”

“양… 자?”

“아, 자넨 무공을 싫어했던가? 그래도 어쩔 수 없지, 내 양자가 되려면 무공은 필수이니까. 잘 가르쳐서 긴히 쓸데도 있고 말이야.”

사내의 마지막 말에 여인의 눈이 표독스럽게 변했다.

“긴히 쓴다고? 역시 내 아들을 이용할 생각이군요!”

사내는 여인의 눈을 바라보며 다시 말했다.

“내가 말실수를 했나 보군. 긴히 쓴다는 말은 큰일에 쓰겠다는 뜻일세. 좋은 집과 좋은 옷, 좋은 음식에 좋은 스승들, 그리고 내가 시키는 일만 잘하면 어느 선까진 출세도 할 수 있을 것이고."

아들을 맡기기엔 좋은 조건이었다.

그러나 여인은 사내를 믿을 수 없었다.

사람을 사람으로 보지 않고 한낱 도구로 보는 이가 아니던가. 목적을 위해서라면 처자식마저도 내칠 위인임을 잘 아는 마당에 자신의 아들을 양자로 보내는 것은 결코 있을 수 없는 일이었다.

하지만 그녀의 목숨은 불과 넉 달여.

아들이 이 남자를 따라가면 어떻게든 이 더러운 시궁창 같은 곳을 벗어날 수도 있으리라.

사내의 말처럼 기녀들 기둥서방이나 파락호가 되느니 무공을 익힌 무인이 되는 것이 훨씬 더 나을지도 몰랐다.

이 기회를 놓친다면 아들에겐 미래가 없을 것이다.

퇴물 기녀의 아들에게 학문이나 무공을 가르칠 사람을 찾기란 매우 힘든 일이었으니까.

결국 그녀는 승낙하기로 했다. 그러나…….

"웃기는군."

사내의 비꼬는 음성에 여인의 눈빛이 흔들렸다.

"한 번에 승낙했어야지. 잘 알 텐데? 난 한 번 거절하면 끝이라는 걸."

"그럼 어떡해요. 제가 무릎 꿇고 빌기라도 할까요?"

여인의 애타는 모습에 사내는 좋은 장난감이라도 얻은 표정을 보이며 웃었다.

"더 좋은 게 있지."

사내가 여인이 덮고 있는 이불 위로 새파랗게 날이 선 단검을 한 자루 던지며 다시 말했다.

"죽게."

여인이 어이없다는 표정으로 그를 노려보자 사내는 당연하다는 목소리로 말했다.

"하나를 얻으면 하나를 내놓기도 해야지. 선택하게. 이 자리에서 죽어 아들의 미래를 살 건지, 아니면 그 얼마 남지도 않은 목숨 넉 달이나마 견뎌서 아들의 미래를 포기할 것인지."

그의 말에 여인은 자신도 모르게 실소를 흘렸다.

이 사내에게 무슨 기대를 했단 말인가? 동정? 자선사업? 잠시지만 그의 성품을 잊고 있었다.

사내는 무슨 악취미인지 절박한 상대에게 거절할 수 없는 조건을 내걸고 항상 극단적인 선택을 하게 만든다.

아니, 어떤 식으로든 사람의 마음을 '시험'한다.

그저 그 시험의 내용이 '선택법'일 뿐인 것이다.

여인이 기녀가 된 것도 그 선택 때문이었다.

"게다가 큰일에 쓰려면 하루도 부족하다네. 열네 살이면 근골이 굳어가는 시기라 무공을 익히기에 약간 늦은 편이거든. 어이쿠, 그러고 보니 넉 달이나 지체할 바엔 차라리 다른 애를 찾는 게 낫겠군. 뭐, 어쨌든 자네가 없어야 자식이 덜 힘들지 않겠나? 나도 편하고 말일세."

다른 아이를 찾아본다는 말에 그녀의 마음이 약해졌다.

"정말… 아이를 잘 돌봐주실 건가요?"

"그럼. 내가 적어도 거짓말은 하지 않는다는 걸 잘 알지 않나? 내 그 아이를 잘 가르쳐 앞으로 이룰 대업에 긴히 쓸 생각이니 걱정 말고 가시게."

내뱉는 말은 청산유수라 참 좋았다. 하지만 결국 자신의 아들을 도구로 쓰겠다는 말이 아니고 뭐겠는가. 대업이라 뭐라 떠들지만 결국엔 강호에 몸담은 이들이 다 그러하듯 피가 튀고 살이 찢기는 위험한 일이리라.

그러나 죽음을 앞둔 여인의 입장에서 사내의 조건은 정말 매력적이었다.

언제 죽을지 모르는 강호무림이나 이 시궁창과도 같은 뒷골목 유곽이나 죽음과 폭력이 가까운 건 마찬가지.

그에 비해 저 사내는 강호무림에서 아주 독보적인 존재였고, 아들이 그의 제자도 아닌 양자로 거둬진다면 이런 홍등가에서 자라는 것보다는 훨씬 나은 대우를 받을 수 있을 것이다.

사내는 슬그머니 일어서서 그녀에게 말했다.

"작별 인사 할 시간 정도는 주지. 하지만 나흘 후엔 자네가 이 세상 사람이 아니길 바라네, 사매."

“…….”

＊　　　＊　　　＊

겨울이다.

천산의 바람은 칼날과도 같아서 눈발이라도 흩날리는 날엔 수십 년을 산 토박이라도 밖에 나가길 주저한다. 더군다나 올해는 지난 이십 년을 통틀어 가장 추운 겨울이었다.

열네 살 남짓한 소년은 추운 것도 마다않고 어미가 든 관을 끌고 있었다. 눈밭에 기다란 길을 내면서까지 아이가 향하는 곳은 바로 거대한 크기를 자랑하는 장원(莊園).

정문 위쪽의 현판에는 강호에서 이름 높은 장주(莊主)가 직접 썼었다는 장원의 이름이 용사비등한 필체로 당당히 걸려 있었다.

목가장(木家莊).

중원 천하에서 가장 이름 높은 열네 개의 가문.

각각 천외육가(天外六家), 칠대세가(七大世家), 마도일가(魔道一家)의 단위로 묶이어 나뉘는 이 열네 가문 중 천외육가의 수장 격인 가문이 바로 이 목가였다.

목가장은 높여 부르는 말로 천산목가라고도 하나, 직계와 방

계가 한데 모여 살고 하나의 성씨를 공유하는 핏줄이 여러 대를 걸쳐 세를 형성하고 있는 다른 가문들에 비하면 혈족의 수도 그리 많지 않고 역사도 짧은지라 세가 약하기 그지없었다.

아니, 오히려 세적인 면에서는 가문이라 부르기도 어려울 만큼 소규모여서 목가장이라 낮춰 부르는 것이 옳았다.

무림에서 가문이라 함은 거대한 생명체와 같다.

하나의 성씨, 하나의 핏줄을 가지고 태어나 자란 수많은 이들이 하나의 지붕 아래 모인 것이 바로 가문인 것이다.

가문의 역사가 오래될수록 그 핏줄의 힘이란 것은 늘어나면 늘어났지 줄어들 리는 없는 법.

그런 의미에서 목가장은 목가장주의 직계 자손들과 몇몇 친인척들만이 사는 곳이니 강호에서 흔히 말하는 가문이라 부르기도 애매했다.

그러나 이토록 세가 약한 장원이 천외육가의 다른 걸출한 가문들을 제치고 수장 자리를 차지할 수 있었던 것은 바로 정사마(正邪魔)를 막론하고 가장 강하다는 당대의 최고수 중 하나가 주인으로 있었기 때문이다.

그 주인이란 바로 십존구마(十尊九魔)의 일인이자 천하에서 도(刀)에 관한한 세 손가락 안에 든다는 도존(刀尊) 목자량이었다.

가문이란 본래 부흥이 목적.

자신이 속한 가문이 천하에 널리 이름을 떨치게 하려는 것이 그 구성원들의 염원이다.

그런 의미에선 천외육가도 다르지 않다.

그들 역시 자신의 핏줄의 위대함을 증명하기 위해 노력한다. 단지 다른 가문들과는 달리 무공의 강함을 증명하려는 것이 주된 목적일 뿐이다.

가문이 아닌 무림 문파들이나 가질 목적이랄까?

핏줄에 연연하지 않는 문파들과는 다르게 천외육가는 그야말로 혈족을 위한, 혈족에 의한 무공 계승을 위해 모인 전형적인 무가(武家)들인 것이다.

오히려 현재 무림 문파들의 무공 연마 목적이 세력 확장과 같은 권력욕에 있는 것을 본다면, 천외육가야말로 옛 시절 홀로 독보강호하고 스스로 강자를 찾아다니며 자신의 강함을 증명하던 무인들의 발자취를 따르는 진정한 무가라 볼 수 있었다. 그런 그들이 도존 목자량과 같은 절세의 고수를 끌어들이는 것은 어찌 보면 당연한 일이었다.

천외육가의 한 축인 목가장의 장주이자 십존구마의 일인.

이러한 목자량의 명성만큼 목가장의 문턱 역시 높기 이를 데 없다.

대체 그러한 곳에 소년은 무슨 볼일인 걸까?

그것도 싸늘히 식은 어미가 담겨 있을 관을 끌고 말이다.

아이는 현판이 걸려 있는 정문에 다다르자마자 큰 소리로 울기 시작했다. 아니, 울부짖었다. 그 같은 울음소리에 대문 안쪽이 소란스러워졌다.

"웬 놈이냐?"

소년의 귓가로 희미한 외침이 들려오는가 싶더니 문이 삐 걱거리며 열렸다.

동시에 나타난 이는 서른 안짝으로 보이는 사내.

키는 작지만 다부진 체구에서 보이는 묘한 박력은 그가 전 형적인 무인임을 말해주었다.

그가 짙은 눈썹을 꿈틀거리며 아이를 보았다.

"뭐냐, 네놈은?"

어느새 울부짖는 것을 멈춘 소년이 대답했다.

"목(木) 장주님을 불러주십시오."

어린 나이의 소년치고는 제법 어른스러운 말투인지라 잠 시 감탄하였으나 그것도 잠시, 사내는 이내 소년의 멱살을 틀 어잡고 들어 올렸다.

"뭐라? 목 장주? 어린놈 주둥이가 너무 방자하구나."

"목가에선 객을 이리 대하십니까?"

"객도 객 나름이지, 어느 객이 남의 집 대문 앞에서 곡소리 를 낸다더냐?"

소년은 슬픈 얼굴로 사내를 응시했다.

사내는 자기도 모르게 가슴 한구석이 아려오는 것을 느꼈 다. 그만큼 소년의 눈빛이 서글퍼 보였기 때문이리라.

소년이 입을 열었다.

"…목 장주께 소월(昭月)과 그의 아들이 왔다 전해드리면 알 것입니다."

소년이 조용하게, 그러나 조금은 차가운 목소리로 입을 열자 사내는 자기도 모르게 소년의 어깨너머로 관을 쳐다보았다. 그리고 다시 소년과 눈을 마주쳤을 땐 멱살을 쥔 손이 무겁게 느껴졌다.

소년의 힘이 세다거나 무거운 것은 아니었다.

소년은 피죽 한 그릇 못 얻어먹었는지 몹시도 말라 있었고, 그나마도 지금 자신에게 멱살이 잡힌 채로 허공에 대롱대롱 매달려 있었기 때문이다. 그저 나이에 어울리지 않게 등에 짊어진 한(恨)의 무게를 느꼈다고나 할까.

도(刀)를 잡으면 나무를 무 자르듯 자를 수 있고 검(劍)을 들면 바위에 시 한 소절을 새겨 넣을 수 있다. 권(拳)을 휘두르면 만년한철에 주먹 자국을 낼 수도 있다. 사내는 그러한 힘을 가지고 있었으나 소년의 눈빛을 이겨내진 못했다.

결국 사내는 소년을 놓아주고 말없이 안으로 들어갔다.

만약 이 광경을 강호의 이름 높은 무인이 보았다면 경악하고도 남았으리라. 도존의 아우이자 강호에서 천리투광(千里鬪狂)이라 불릴 만큼 다혈질인 사내 목자군(木紫涒)의 등을 돌리게 한 것이 겨우 열서넛 정도로 보이는 나이 어린 소년이었으니까.

소년이 밖에서 한참을 기다리자 대문 안쪽에서 다시 인기척이 났다. 잠시 후 대문이 열리며 염소수염에 등이 굽은 꼽추노인이 한 명 나타났다.

노인은 소년을 보자마자 대뜸 물었다.

"네가 현조(炫朝)냐?"

"예."

소년이 대답하자 노인은 슬며시 혀를 차더니 '장주께서 결국' 이라고 중얼거렸다. 그는 현조라는 소년을 일으켜 세웠다.

꼽추노인은 다소 냉정해 보이는 표정으로 말했다.

"장주께서는 너는 거둘 것이나 네 어미는 힘들다 하셨다."

현조의 작은 주먹이 자신도 모르게 움켜쥐어지며 부르르 떨렸다. 현조가 슬픈 눈으로 관을 보며 말했다.

"가묘(家墓)에라도 묻어주시면 안 되겠습니까?"

"불가(不可)."

꼽추노인의 단호한 한마디에 현조는 눈을 감았다.

감은 눈꺼풀 사이로 눈물 한 방울이 스르르 흘러내렸다.

하지만 그런 현조의 얼굴에는 어떠한 감정도 떠오르지 않았다.

현조는 꼽추노인에게 눈빛으로 양해를 구하고 다시 관을 끌기 시작했다.

꼽추노인이 현조에게 물었다.

"어딜 가느냐?"

"가묘는 안 된다 하시니 다른 곳에 묻고 돌아오겠습니다."

매서운 눈발 사이로 멀어지는 소년의 등을 보며 꼽추노인이 다시 혀를 찼다.

어느새 옆으로 다가온 목자군이 꼽추노인에게 물었다.

"저 아이는 대체 뭡니까, 죽(竹) 총관님."

"장주의 아들이네."

목자군이 놀란 듯 눈을 부릅떴다.

형님에게 자식이란 삼남 일녀뿐이었다.

그런데 듣도 보도 못한 아들이라니?

결국 밖에서 낳아온 자식이란 소리였다.

그가 아는 형님은 성정이 좀 괴팍하긴 해도 정실인 목부인을 두고 계집질을 할 리가 없었다. 하지만 눈앞의 현실은 그의 그 같은 믿음이 틀렸음을 가르쳐 주고 있었다.

그가 꼽추노인에게 다시 물었다.

"총관님, 그게 사실입니까? 그렇다면 어미는 누굽니까?"

"천하디천한 년이니 자네가 알 것 없네. 그리고 걱정하는 바가 뭔지는 아네만… 틀렸네. 저 아이는 양자야."

총관의 설명을 듣고서야 이해한 목자군이 안도의 한숨을 내쉴 때 총관은 멀리 보이는 현조를 보며 작게 중얼거렸다.

"가묘라니… 당치도 않은."

목자군은 총관의 그런 반응에 어느 정도 상황을 파악했다.

손이 귀한 것도 아닌데 양자를 들인다라…….

그의 형님이 무슨 꿍꿍인지는 몰라도 소년의 어미와 보통 사이는 아니었음이 분명했다.

목자군은 조금 안쓰러운 얼굴로 현조를 떠올렸다.

'그래서 그리 슬픈 눈을 했더냐?'

현조는 어머니의 장신구를 팔아 장례를 치렀다.

꽤나 비싼 장신구임에도 불구하고 어려서 그런지 값은 크게 쳐주지 않았다.

초라한 어미의 묘 앞에서 현조는 다시 울었다.

자신이 아니면 일가친척 하나 없는 어머니를 위해 누가 울어주겠는가?

문득 분노가 치밀어 올랐다.

꽃다운 나이의 어미를 유곽에 팔아넘기고 십수 년을 가지고 놀다가 늙고 병들자 가차없이 버렸다.

그의 부인은 한술 더 떴다.

사람을 시켜 폐병에 걸린 연약한 여인을 때리고 겁박하였으며 약방에 압력을 넣어 약 한 채 제대로 못 쓰게 했다.

결국 그렇게 죽어갈 때쯤, 목자량이란 자는 죽어달라며 칼을 쥐어주기까지 했다.

그의 뜻대로 되진 않았으나 상당한 충격이었는지 어머니는 병이 악화되어 사흘을 넘기지 못했다.

가슴속에선 증오가 들끓었다.

하나 천한 기녀의 아들을 양자로 받아준 것만 해도 큰 은혜라며 기침을 해대던 어머니의 목소리가 생생했다.

그 유언만 아니었다면, 피를 토하며 죽어가면서도 자신만을 걱정하던 어머니의 그 유언만 아니었더라면 원수에게 일신을 의탁할 리 없었다.

아니, 어쩌면 증오에 못 이겨 복수하려 했을 것이다.

향을 피워두고 자리에서 일어난 현조의 양손에서 피가 흘러내렸다. 주먹을 너무 움켜쥔 나머지 손톱 끝이 피부를 뚫고 들어갔기 때문이다.

현조는 다시 장원으로 향했다. 가고 싶지 않은 마음에 발걸음은 느렸지만 그때마다 어머니의 마지막 유언이 그의 등을 떠밀었다.

*　　　*　　　*

목자량(木紫凉).

천하에 이름 높은 십존구마(十尊九魔). 그중 당당히 도존(刀尊)의 자리를 차지한 희대의 무인.

천하삼대명도 중 하나라는 무랑도(武狼刀)의 주인.

혈마도(血魔刀), 혈성도(血星刀), 참살도(慘殺刀) 등 온갖 잔인한 별호는 다 그의 것.

가장 잔인한 협의를 추구하는 괴물.

천참만륙(千斬萬戮).

악귀(惡鬼).

야차(夜叉).

맹수(猛獸).

귀신(鬼神)…….

이 모든 게 목자랑 한 명에게 붙은 수식어이자 별호였다.

낙향한 문사라고 할 만큼 조용하고 품격 높아 보이는 그의 모습과는 도무지 어울리지 않을 것 같은 별호들이나, 그를 아는 사람들이라면 누구나 인정한다.

그가 적 앞에서 얼마나 잔인해지는지.

검지로 무릎을 두드리던 그가 조용한 목소리로 눈앞의 소년을 향해 말했다.

"원망하느냐?"

"……."

당연하다. 어미의 죽음에 직접적으로 영향을 끼친 자를 어찌 원망하지 않겠는가? 넉 달의 소중한 시간을 사흘로 줄여 버린 장본인을 왜 죽이고 싶지 않겠는가?

펄펄 끓는 용암일지라도 소년의 가슴속 증오보다 못할 것이다. 그러나 소년 현조는 대답하지 않았다.

그저 고개를 들고 목자랑을 쳐다보는 것으로 대답을 대신할 뿐이었다.

목자량의 입꼬리가 기묘하게 올라갔다.

강호에선 그가 짓는 미소를 흉소(凶笑)라 부르며 많은 이가 두려워했다.

"잘됐군. 그 정도 증오라면 충분하겠어."

"……."

"좀 더 원망해라. 좀 더 증오하고 좀 더 미워해라. 훗날 원한다면 내 심장에 칼을 꽂아도 좋다. 그럴 실력이 된다면 말이지."

현조의 주먹 틈 사이로 다시 피가 솟았다. 충혈된 현조의 눈빛에는 아비 될 자에 대한 공경보다는 증오만이 가득했다.

목자량이 다시 말했다.

"네놈이 내 양자가 됐든 어쩌든 별 상관 없다. 잠깐 데리고 논 천한 년 아들 따위 내가 알 게 뭐냐? 그저 사냥개 한 마리 키운다는 생각으로 거둔 것뿐이다. 게다가 내가 네놈에게 가르칠 무공의 요결이 바로 증오거든."

으드득.

현조의 입에서 이빨 가는 소리가 들렸다. 목자량은 더욱더 기쁜 듯 말했다.

"좋은 태도다. 그래야지."

툭.

현조의 무릎 앞에 한 권의 서책이 떨어졌다. 피처럼 붉은 표지 위엔 단 세 글자만이 음산한 서체로 적혀 있을 뿐이다.

수라도(修羅刀).

목자량이 예의 그 기이한 미소를 떠올리며 말했다.

"우연인 건지 어쩔 수 없는 숙명인 건지… 역대 전수자들 중엔 원수에게 이 도법을 배우거나 가르치는 경우가 종종 있었다. 나도 그랬고. 기록만 봐선 거의 저주에 가까울 정도로 악연이 겹친다고나 할까? 어쨌든 잘 익혀봐라. 그리고 아까도 말했지만 능력이 된다면 언제든 내 심장에 칼을 꽂아도 좋다."

목자량의 말은 사실상 현조의 어미인 소월의 죽음에 자신이 책임이 있다는 것을 인정하는 발언이었다.

분노로 가득한 현조의 눈동자가 떨렸다.

수라도는 젊은 시절 목자량이 무림에 처음 출도할 당시 익히고 있던 도법으로, 지금의 그를 있게 한 무공이나 마찬가지였다. 하나 이후 기연을 얻어 수라도에 버금가는 무공을 익혔으니 그에겐 별 쓸모없는 도법이었다.

수라도는 부작용이 하나 있었는데, 바로 증오심에 의한 폭주로 인해 필요 이상의 피를 흘리게 된다는 것이었다.

그게 적이든 자기 자신이든.

그러한 감정적 폭주는 사람의 심성을 잔혹하게 만드는 데 일조하므로 수라도의 전수자들 중에는 종종 무림공적으로 수

배되는 경우가 많았다.

목자량의 심성이 잔인한 것도 어린 시절부터 수십 년간 익힌 수라도의 영향이 컸다. 아마 여러 가지 복합적인 기연이 없었다면 그는 수라도의 광기와 마성에 완전히 잡아먹혀 마도나 사파의 인물로 낙인 찍혔을지도 몰랐다.

이러한 부작용에도 불구하고 수라도는 무림팔대도법 중 한자리를 차지할 정도로 이름 높은 무공이었다. 그러나 정파라는 허울을 뒤집어쓴 목자량에게 있어서 수라도는 애물단지였다. 남 주기엔 아깝고 자식들에게 전수하자니 위험했다.

결국 잘 써먹을 사냥개를 키우는 일에 쓰기로 했다.

물론 사냥개를 기르는 일에 수라도는 너무 과한 무공이었다. 자칫 잘못하다간 사냥개를 호랑이로 만들어 버릴지도 모르는 일이었으니까.

그러나 이것은 그에게 있어서 아주 작은 유희였다.

대업을 이루려는 와중에 덤으로 얻은 선물이랄까?

오래전부터 그는 알고 싶었다.

수라도를 익힌 자의 저주 같은 숙명.

원수에게 도(刀)를 잇게 하여 제자와 칼을 겨루는 비정한 피의 숙명. 그 역시 부모의 원수에게서 수라도를 익히고 그의 심장에 칼을 꽂지 않았던가.

그는 너무도 궁금했다. 자신을 뼛속 깊이 증오하는 이와 싸우는 심정이 어떤 것인지.

오직 한 명에게만 전수되는 수라도를 익힌 자로서 자신과 똑같은 무공을 익힌 전수자와 싸우는 맛이 어떤 것인지.

자신을 닮은 증오와 맞닥뜨리는 기분이 어떤 것인지 말이다.

어쩌면 이미 오래전에 떨쳐 내버렸다고 여긴 수라도의 광기가 그러한 호기심을 부추기는 것일지도 몰랐다.

이것 역시 수라도 전수자의 숙명인지, 그것도 아니면 절대자의 악취미에 불과한 것인지는 시간이 답을 알려줄 터.

목자량은 맛있는 음식을 기다리는 심정으로 천천히 기다리기로 했다. 어차피 사냥개가 제 몫을 할 만큼 자라려면 시간이 필요했으니까.

그가 다시 말했다.

"그것을 익히는 것을 주변에 알리는 건 막지 않겠지만 욕심 많은 내 자식놈들은 탐탁지 않게 여길 게다. 방해받고 싶지 않거든 실력을 드러내지 않는 게 좋을 것이야."

현조는 비급을 움켜쥐고 자리에서 일어섰다.

그리고 인사 한마디 없이 집무실 밖으로 빠져나갔다.

그런 현조의 발길을 잡는 목소리가 집무실 안쪽에서 들려왔다.

"네 어미는 정말 타고난 명기였지. 폐병 따위에 죽다니, 너무도 아쉽구나."

순간 현조의 가슴속에 응어리져 있던 분노가 불처럼 활활

타올랐다.

당신, 당신만큼은 어머니를… 어머니를 그렇게 불러서는 안 되는 거였다. 평생 온갖 수모와 멸시를 당하게 해놓고 또 다시 모독하는가!

불붙은 분노는 목구멍을 타고 괴성이 되어 터졌다.

"우아아아!!"

순수하기만 해도 모자랄 시기의 열네 살 소년의 눈빛에는 증오만이 가득했다. 장주의 집무실을 박차고 들어간 현조는 눈에 보이는 작은 의자를 들어 목자량에게 던졌다.

콰직.

현조의 손을 떠난 의자는 빨려들기라도 하듯 목자량의 왼손에 잡히더니 괴음을 내며 박살 났다. 핏발 선 현조의 눈빛에 목자량이 감탄한 듯 박수를 쳤다.

"좋은 눈빛, 좋은 증오다. 으하하하!"

"크아악!"

현조는 집무실 벽에 걸린 장식용 칼을 뽑아 들고 목자량의 가슴을 향해 뛰어들었다.

챙!

칼날이 박살 나고 그 파편이 현조의 하얀 볼을 스치며 핏물을 뿌렸다. 그리고,

쾅! 하는 소리와 함께 현조의 작은 몸뚱이가 집무실 창을 부수고 밖으로 날아갔다. 쓰러진 현조의 입에서 피가 샘물처

럼 솟구쳤다.

"증오도 좋지만 주제를 알고 덤벼야겠지, 수라도의 당대 전수자여?"

어느새 다가온 목자량이 비웃 듯 말했다.

하지만 현조는 굴하지 않았다.

"퉤."

현조는 핏물 섞인 침을 거칠게 내뱉으며 일어섰다. 도저히 아이 같지 않은 그 모습에 목자량은 감탄했다.

'호오, 그걸 맞고 일어서? 타고난 무골이구나.'

볼수록 마음에 드는 아이다. 그는 앞으로 현조가 보여줄 끝모를 증오가 벌써부터 기대되었다.

"수라도에 대해 모르는 것이 있으면 언제든 물어보아라. 내 성심성의껏 알려주마. 그리고……."

그는 뒷말을 잇지 않고 현조의 어깨를 잡았다.

우드득!

"아악!!"

갑작스런 고통에 현조는 비명을 질렀다. 하나 그것이 탈골된 어깨가 맞춰지는 것임을 알게 된 순간 이를 악물고 비명을 참아냈다. 억울하게 죽은 어미가 생각났기 때문이리라.

목자량이 나직이 웃으며 말했다.

"지금 그 마음을 잊지 마라. 뭐, 잊더라도 다시 깨우쳐 주겠지만."

"죽여 버리겠어!"

"내 등은 언제든 비어 있다. 자신있다면 아무 때나 칼을 꽂도록 허락하지. 하지만 실패하면 지금 정도로 끝나지는 않을 것이야."

그 말을 끝으로 목자량은 사람을 불러 현조를 의원에게 보냈다. 그는 집무실에 들어가 앉아 뭐가 그리 즐거운지 히죽거리며 웃었다. 그리고 아무도 없는 허공에 말을 건넸다.

"총관."

"예, 장주."

어디서 나타난 걸까? 죽 총관은 처음부터 그 자리에 있었던 것처럼 자연스레 나타났다. 아마 장주만이 그의 기척을 느낄 수 있었으리라.

"다 보았나?"

"……."

"이거, 생각보다 재밌겠어. 그저 심심풀이 소일거리로 가르쳐 볼까 하고 거둔 것인데 기대가 되기 시작하는군. 나 어릴 때와는 비교도 안 되는 증오야. 고작 어미를 폐병으로 잃은 일에 저 정도라니 다른 일엔 얼마나 분노할지 궁금해지는군."

그는 마치 새로운 장난감을 발견한 어린애처럼 해맑게 웃었다. 그 천연덕스러움에 죽 총관은 저절로 오한이 드는 것을 느꼈다. 앞으로 현조가 겪을 시련이 짐작되었던 것이리라.

“…장주.”

“왜? 놈이 불쌍하기라도 하나? 자네가? 감숙(甘肅) 최고의 마왕(魔王)이? 하하하하!”

“…그게 아닙니다. 다른 아이도 많은데 왜 저 아이입니까? 그것도 수라도까지 넘기시고……”

“…저놈만큼 수라도와 숙명으로 묶인 녀석도 없으니까.”

“예?”

“그냥 그리 알고만 있게.”

죽 총관은 더 묻고 싶었으나 포기했다. 하기 싫은 일은 절대 하지 않는 그의 성품을 경험으로 알고 있었기 때문이다.

자신이 궁금해하지 않더라도 때가 되면 말해주리라. 그는 비밀을 오래 간직하는 성미가 아니었으니까.

궁금증을 쉽게 떨쳐 낸 죽 총관은 여기까지 온 본래의 목적을 얘기했다.

“예상대로 육검문(六劍門)이 반발하더군요.”

“그래?”

“어찌할까요?”

“내버려 두게, 아직은. 하지만 조만간 직접 방문해야 할지도 모르겠군.”

말을 하는 목자량의 전신에서 차가운 살기가 피어올랐다.

죽 총관은 전신에 오한이 드는 것을 느끼고 정신을 차렸다.

한때 귀영살왕(鬼永殺王)이라 불리며 감숙 최고의 살수로

군림하던 자신을 두렵게 만드는 존재.

가끔씩 살기와 함께 느껴지는 광기는 그의 등을 땀으로 적시기에 충분했다.

그러나 목자량은 미친 게 아니다.

마성에 빠진 것도 아니다.

이것은 후천적인 선택으로 이루어진 그의 성품.

선도 악도 아닌, 절대적 이기주의였다.

패도(覇道)라 부를 수도 있겠지만 그의 잦은 변덕이 스스로 패도임을 부정하게 한다.

현조가 비록 목적이 있어 데리고 온 양자라 하나 그래도 일단 가문에 받아들인 자식일진대, 목자량은 그마저도 자신의 유희에 써먹을 도구로 여기고 있었다.

친자식들도 제법 아낀다지만 그것은 어디까지나 겉으로 드러난 가면 밖의 모습에 불과했다. 가면 안쪽의 목자량은 자신의 목적을 위해 자식들을 남 보기 좋게 사육하는 사육사나 마찬가지였으니까.

귀여워하는 딸도 필요하다면 적에게도 시집보낼 것이고, 세 아들은 무공과 대를 잇기 위한 도구에 불과하다.

친자식도 도구로 여기는 판에 양자라 해서 다르겠는가?

사냥개로 쓰고 나서 삶아 먹지나 않으면 다행이리라.

익숙하게 두려움을 감춘 죽 총관은 이내 집무실을 빠져나왔다.

*　　　　*　　　　*

　현조의 부상은 생각보다 크지 않았다.

　목자량이 손속에 사정을 두었기 때문이다. 게다가 목자량의 예상마저 뛰어넘는 뛰어난 신체적 자질로 인해 회복은 더욱더 빠를 것이다.

　양자이긴 해도 자식은 자식인지라 다른 형제들처럼 별채가 한 채 주어졌는데, 허드렛일을 하는 하인 서넛을 제외하고는 드나드는 이가 거의 없었다.

　하긴 하인들마저도 천한 핏줄이라며 뒤에서 욕하는 판인데 자주 드나드는 게 더 이상한 노릇일 것이다.

　하릴없이 닷새를 보내고 나니 늙은 하인이 찾아와 새 의복으로 갈아입히며 말했다.

　"노복은 구적이라고 합니다. 그냥 구 노인이라 불러주십시오, 도련님. 앞으로 불편한 일이 있으면 제게 말씀하시면 되겠습니다. 지금 태룡각에서 장주님과 마님, 그리고 형제분들께서 기다리고 계시니 빨리 가서야 합니다."

　"안 가면 안 될까요?"

　현조의 물음에 구 노인이 송구스러운지 고개를 숙이며 말했다.

　"안 됩니다. 꼭 가셔야 합니다. 장주께서 화를 내실지도 모릅니다."

"그가 화를 내는 것이 내가 바라는 바입니다."

"가시지 않으면 하인들이 힘들어집니다."

"……."

현조는 의젓해 보이지만 아직은 어린 소년이었다. 자신 때문에 힘없는 누군가가 피해를 본다고 생각하니 가슴이 좀 뜨끔했다. 결국 현조는 구 노인의 말에 따르기로 했다.

"…가지요."

구 노인이 다시 고개를 숙이며 말했다.

"감사합니다, 도련님. 그리고 저에게 말을 높이실 필요는 없습니다. 듣기 괴롭습니다."

"노력해 볼게… 요."

목가장의 장주와 그 직계 후손들의 식사는 주로 장주의 거처인 태룡각(太龍閣)에서 행해진다.

목가장의 장주쯤 되면 삼처 사첩을 들여 후손을 많이 볼 만도 하건만 장주는 오직 정실부인인 목부인 한 명만을 두었을 뿐이다. 그래도 금슬이 제법 좋았는지 그들 부부 슬하에선 삼남 일녀가 태어나 잘 자라는 중이었다.

태룡각 일층에 놓인 넓은 원형의 식탁 위에는 생각보다 검소하게 음식이 차려져 있었다.

식탁에는 여섯 명의 남녀가 앉아 식사를 하는 중이었는데,

태룡각의 현관이 바로 보이는 상석에는 목자량이, 그 우편으로는 목부인이 앉아 있었고, 그 맞은편에는 두 청년과 두 명의 소년 소녀가 앉아 식사를 하고 있었다.

두 명의 청년은 올해 제각각 스무 살과 열여덟 살로, 아직은 소년티를 채 벗지 못한 앳된 모습이었다.

스무 살의 청년은 목강(木崗), 열여덟의 청년은 목유(木柳)라는 이름을 갖고 있는데, 목강은 체구가 크고 굳세어 보이는 반면 목유는 그 이름처럼 버들과 같이 부드럽고 날렵한 체구를 가지고 있었다. 하지만 심성마저 부드럽진 않은지, 그는 꽤나 독해 보이는 눈빛과 그에 걸맞은 악명을 가지고 있었다.

두 청년 옆에서 귀엽게 밥을 먹고 있는 어린 소년 소녀는 각각 목명(木明)과 목진령(木眞玲)이라는 이름을 갖고 있었다.

소년 소녀 역시 목자량 내외의 아들딸로서, 목명이라는 소년은 올해 열셋으로 그 나이대의 소년들이 대부분 그러하듯 장성한 형들을 따라 할 시기라 그런지 형들의 식사 모습을 훔쳐보며 따라 하느라 바빠 보였다.

가장 어린 목진령은 올해 여덟 살로, 무표정한 얼굴의 시녀가 젓가락으로 입에 넣어주는 반찬을 꼭꼭 씹는 중이었다. 목진령에게는 특이한 점이 하나 있었는데, 눈에 넣어도 아프지 않을 만큼 귀엽고 건강해 뵈는 소녀였으나 어딘가 모르게 눈빛이 공허해 보이고 초점이 없어 보인다는 것이었다.

대화없는 조용한 식사 시간이었다.

그저 젓가락이 식기에 부딪치는 소리와 음식물을 씹는 소리만이 소음이 되어 장내를 울릴 뿐, 어느 누구도 입을 여는 이가 없었다.

그 답답함을 깨뜨리는 소리가 들린 것은 식사가 시작되고 반 각이 채 되지 않은 무렵이었다.

끼이익.

태룡각의 현관이 열리며 내는 소리였다.

그와 동시에 식사를 하던 가족들의 시선이 제각각 현관으로 향했다.

현관문이 반쯤 열리자 차가운 겨울바람과 함께 늙은 하인 구적이 안으로 들어섰고, 그 뒤를 따라 현조가 들어섰다.

현조를 지켜보던 목부인의 얼굴이 잠시 잠깐 표독스러워졌으나 어느 누구도 그것을 알아차리진 못했다.

목자량은 현조가 왔어도 그저 아는 체 마는 체할 뿐, 묵묵히 식사를 계속했고, 목강은 눈살을 잠시 찌푸리는 것을 끝으로 현조에게서 관심을 껐다.

목유만이 유독 현조에게 관심을 내보였는데, 결코 좋은 의미가 아닌 상당한 적의를 내포하고 있었다.

목명 역시 그런 형들의 낌새를 알아채고 현조에게 서늘한 눈빛을 보내었다.

유일하게 현조에게 적의를 내비치지 않은 이는 목진령뿐이었다.

“누구세요?”

옥음과도 같은 목진령의 맑고 귀여운 목소리가 조용한 실내에 울려 퍼졌다. 현조는 자신도 모르게 목자량에 대한 분노나 증오가 잠시 사그라지는 것 같은 착각이 들었다.

하지만 그것은 아주 찰나였을 뿐이다.

목자량의 희미한 미소를 보는 순간 마음속에선 다시 분노의 불길이 끓어오르고 있었다.

목진령의 물음에 답해준 것은 목자량이었다.

“너의 새 오라버니란다.”

“아, 정말요, 아빠?”

“그럼. 아주 잘생긴 오라버니지? 친하게 지내려무나.”

목자량의 자상한 대답에 목진령은 자신의 옆자리를 두드리며 현조에게 말했다.

“오라버니, 여기에 앉으세요.”

자신을 바라보지 않고 이야기하는 목진령이 이상하다 여겼지만 눈을 마주치기 부끄러워 그런가 보다 하고 납득한 현조는 비어 있는 자리에 앉았다.

그 모습에 목부인이 엄한 목소리로 말했다.

“너는 웃어른께 인사도 할 줄 모르느냐?”

이 단아한 중년의 여인은 목진령과 많이 닮아 있었다.

마치 목진령의 미래 모습을 보는 것 같달까?

두 모녀가 다른 점이 있다면 어미 쪽은 현조를 보는 시선이

곱지 않다는 것이다.

현조는 자리에서 일어서서 목부인에게 읍을 했다.

"현조가 목부인 마님을 뵙습니다."

목부인은 그제야 만족스러운 듯 고개를 끄덕이며 미소를 지었다. 그 모습을 지켜보던 차남 목유가 비웃 듯 말했다.

"홍! 그래도 제 놈 주제를 아는군. 어머니가 아닌 부인마님 이라 부르는 걸 보니."

장남 목강은 목유의 말에 쓴웃음을 지었다.

그가 현조에게 말했다.

"네가 형님이라 부르는 것은 막지 않겠다만 우리가 널 형 제로 대할 거라는 착각은 하지 말길 바란다."

비웃지만 않았지, 있던 정도 뚝 떨어질 만큼 차가운 냉대였 다. 삼남인 목명은 한술 더 떴다.

"내겐 도련님이라 불러. 킥!"

목자량이나 목부인 등은 현조를 무시하는 아들들의 태도 에도 아랑곳하지 않고 묵묵히 식사만 하였다.

현조는 아무런 대꾸도 하지 않고 앉아 조용히 젓가락을 들 었다. 옆에 앉아 있던 목진령만이 배시시 웃으며 반가움을 표 시할 뿐이었다.

그래도 반기며 웃어주는 얼굴에 침을 뱉을 수는 없는 노릇 이라 현조 역시 마주 보며 웃어주었는데, 이상하게도 목진령 의 시선은 자신의 눈이 아닌 허공의 어느 한 점을 바라보는 듯 공허하기 이를 데 없었다.

표정과 눈빛이 완전히 다른 그 모습에 현조는 문득 생각나는 바가 있어 진령에게 물었다.

"혹시 오빠 얼굴이 보여?"

조금 당혹스런 질문에도 목진령은 아무렇지도 않게 고개를 저었다. 그 모습이 어찌나 어린애답고 씩씩한지 질문을 한 현조가 도리어 당혹스러울 정도였다.

목진령의 좌측에 앉아 식사를 하던 목명이 버럭 화를 냈다.

"이 천한 놈이!! 누가 진령이 오빠야?!"

현조는 목명의 외침을 가볍게 무시하고 진령만을 바라보았다. 그러자 진령이 앙증맞은 손을 들어 올렸다. 그것이 무슨 의미인지 얼핏 짐작한 현조는 고개를 숙여 진령과 눈높이를 맞추었다. 그러자 진령의 작고 하얀 손이 현조의 얼굴을 쓰다듬기 시작했다.

코, 눈, 볼, 귀, 턱 등 현조의 얼굴 각 부위를 한참 만지작거리던 목진령의 귀여운 미소는 차츰 더 밝아졌다.

현조 역시 그리 불쾌하지 않은 터라 가만히 내버려 두고 있었는데, 특이한 것은 목진령이 그리할 동안은 가족 중 어느 누구도 방해를 하지 않았다는 것이다.

목자량을 제외한 목부인이나 다른 삼 형제의 현조에 대한 적대감은 어린 현조가 느끼기에도 심각할 정도였다. 그런데 이 목진령이란 아이 앞에서는 어느 누구도 그 적대감을 심각하게 표현하지 않으려는 것이 느껴질 정도였다.

현조의 얼굴에서 손을 뗀 목진령이 말했다.

"오라버니는 왜 슬픈 얼굴이에요?"

손의 감촉만으로 사람의 얼굴은 연상할 수 있는 건가?

현조는 대답 대신 목진령의 머리를 한차례 쓰다듬었다.

그 따듯한 회답에 목진령은 얼굴을 붉히며 밝게 웃었다.

그 모습에 비위가 뒤틀렸던지 차남 목유가 진령의 눈치를 살피며 나직이 말했다.

"제 놈 주제를 아는 듯하여 기특하게 여겼더니, 그것도 아니로군. 천한 놈이면 천한 놈답게 굴어라."

"그래! 감히 진령이 머리를 쓰다듬다니!! 무슨 짓이야!"

목명도 나서서 현조를 몰아붙였다. 그러자 목강이 식탁을 가볍게 두드리며 나섰다.

"그만들 해라. 아버지 어머니 앞에서……."

목명이 억울한 얼굴로 항의했다.

"하지만!"

"그만하래도."

목강이 장남의 권위를 내세워 압박하자 어쩔 수 없다는 듯 목명은 고개를 수그리며 식사를 계속했다.

목유 역시 찌푸린 얼굴로 자신의 형을 한 번 바라본 후 식사를 했다.

잠시 후 목부인이 먼저 자리에서 일어났다.

“상공, 저는 몸이 안 좋아 이만 일어나야겠습니다.”

“어허, 어쩐지 안색이 안 좋다 했소이다. 곧 아랫것들에게 말해 의원을 보내겠소.”

“아닙니다. 조금 쉬면 괜찮을 듯하니 번거롭게 그러지 않으셔도 됩니다.”

목자량은 두 번 권하는 성격이 아니었다.

그는 목부인이 거절의 의사를 표하자 곧바로 대답했다.

“알았소. 원하는 대로 하시구려.”

남편의 조금은 냉정한 태도에 목부인은 잠시 서운한 표정을 지었으나 자존심 때문인지 금세 표정을 풀고 이내 자리를 벗어났다.

찬바람이 부는 부부 간의 대화에 다들 숨을 죽였다.

하긴 어느 여인네가 남편이 밖에서 데려온 자식을 앞에 두고 심기가 편하겠는가? 현조와 함께 겸상을 한 것만으로도 목부인은 많이 인내한 것이었다.

목부인이 나가자 목진령이 천진한 목소리로 목자량에게 물었다.

“아빠, 엄마 화났어요?”

“그럴 리가. 너도 듣지 않았느냐. 엄마가 몸이 안 좋아서 그러는 거니 너무 걱정 말거라. 그나저나 왜 그런 생각을 하였느냐?”

눈이 보이지 않는 목진령은 귀가 몹시 예민했다.

무림 고수처럼 아주 먼 곳의 소리를 들을 수 있는 것은 아니나 소리를 자세히 듣고 분석하는 데 탁월한 재능을 가지고 있었다. 그래서인지 이 어린 소녀는 타인의 감정을 잘 읽는 편이었다.

"엄마 목소리가 떨려서요. 엄마는 화가 나면 목소리를 떨어요."

"그것 역시 아파서 그럴 게다."

"아닌데……."

"음식이 다 식겠구나."

목자량의 자상하지만 단호한 한마디에 목진령은 입을 다물었다. 그의 목소리에서 아주 미세한 노기를 읽은 것이다.

"…예."

목진령이 고개를 수그리고 식사를 하자 목자량은 현조에게 고개를 돌리며 말했다.

"내일부터 서문(西門)의 연무장으로 나오거라."

"……."

현조는 대답하지 않았다.

그저 이 무겁고 답답한 식사 시간이 어서 끝나기만을 바랄 뿐이었다. 차남 목유가 반항기 다분한 목소리로 목자량에게 말했다.

"아버지, 저 천한 놈에게 무공을 가르치시려는 겁니까?"

"걱정하지 않아도 된다. 집안의 무공은 아니니."

"그런 말이 아니잖습니까! 왜 아버지께서 직접 저놈을 가르치시는 겁니까?"

목자량이 의아한 듯 목유에게 되물었다.

"어째서냐고? 양자로 들였으니 저 아이도 이젠 내 자식이지 않느냐."

"더러운 천출 아닙니까? 누가 기녀의 자식을 대(大)목가장의……."

목유는 하던 말을 멈출 수밖에 없었다. 그의 아비가 얼굴에서 미소를 지운 채 자신을 바라보고 있었기 때문이다.

목자량이 특유의 여유 넘치는 어조로 입을 열었다. 하지만 시녀가 입에 넣어준 음식을 먹던 목진령의 귀에는 아버지의 목소리가 아주 차갑게만 느껴졌다.

"천출이라……. 네 말대로 기녀의 자식이니 당연한 소리이긴 하다만… 문제는 네가 지금 아비의 뜻을 거스르려 한다는 것이다. 정말 그렇다면… 상당히 유감이로구나."

목유는 아비와 눈을 마주치지 못하고 고개를 푹 숙였다.

장남인 목강 역시 불만 섞인 표정을 풀고 모르는 척 식사를 계속했다.

당연한 얘기지만 막내인 목명은 끼지도 못하고 자라처럼 목을 움츠린 채 밥 먹는 속도만을 빨리할 뿐이었다.

유일하게 현조만이 원망과 증오가 범벅이 된 눈빛으로 목자량을 노려보고 있었다.

다른 자식들이 그렇게 쳐다봤다면 경을 쳤을 것이나 현조는 어디까지나 사냥개이자 수라도의 전수자로 키우는 것이 목적.

오히려 그렇게 노려봐 주는 것이 목자량을 기쁘게 하는 일이었다. 그가 다시 미소 지으며 현조에게 말했다.

"서문으로 반드시 오거라."

별로 대답을 기대하고 말한 것은 아니었다.

어디까지나 통보였고 명령이었으니까.

오히려 현조가 반발해 주길 은근히 기대하던 중이다.

목자량의 예상대로 현조는 반발했다.

단지 그가 바라던 반발과는 방향이 조금 달랐을 뿐이다.

"…취소하시죠."

"뭘 말이냐?"

"어머니를 기녀라 부르신 것 말입니다."

"허허, 그럼 기녀가 아니더냐?"

"당신이! 당신이 기녀로 만들지 않았습니까! 아주 오래전에!!"

목자량은 피식 웃으며 화제를 돌렸다.

"아버지라 부르지 않는구나?"

"아버지다운 행동을 하십시오."

"제 어미를 빼다 박았군."

"……!"

"네 어미도 기녀치곤 그리 사근사근한 성질은 아니었지. 그래서 정복할 맛이 났지만."

둘 사이의 대화가 점점 험악해져 가자 목진령의 뒤에 조용히 서 있던 무표정한 얼굴의 시녀가 목진령의 귀를 막으며 밖으로 데리고 나갔다.

목진령이 시녀에 의해 대청 밖으로 나가자 현조는 기다렸다는 듯이 움직였다.

콰장창!!

현조가 식탁을 박차고 뛰어올라 들고 있던 젓가락으로 목자량의 눈을 노린 것이다.

하지만 십존(十尊)의 자리는 도박으로 딴 것이 아니었다. 무공도 모르는 열네 살의 소년이 도존(刀尊) 목자량을 다치게 할 수는 없는 것이다.

젓가락 끝과 마주친 손가락 하나.

그 너머의 웃음기 띤 얼굴.

현조는 힘이 부족함에 절망해야 했다.

젓가락은 목자량의 검지에 달라붙어 떨어질 줄을 몰랐다.

뭘 어떻게 한 건지 현조는 쥐고 있던 젓가락에서 손을 뗄 수조차 없었다. 그러한 현조를 목자량이 비웃었다.

"내가 말하지 않았더냐? 실패하면 재미없을 거라고."

콰직!! 쾅!!

"아악!!"

젓가락이 수백 개의 파편으로 나눠지며 뭔지 모를 충격이 현조의 온몸을 감쌌다.

뒤이어 터진 굉음에 현조는 삼 장이나 날아가 기둥에 부딪치고 말았다. 기둥 상단에서 먼지가 우수수 떨어지며 대청 바닥을 수놓았다.

이 모든 것이 순식간에 벌어진 일이라 목자량 곁의 삼 형제는 어안이 벙벙했다. 이 중 누가 있어 감히 아버지를 욕하고 살수를 쓰겠는가?

알면 알수록 큰 벽으로 다가오고, 그 끝 모를 욕심과 이기심에 두려움만 커지게 하는 아비이건만 천출인 놈이 반항을 했다. 그것도 불구대천의 원수를 대하듯 한 것이다.

삼 형제로서는 감히 상상도 못할 일을 해낸 현조를 놀란 눈으로 쳐다볼 수밖에 없었다.

목자량이 그런 자식들의 모습에 가볍게 혀를 찼다.

근성이 없어 보여 못마땅했던 것이다.

만약 그들 삼 형제가 현조처럼 반항했다면 분명 크게 혼냈을 것이다. 그러나 화는 내더라도 자신의 피를 이어받은 무인으로서 그 근성만큼은 높이 평가했을 것이다. 한데 밖에서 데려온 천출보다도 못한 모습을 보이니 당연히 실망할 수밖에.

혀를 차는 아비의 모습에 찔끔한 목강과 목유는 고개를 숙이고 말았다. 목명만이 바닥에 쓰러져 꿈틀거리는 현조를 쳐다보며 소년다운 호기심을 내비칠 뿐이었다.

목자량이 현조의 앞까지 다가가 말했다.

"거칠군, 거칠어. 당할 것을 알면서 덤볐다, 이거지? 역시 제 어미를 쏙 빼닮았구나."

바닥을 기며 애써 일어나려 해보는 현조였지만 온몸에 힘이 들어가지 않았다. 며칠 전 당했을 때와는 비교도 안 되는 충격이 전신을 휘돌고 있었던 것이다.

또다시 덤비면 결코 쉽게 끝내지 않겠다던 그는 정말 쉽게 끝내지 않았다.

현조는 다시 한 번 그가 어떤 사람인지 파악할 수 있었다. 그는 결코 거짓을 말하지 않는다. 낙향한 문사와 같이 한없이 여유로운 말투지만 한 번 말하면 반드시 지키는 냉철함을 겸비한 것이다. 저 여유를 가장한 냉철함만큼은 넘어서기 힘들 것이다.

현조는 그저 혈기 가득한 눈으로 목자량을 노려볼 뿐이었다. 그 모습이 상처 입은 맹수와도 같으니 목자량의 마음은 실로 만족스럽기 그지없었다. 그가 다시 말했다.

"네놈이 아무리 발버둥 쳐봐야 결국 내 뜻대로 될 것이다. 그게 네 어미와 나의 거래였으니까."

그는 현조의 턱을 발등으로 받쳐 올리며 눈을 맞추었다.

그리고 다시 말을 이었다.

"원망이나 증오도 힘이 있어야 하는 것이다. 하물며 복수야 두말할 것도 없지. 내가 네 나이 땐 그 힘이란 걸 얻기 위해 별짓을 다 했다. 그러니 내가 그리 원망스럽거든 힘을 키우도록.”

목자량은 할 말을 다 했는지 현조의 턱을 받치고 있던 발등을 빼냈다. 그리고는 천천히 태룡각을 빠져나갔다.

현조는 겨우 힘을 짜내 목소리를 낼 수 있었다.

“죽… 여… 버릴 거야.”

작은 목소리였지만 목자량과 같은 고수의 귀에 들리지 않을 리 없었다. 태룡각의 현관을 막 넘어서려는 목자량이 걸음을 멈춘 채 고개를 반쯤 돌리며 말했다.

“오늘은 사람을 불러주지 않을 것이다. 그러니 기어서 가든 걸어서 가든 네 처소엔 알아서 가거라.”

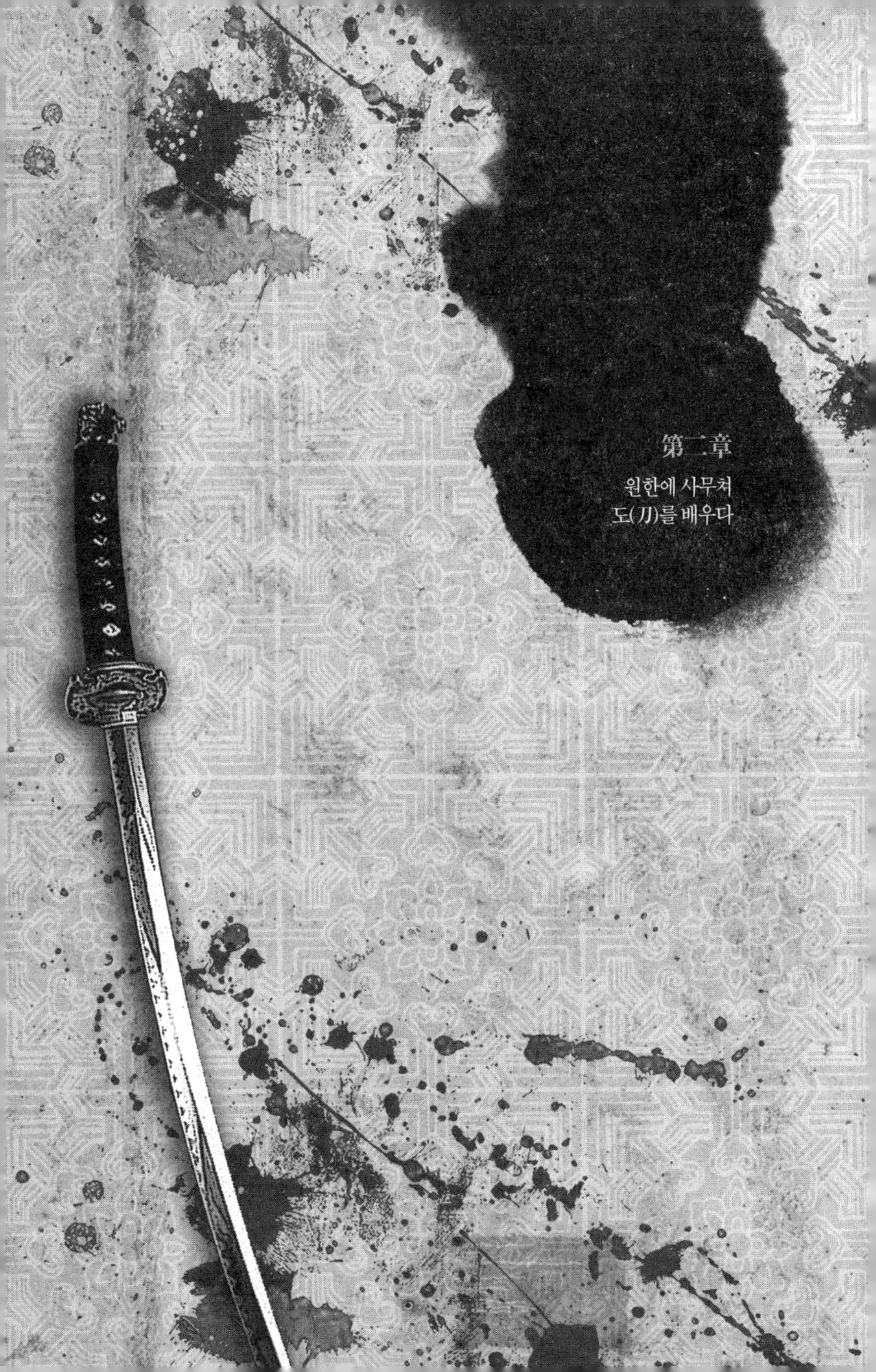

第二章
원한에 사무쳐
도(刀)를 배우다

鬼刀

현조는 장장 열흘이나 끙끙 앓아야 했다.

구 노인이 밤낮을 가리지 않고 수발을 들지 않았으면 죽었을지도 몰랐다. 열흘간의 몸조리 끝에 간신히 일어난 현조가 구 노인에게 물었다.

"그는 서문에 있습니까?"

"예. 정확히는 서문 안쪽의 연무장입니다. 오래전에 폐쇄된 연무장이긴 하나 찾기 쉬우실 겁니다."

아무리 타고난 무골이라지만 열흘이나 앓고 난 이후라서 몸이 성할 리 없었다.

가뜩이나 말랐던 몸은 이제 갈비뼈가 앙상히 보일 만큼 말라 있었고 얼굴은 창백하기 그지없었다.

목가장에 들어온 지 불과 보름여 만에 이리 상한 것을 알면 죽은 어미가 얼마나 슬퍼할 것인가.

문득 드는 생각에 현조는 어머니가 그리워져 눈물이 나올 것만 같았다. 하지만 솟아오르는 그리움을 억지로 틀어막아 참아냈다.

다시는 울지 않겠다고 어머니의 무덤에서 맹세했었다.

울면 약해질 것 같았기 때문이다.

마음을 다잡은 현조는 곧바로 채비를 하고 서문의 연무장으로 향했다.

구 노인이 며칠 더 쉬라고 만류하였으나 현조의 고집을 꺾을 수는 없었다.

구 노인의 말대로 연무장은 찾기 쉬웠다.

연무장에는 누가 옮겨놓은 건지 모를 집채만 한 바위가 떡하니 연무장 한구석에 놓여 있던 터라 멀리서도 연무장의 위치를 짐작할 수 있었기 때문이다.

연무장에 가까워질수록 현조는 바위의 크기를 실감할 수 있었다. 열흘 전에 식사를 했던 삼층짜리 태룡각과 비슷한 크기이니 그 크기가 얼마나 대단한지는 굳이 설명이 필요없으리라.

"누가 이 커다란 바위를 집 안으로 옮겼을까?"

현조는 자기도 모르게 중얼거렸다. 수만 근은 되어 보이는 바윗덩이를 집 안으로 옮기기 위해서는 상당히 많은 인력과 돈이 투입되었을 것이다. 하지만 목가장은 다른 무가나 문파에 비해 그리 큰 부자는 아닌 걸로 알고 있었다.

그때 그런 현조의 의문에 답을 해주는 목소리가 들려왔다. 현조에게 있어서 결코 달갑지 않은 목소리였지만.

"바위를 옮긴 게 아니라 바위가 있는 곳에 집을 지은 것이다."

목소리가 들려온 방향으로 고개를 틀자 그곳엔 목자량이 바위를 바라보며 서 있었다.

그는 감회 어린 눈빛으로 바위를 쓰다듬다 중얼거리듯이 말을 이었다. 하지만 그 목소리는 결코 작지 않아서 삼 장여쯤 떨어진 현조에게도 충분히 들렸다.

"이십오 년 전쯤이었나? 멸문지화당했던 목가를 다시 재건하려 할 때였다. 장원을 지을 터를 찾는데 이 바위가 보이더군. 원래는 장원의 중앙에 위치하도록 지으려 했지만 풍수 하는 놈들이 이 바위를 장원 중앙에 두면 가문이 번성하기 어렵다 하여 이렇게 서문 한구석에 위치하게끔 장원을 짓게 되었다. 내가 왜 이 바위를 좋아하는지 아느냐?"

"……."

그의 물음에도 현조는 대답하고 싶지 않았다.

목자량 역시 현조의 대답을 기다리지 않고 계속 말했다.

"수라도 때문이다."

현조는 품속의 비급을 의식하며 생각했다.

저 집채만 한 바위와 수라도결이 무슨 상관이란 말인가? 도무지 연관성을 찾기 힘들어 고민 중일 때 목자량이 의문을 풀어주었다.

"내 비록 수라도를 버리고 목가의 무공을 되찾았다 하지만 내 무공의 근간은 결국 수라도. 아무리 생각해 봐도 수라도는 정말 아까운 무공이니 언제고 누군가에겐 전수해야겠다는 생각에 이 바위를 택한 것이다."

갈수록 알 수 없는 말에 답답해진 현조가 처음으로 먼저 그에게 질문하였다.

"수라도와 이 바위가 무슨 상관이란 말입니까?"

현조의 말에 입꼬리를 살짝 말아 올리던 목자량이 박수를 두어 번 쳤다. 그러자 바위 뒤편에서 하인 셋이 낑낑대며 커다란 보자기를 들고 나타났다.

곧이어 보자기는 현조의 발밑에 놓였다.

안에 쇳덩이라도 잔뜩 들었는지 쩔그럭 하며 쇠 부딪치는 소리가 요란했다.

하인 중 하나가 땀을 훔치며 보자기를 열어젖히자 내용물을 확인할 수 있었다.

그것은 망치였다.

끝이 뭉툭하지 않고 날카롭게 깎여 있다는 것이 보통의 망치와 다른 점이었는데, 그 모습이 마치 작게 축소한 곡괭이와도 같았다.

의아한 얼굴로 망치와 목자량을 번갈아 쳐다보던 현조에게 목자량이 웃으며 말했다.

"수라도의 기초는 힘, 속도, 정확도, 그리고 힘의 분배에 있다. 비급을 보면 호흡법도 나와 있을 테고 도를 쥐는 법도 얼추 나와 있을 터이다. 바보가 아니라면 이해는 하겠지? 네게 시킬 일은 단순하다. 이 망치로 저 바위를 깎아 없애라."

현조는 천산목가에 들어와 처음으로 경악했다.

지금껏 십사 년간 세상을 살아오며 그 같은 무식한 짓은 한 번도 들어본 적이 없었다. 현조는 목자량이 자신을 놀린다는 생각에 화가 치밀어 올랐다.

그러나 꾹 눌러 참았다.

"이것을 깎아내면 되는 겁니까?"

"그렇지. 단, 조건이 있다. 삼 년, 삼 년 안에 수라도결의 요결대로 망치를 휘둘러 바위를 모두 깎아내야 한다. 한 가지 중요한 것은 첫 일 년간은 망치를 무한히 제공해 줄 테지만 일 년이 지나면 망치는 한 달에 세 개만 지원해 줄 것이다. 망치가 닳지 않도록 노력해야겠지? 만약 실패한다면 다른 망치를 얻는 다음 달까지 기다리든가 아니면 주먹으로 부숴야 한다. 삼 년은 촉박하다. 이 나조차도 삼 년의 기간을 못 채울 뻔했으니까."

현조는 문득 묻고 싶어졌다.

다소 도전적인 질문이 입에서 튀어나왔다.

"당신도 제 나이 때였습니까?"

"그렇지."

"그렇다면 이 년 안에 성공해 보이지요."

"이 년?"

"……."

목자량의 얼굴에서 기이한 미소가 어렸다.

비웃는 듯하면서도 어딘지 모르게 반가워하는 표정이랄까?

"웃기는구나. 마음대로 해보거라."

그 말이 끝나기가 무섭게 현조는 망치를 집어 들고 바위로 향했다.

깡! 깡!

시작부터 돌이 튀며 현조의 얼굴에 부딪쳤다.

제법 따가울 만도 하건만 현조는 각오를 단단히 한 듯 인상 한 번 찡그리지 않았다.

그런 현조를 응시하며 기이한 미소를 짓던 목자량은 곧 연무장을 빠져나왔다. 아득한 과거의 기억이 스쳐 가는 바람결처럼 머릿속에 떠올랐다.

기억은 환청이 되어 그의 귀를 울린다.

"난 일 년이오! 일 년 안에 끝내겠소!"

"헹! 네깟 놈이 일 년? 네놈이 일 년 안에 끝쳐면 내가 네놈 아들이다!"

"죽인다! 반드시 죽이고 말겠어!"

잠시 옛 기억을 떠올리던 목자량은 피식 웃으며 고개를 젓더니 다시 거처를 향해 발걸음을 옮겼다.

*   *   *

"그놈이 연무를 시작했다고?"

"예. 그런데 장주께선 직접 무공을 가르치시는 게 아니라 그 아이, 아니, 그놈에게 바위를 깎도록 시키셨습니다."

목유의 지시에 따라 현조를 감시하던 하인은 그의 눈치를 보며 조심스레 말했다. 목유는 손가락으로 탁자를 두드리며 빠르게 눈을 굴렸다.

'직접 가르치시지는 않는다? 그렇다면 역시 아버지의 악취미일 뿐인가? 어차피 그 바윗덩어리를 혼자 깎아 없애는 덴 십 년은 걸릴 테고. 홍! 비천한 놈에게 괜히 신경 썼나 보군.'

기분이 좀 풀린 목유는 품에서 은자를 조금 꺼내 하인에게 던져 주었다. 하인은 황급히 받아 들고 송구스럽다는 듯이 연신 고개 숙여 인사했다.

목유는 귀찮다는 듯 손짓으로 하인을 내쫓았다.

하인이 문밖으로 사라지자 그는 나직이 중얼거렸다.

"돈이나 개처럼 받아먹는 저런 천한 놈들과 별다르지 않는 놈이건만 자식으로 거두다니, 대체 아버지는 무슨 생각이신 거지?"

*　　　*　　　*

"악!!"

손목에서 전해져 오는 통증과 함께 망치를 놓친 현조는 바닥에 주저앉았다. 한겨울인데도 전신은 땀으로 가득했다.

그러고 보니 어느덧 해가 저물어 벌써 저녁때였다.

꼬르르륵.

점심때 잠깐 구 노인이 가져다준 주먹밥을 하나 먹었을 뿐, 그 뒤로는 한 끼도 먹지 않았다.

문득 쓴웃음이 배어 나왔다.

이렇게 열심이라니…….

공부하기 싫다고 산이며 들로 쏘다니다 어머니께 종아리를 맞던 것이 불과 넉 달 전.

지금의 모습과는 천양지차였다.

망치를 다시 쥔 현조의 눈빛이 잠시 서글퍼졌다.

자기도 모르게 차오르는 감정의 동요에 놀랐음인가?

현조는 누가 보기라도 할까 봐 재빨리 주변을 두리번거리며 팔등으로 눈 주변을 쓱쓱 문질렀다.

눈물을 흘리지 않기로 맹세했는데 조금만 나태해지면 이런다. 현조는 열네 살의 평범한 소년일 뿐, 마음이 독한 아이가 아니었다.

오히려 부드럽고 다정한 성품이었다.

그런 아이가 어머니의 죽음 앞에서 한 맹세를 지키기 위해 스스로를 채찍질하고 있는 것이다.

현조는 단순히 어머니의 유언 때문에 이 집안에 들어와 사는 것이 아니었다. 그저 복수의 대상자를 가까이서 보고 느끼고 싶었다.

마지막에 어머니가 알려준 그자와 어머니 사이에 얽힌 과거는 대단했다. 자신이 사냥개 취급당하며 사육당해야 하는 것도 얼핏 이해가 될 정도로.

하지만 그것이 복수의 의지를 지울 정도는 아니었다.

그것은 그와 어머니 사이의 일일 뿐, 자신과는 아무런 상관도 없었으니까. 과거에 어떤 일이 있었던 간에 현재의 자신은 어머니를 잃었을 뿐이다. 그리고 그것은 복수의 이유로 충분했다.

단지 어머니가 말씀해 준 일이 그를 어떻게 바꿔놓을 것인지, 그 업보를 자신이 짊어져야 하는지 말아야 하는지 선택에 따라 복수의 내용이 달라질 것이다.

파멸, 혹은 죽음이란 형태로 말이다.

지금 심정으론 그 심장을 꺼내 씹어 먹고 싶었지만 현조는 냉정했다. 목자량이 심장을 찌를 기회를 준다고 하지 않았던가. 그것도 아무 때나.

정당한 복수를 인정받았으니 몰래 준비할 필요도 없다.

그저 강해지는 일만 남았을 뿐이다.

머릿속에서 생각을 정리한 현조는 다시 망치를 집어 들었다. 원수보다 약할 때는 최대한 원수를 닮으려 노력해야 한다. 그래야 그를 뛰어넘을 발판을 마련할 수 있는 것이다.

손목이 너무 저려와 힘이 들어가지 않자 현조는 옷을 길게 찢어 손을 망치 자루에 동여맸다.

깡! 깡!

어느덧 겨울 밤하늘엔 보름달이 떠올라 세상을 비추고 있었다. 음산한 달빛에 별은 숨죽이고 바람은 반가운 듯 춤을 췄다. 춤추듯 매서운 바람 속에 울리는 망치 소리만이 겨울밤의 고독함을 위로해 주고 있었다.

그렇게 이 년이 지났다.

*　　　*　　　*

손바닥의 살이 찢기며 또다시 피가 낭자했다.

어깨 근육은 고통에 비명을 지르고 엄지손톱은 부러지고

없었다. 너덜너덜해진 손 위로 원래는 흰색이었을 것이 분명한 피로 물든 천이 감겨 있었다.

가만 보니 천은 손을 보호하기 위함이 아니라 고통으로 인해 망치를 놓치는 것을 방지하기 위해 일부러 손잡이까지 동여매어 놓은 것이었다.

소년의 전신은 땀으로 흥건했다.

소년이 한 번 팔을 휘두를 때마다 바위가 머리통 크기만큼 박살이 나며 그 몸체를 떨어뜨리고 있었다.

솜씨 좋은 석공도 쉽사리 하지 못할 일이었다.

아니, 진짜 석공이라 해도 망치와 끌을 사용해 바위를 조금씩 깎아낼 뿐이지, 이렇게 바위를 부술 수는 없었다.

그러고 보니 소년은 열여섯의 나이임에도 상체의 근육이 엄청나게 발달되어 있었다.

우락부락한 것이 아니라 말라 보이면서도 세세한 잔 근육으로 가득 차 있다고나 할까?

등에서 어깨로 이어지는 수많은 근육의 향연은 소년이 얼마나 이 일을 열심히 했는지 능히 짐작하고도 남게 하였다.

소년은 처음에 이러한 수련을 시작하게 되었을 때 큰 의문을 가지고 있었다.

이런 수련이 무공에 무슨 도움이 된단 말인가?

하나 지금은 그러한 의문도 반쯤은 수그러들었다.

적어도 절대 무기를 놓치지 않을 근력과 체력은 생성되었

으니까. 게다가 비급 속의 심법이 어느 정도 익숙해진 이후로
는 바위를 부수는 일이 한층 더 쉬워졌다.

이대로만 한다면 남은 기간 동안 바위를 부수는 것은 일도
아니리라. 그러나 모든 일이 생각대로 되는 것만은 아니었다.

소년에겐 극복해야 할 장애물이 많았다.

퍽!

둔탁한 격타음과 함께 소년은 쓰러졌다.

쓰러지는 현조의 등 위로 쉴 새 없는 격타음이 이어졌다.

이 정도 구타라면 비명이라도 지를 법한데 현조는 이를 악
물고 신음 하나 흘리지 않았다. 대신 열여섯 소년의 눈은 독
기를 가득 품은 채 한 청년을 바라보고 있었다.

그자는 바로 목유였다. 그는 현조에게 전혀 손을 쓰지 않았
다. 그저 하인들을 동원해 구타하고 있을 뿐이었다.

목유는 눈앞의 거대한 바위를 바라보았다.

이 바위는 이 년 전만 해도 삼층 높이의 태룡각에 비견될
만큼 거대했다. 그런데 불과 이 년 사이에 그 크기가 삼분지
일로 줄어들었다. 올해 겨우 열여섯의 소년이 홀로 이룬 성과
라고는 도무지 믿어지지 않는 일이었다.

뛰어난 무공으로 소문이 자자한 목유가 직접 나선다 해도
내공 한 톨 없는 몸으로 이 년 만에 이 정도로 깎아내기란 불
가능한 일이리라.

처음엔 그저 사람 괴롭히기 좋아하는 아비의 악취미라 생각했다. 무공도 모르는 천한 놈이니 혼신의 힘을 다한다 해도 십 년은 족히 걸릴 거라 예상했기 때문이다.

설사 무공이라 할지라도 수년 동안 한 초식도 못 익히고 망치질만 해야 하는 무공이라면 아무짝에 쓸모없는 무공이라 여겼다.

한데 천하다 무시하고 잊고 있던 놈이 불과 일 년도 안 되어 결과를 내놓기 시작한 것이다.

처음 일 년 동안 삼분지 일을 깎아 자갈로 만들어놓더니 그 다음 반년간 또다시 나머지 삼분지 일을 깎아내 버렸다. 심상치 않음을 느낀 목유는 그때부터 연무장으로 찾아와 현조를 괴롭히기 시작했다.

아버지가 가르친 무공이 무엇이든 간에 그것을 피 한 방울 안 섞인 천한 놈에게 빼앗길 수는 없었기 때문이다.

게다가 거대한 바위를 눈에 띄게 줄여 버린 결과물 자체도 무시할 수 없는 터라 목유의 입장에선 욕심이 생겼다.

그의 아비는 정말 뛰어난 무공을 많이 알고 있었고, 목유는 그것을 좀 더 알고자 했지만 무슨 이유에선지 목자량은 쉽게 가르쳐 주려 하지 않았다. 그렇다고 무서운 아버지에게 따질 수도 없는 노릇이니 현조라는 존재는 목유에게 있어서 보물 창고나 마찬가지였다.

천한 핏줄이 가진 보물 창고.

그가 평소 무시하는 아랫것들처럼 조금 닦달하거나 회유
하면 쉽게 얻을 수 있으리라 여겼다.

하지만 고집이 보통이 아닌 것이, 벌써 반년이나 찾아와 달
래도 보고 괴롭혀도 봤지만 아무런 소득이 없었다.

만약 그가 매일 몇 시진씩 찾아와 현조를 괴롭히지만 않았
다면 현조는 아마 지금쯤 목자량에게 약속한 바대로 바위를
완전히 분쇄했을지도 몰랐다.

현조는 그것이 억울했다.

그자 앞에서 내뱉은 말만큼은 반드시 지키고자 노력했다.
그가 이룬 것을 하루라도 더 단축해야만 그를 뛰어넘을 발판
을 마련하기가 좀 더 쉬워지리라 예상했기 때문이다.

그렇다고 목유를 원망하진 않았다.

이 정도 일로 목표를 달성하지 못하는 자신에게 문제가 있
다고 여겼을 뿐이다.

목유는 쓰러져 꿈틀거리는 현조의 머리를 발로 툭툭 치며
말했다.

"좋게 말할 때 들었으면 이리 고통 받을 리가 없지 않느냐.
자, 비급은 어디 있느냐?"

"그딴 거 없다고 분명 말했다, 이 쥐새끼야."

정말 없었다. 수라도의 비급은 이미 오래전에 현조가 달달
외워 태워 버렸다. 구 노인에게서 목강, 목유 형제의 욕심에
대해 자세히 들었기 때문이다.

펙!

"크윽!"

목유의 발이 배에 박히자 처음으로 비명이 새어 나왔다.

역시 하인이나 호원무사와는 비교도 안 되는 발길질이었다. 더군다나 내공까지 실려 있었다.

"천한 놈 주둥이는 여전하구나. 하긴 네놈이 쉽게 굴복하지 않으리란 건 잘 알고 있었다. 내일 다시 오지."

너무 큰 상처를 내면 아버지에게 눈치가 보인다.

물론 이같이 괴롭히는 것을 그의 아버지인 목자량은 아주 잘 알고 있을 것이다. 그러나 무슨 일인지 단 한 번도 간섭해 오지 않았다.

그렇다고 아주 눈치를 안 볼 수도 없었다. 그가 아는 아버지는 결코 의미없는 일을 하지 않는 사람이기 때문이다.

눈앞의 저 천한 핏줄에 대해서도 뭔가 계획이 있는 것이 분명했다. 그렇지 않고서야 이런 일이 가능한 무공을 전수해 주지는 않았을 테니까.

그 같은 계획을 눈치 못 채고 너무 심하게 압박한다면 분명 불똥이 크게 튀리라.

목유는 하인들과 호위무사들을 대동하고 연무장을 빠져나갔다.

"……."

연무장 안에 홀로 남은 현조는 바닥에 대(大)자로 누운 채

저녁 하늘을 올려다보았다.

"젠장."

이미 이 년이 지났다. 계획대로라면 벌써 끝났어야 할 일이건만 저 쥐새끼로 인해 처음부터 틀어졌다.

꼬박 삼 년이 걸렸다는 목자량에 비하면 여전히 빠른 성취였지만 그것으로는 부족하다 여겼다. 무림에 대해 알아갈수록, 또 무공에 대해 알아가면 갈수록 그의 벽을 실감했기 때문이다.

하긴 열여섯 소년의 목표로 삼기엔 목자량이란 인물의 위치는 현재로선 너무나 까마득했다.

무엇보다 저 마교의 주구들도 겁낸다는 십존의 일인이었으니까.

현조는 자리를 툴툴 털고 일어섰다. 언제 맞았냐는 듯 벌떡 일어서서 먼지를 털고 나니 상처는 그리 많지 않았다.

이젠 맞는 것도 요령이 생긴 걸까?

쓸데없는 생각이 들자 정신을 차리기 위해 고개를 흔들었다.

현조는 처음 목가장에 들어왔을 때보다 이 척이나 자라서 지금은 거의 육 척에 달했다. 또래들 중엔 상당히 빠른 성장이었다.

현조는 주위를 둘러보며 망치를 찾았다. 다행히 소중한 망치는 무사했다. 한 달에 단 세 개만 제공되는 망치이니 절대

망가져선 안 되었다.

무인에게 있어서 병기란 분신이나 마찬가지이듯, 현조에게 있어서도 망치란 자신의 피와 살로 이루어진 손이나 마찬가지였다. 처음엔 적응하기 힘들었으나 지금은 잘 때도 옆에 망치를 두고 잘 정도였다.

반년 동안 온갖 괴롭힘을 당해왔으면서도 현조는 바위를 깨는 걸 결코 포기하지 않았다.

다시 망치질을 하려는데 멀리서 반갑고도 익숙한 소리가 들려왔다.

"도련님!!"

현조가 평소 구 노인이라 부르는 구적이었다.

또 노구를 이끌고 품에 한가득 음식을 들고 왔으리라.

그는 항상 그랬다. 처음 목가장에 들어왔을 때부터 알게 모르게 꼼꼼히 현조를 챙겨주었다.

등이 좀 더 굽고 흰머리가 늘어난 지금도 마찬가지였다.

그는 지난 이 년간 단 한 번도 저녁을 늦게 갖다준 적이 없었다.

구 노인을 마주하는 현조의 두 눈에 따스한 빛이 떠올랐다 이내 사라졌다. 아주 짧은 순간 떠올랐다 사라진 따스함이 아쉬우나 그나마도 많은 이가 거주하는 목가장에서 단 두 명에게만 보여주는 눈빛이었다.

"몸도 좀 생각하며 하십시오."

"알았어요, 구 노인."

"요 자는 빼셔야 합니다."

"알았… 어, 구 노인."

"저는 정말 걱정입니다, 도련님. 주인어른께선 언제까지 이런 바위 깨기나 시키시려는지……. 그리고 바위만 잘 깨면 뭐 합니까? 둘째 도련님의 하인 놈들에게도 얻어맞는 게 일상인데……."

"너무 걱정… 마, 구 노인. 나도 다 생각이 있으니까. 그러나저러나 할아범은 정말 많이 변했어."

"예?"

"처음엔 무뚝뚝하고 고집 센 영감인 줄 알았는데 알고 보니 이렇게 잔소리쟁이 할아범이지 뭐야?"

"끙, 어서 식사나 하십쇼. 제가 유 숙수를 닦달해서 만든 겁니다. 돌아가신 어머님이 사천 출신이시니 도련님도 매운 거 잘 드시겠지요?"

"와!! 이거 내가 젤 좋아하는 건데?"

구 노인 앞에서만큼은 열여섯 소년으로 돌아갈 수 있어 좋았다. 이 삭막한 장원 안에서 몇 안 되는 자신의 편이 구 노인이라서 다행이라고 생각했다.

구 노인이 비록 상하 관계를 확실히 하길 요구하지만 그것은 그저 호칭일 뿐, 사실은 가족과도 같이 여긴다는 것은 서로 말하지 않아도 잘 아는 사실이었다.

＊　　　＊　　　＊

멀리서 두 노소의 하는 양을 조용히 지켜보던 목자량의 얼굴은 굳어 있었다.

삼분지 일이나 사라진 바위를 보고 있자면 현조의 성취가 능히 짐작되었다.

자신의 어린 시절과는 비교도 안 될 만큼 뛰어난 성과.

만약 목유가 끈질기게 방해만 안 했더라면 지금쯤 저 바위는 사라지고 없으리라. 하지만 성취에 대한 만족감과는 반대로 현조의 표정에서 정작 가장 중요한 것이 사라져 가고 있음을 볼 수 있었다.

목자량의 얼굴이 굳은 것은 그 때문이었다.

그가 나직이 혀를 차며 읊조리듯 말했다.

"한동안 두고 보기만 했더니 더 나빠졌군. 하지만……."

그의 시선은 이번엔 현조가 아닌 구 노인을 향해 있었다.

그의 입꼬리가 사르르 올라가며 다시 미소가 떠올랐다.

남들이 도존(刀尊)의 흉소(凶笑)를 봤다면 십 리 밖으로 도망칠 만큼 잔인한 미소였다.

＊　　　＊　　　＊

호흡을 내쉴 때 망치를 내려치고 깊이 들이쉴 때 망치를 들어 올린다.

아주 단순한 방법이다.

하지만 그 단순한 호흡 속에는 수라도결에 전해져 오는 서른두 가지 심법 요결이 녹아 있었다.

이는 즉, 내공심법으로 온몸에 스며든 진기가 전신 곳곳에 녹아들게 만드는 효과가 있었다.

그리고 남은 것은 단전으로 들어가 뱀처럼 아주 작게 똬리를 트는데, 이것은 아무리 모아봤자 쌀알보다도 작은 터라 어지간한 고수가 아닌 이상 어느 누구도 내공이 있다는 것을 알아보지 못한다.

그뿐만이 아니었다. 온몸에 스며든 진기는 망치질을 할 때마다 근맥과 기맥, 혈맥 등을 튼튼히 해주며 탄력있고 강한 골격을 만들어준다.

현조 자신은 모르고 있었지만 그가 그렇게 얻어맞고도 상처가 그리 크지 않은 이유는 수라도결의 성취에 따른 결과였다.

언제부턴가는 망치를 쓸 때 바위의 약한 부분이나 결을 자연스레 찾을 수 있게 되었다.

그 덕분에 망치가 망가지는 경우도 현저히 줄어들었는데, 그렇다고 아예 망가지지 않는 경우는 없어서 고민이었다.

한 달에 세 개만 제공되는 망치로는 바위를 부수는 데 한계가 있었기 때문이다.

요령이 생겨서 간신히 세 개의 망치로 한 달을 보낼 수 있게 되었지만 조금이라도 실수하면 적게는 사흘, 길게는 보름 가까이 새 망치를 기다려야 했다.

바위를 많이 부수는 것도 아니었다.

요령이 생긴 만큼 오히려 소극적이 되어 바위를 깎아내는 양이 현저히 줄기까지 했다.

현조는 수라도결을 수없이 연구하며 몇 달을 고민한 끝에 한 가지를 깨우칠 수 있었다.

실낱같이 작은 호흡을 망치에 실어 보내는 법을 터득하게 된 것이다. 물론 근본적인 문제가 해결된 것은 아니었다.

여전히 망치는 아슬아슬하게 날짜를 채워 망가졌다.

대신 호흡을 실어서 치는 기술을 터득한 후부터는 더 많은 부위를 더 정확하고 더 깔끔하게 부수고 깎아낼 수 있게 되었다.

하지만 현조는 이 정도로 만족하지 않았다.

그러기엔 목자량이라는 이름의 산이 너무나 높았다.

좀 더 큰 호흡을 실어 망치 하나에서 얻을 수 있는 힘을 더욱 극대화시키려 노력했다.

한순간에 터져 나오는 강력한 힘!

그 모든 것은 호흡에서 온다.

수라도법의 가장 기본이 되는 요결이었다.

콰직. 콰직.

곡괭이처럼 뾰족한 망치 끝이 바위를 파고들 때마다 마음이 비워지고 집중력이 칼끝처럼 예리해지는 것을 느꼈다.

그때부터 보이는 것이라곤 오직 자신이 깨뜨리고 있는 바위의 한 부분과 들고 있는 망치뿐.

극한까지 올라간 집중력은 시간이 갈수록 보이지 않는 것까지 보이게 해준다.

바위 바로 앞에 앉아 있으니 실제로 보이는 것은 아닐진대 집채만 한 바위 전체를 한눈에 바라보는 듯한 느낌.

그것은 일종의 감각의 확장으로, 보지 않아도 느껴서 아는 것을 '본다' 라고 착각하는 경지였다.

수라도에서는 이 같은 경지를 심영경(心永境)이라 불렀다.

이는 수라도를 익히는 동안 넘어야 할 총 다섯 개의 산 중에 겨우 두 번째일 뿐이다.

하지만 현조는 이 순간이 가장 좋았다.

세상도 잊고 나도 잊고 증오마저 잊을 수 있었기에.

그러다 어느 순간 얼굴이 편안해지며 호흡은 심영경의 중천(重天)에 달했다. 호흡이 겨울바람처럼 내부를 거칠게 휘돌았다. 그러나 규칙없이 떠도는 게 아니라 자연스레 전신을 애무하듯 감싸며 오른다.

호흡은 중천(重天)이나 그보다 한 단계 낮은 범천(汎天)도 간혹 넘나든다. 그러나 얼마 안 가 넘나들던 호흡은 하나로 어우러져 거칠지만 부드러운 불꽃처럼 피어오른다. 불꽃은 단전에 똬리를 튼 뱀을 깨우고 뱀은 잠에서 깨어나 기지개를 켠다.

전신의 호흡이 한곳으로 모인다.

그곳은 바로 망치를 든 오른손.

망치를 휘두르는 순간, 폭발적인 힘이 터져 나온다!

이것은 십자멸인도(十字滅人刀).

현조의 손에 의해 이십팔 년 만에 구현된 수라도의 칠대절초 중 하나였다.

콰콰쾅!!

거대한 장원 전체를 울리는 엄청난 굉음과 함께 바위의 일부분이 완전히 부서지며 먼지가 피어올랐다.

현조가 파던 바위가 십(十)자 모양으로 깊게 파여 있었다. 그 길이나 깊이가 무려 이 장여.

부서져 나온 돌의 양을 봐선 평소라면 족히 석 달은 걸렸을 분량이다. 조금만 공력이 높았더라도 지금의 두 배는 더 강한 위력을 발휘했을 것이다.

새벽녘에 일어난 일이었지만 엄청난 소란이었다.

게다가 산기슭에 위치한 조용한 장원인지라 소리가 잘 퍼지는 것도 당연한 일.

장원의 무사들과 제자들, 그리고 호법과 장로, 태룡각에 머무는 장주와 그의 부인, 자녀들까지 거의 모든 식솔이 현조가 있는 연무장에 나타났다.

 하지만 그들이 연무장 안쪽으로 들어가기도 전에 장주의
명을 받은 무사들과 제자들이 연무장 바깥을 폐쇄하여 아무
도 들어갈 수 없었다.

 현조는 자신이 만들어놓은 현상을 오래 보지 못했다.
 갑작스레 찾아온 '벽'의 돌파에 모든 힘을 소진하고 의식
을 잃었기 때문이다. 목자량은 바위에 새겨진 십자 모양의 흉
터를 바라보다 작은 목소리로 말했다.
 "아직… 이군."
 목자량은 현조의 축 늘어진 몸을 업었다. 그리고,
 콰쾅!!
 그가 대충 손을 휘두르자 바위에 새겨진 십자 흉터는 마치
무너지기라도 한 것처럼 아무렇게나 파인 모습으로 바뀌었
다. 흔적을 일부러 지운 것이다.
 아직은 현조의 수라도를 남에게 알릴 필요는 없다.
 장로나 호법들에게 귀찮은 추궁을 당할 수도 있고, 만에 하
나 수라도를 탐내는 자식들로 인해 현조의 수련이 방해가 될
수도 있었기 때문이다.
 현조는 사냥개다. 보통의 사냥개가 아니라 수라도라는 자
신의 절기를 이어받을 사냥개.
 그리고 자신의 호기심과 욕망을 채워줄 아주 중요한 도구

였다.

그것을 이루기 전까진 어떤 방해도 받게 할 수 없었다.

물론 차남인 목유의 괴롭힘은 알고 있었다.

그러나 그 정도의 괴롭힘은 애초에 계산에 있던 것.

무인으로서 겪을 만한 일종의 시련이니 정신 수양이라 봐도 좋다.

괴롭힘을 당하는 만큼 현조의 독기도 더 진해질 테니까.

하지만 십자멸인도의 상흔은 달랐다.

십자멸인도의 상흔이 누군가에게 발각된다면 아마 욕심 많은 자식들은 물론이고, 호법이나 장로들, 그리고 그들의 제자들과 장원에 속한 호원무사들까지 무공의 요결을 알아내기 위해 현조를 괴롭힐 것이다. 그리되면 그의 계획은 늦어지거나 아예 틀어질 게 분명했다.

그래서는 곤란했다.

맛있는 음식은 늦게 먹는 만큼 정성도 중요하니까.

그동안 목유의 괴롭힘이 적절한 양념이었다면 십자멸인도의 상흔으로 인해 현조가 겪게 될 괴로움은 음식에 양념이 너무나 과하게 들어가는 것이라 볼 수 있다.

과유불급이란 말이 있듯이 목자량으로서는 적당히 조율해 줄 필요성을 느꼈고, 그것을 실행해야만 했다.

"아이고, 도련님!! 장주님!!"

현조의 직속 하인이라는 직책 덕에 장주로부터 폐쇄된 연

무장 안으로 들어오는 것이 유일하게 허락되어 황급히 뛰어
오고 있는 구 노인을 쳐다보며 목자량이 중얼거렸다.
　"어쩌면……."
　그의 얼굴에 또다시 짙은 흉소가 흘러나왔다.
　"잘된 일일지도 모르겠군."

＊　　　＊　　　＊

　이틀 만에 말끔히 일어난 현조는 목자량의 등에 업혀 의
각(醫閣)에 들어왔다는 소리를 구 노인으로부터 전해 듣고
기분이 몹시 언짢아졌다.
　하지만 웬일인지 아주 싫지는 않았다.
　조금은 고마운 느낌이랄까? 자기 딴에는 허리도 안 좋은
구 노인이 자신을 업지 않게 해줘서 감사한 것일 뿐이라고 해
석했지만, 그런 단순한 감정이 아니라는 것을 이미 알 만한
나이였다.
　뭐, 아무래도 좋았다.
　하나의 벽을 깨뜨리고 새로운 각성을 하여서 마음속에 여
유라도 생긴 거겠지.
　현조는 그런 생각을 애써 떠올리며 고개를 저었다. 그리고
목자량에 대한 생각을 더 이상 떠올리지 않으려 했다.
　그때였다, 의각 안으로 열 살 남짓한 어린 소녀가 들어와

현조에게 말을 건 것은.

"오라버니, 이제 괜찮으세요?"

깨물어주고 싶을 만큼 하얀 볼과 귀여운 목소리.

별빛을 담아놓은 것 같은 아름다운 눈동자를 가지고 있지만 어딘지 공허해 보이는 눈빛이 조금 아쉬운, 아주 아름다운 소녀였다.

커서 사내 여럿 상사병으로 보내 버릴 것이 쉽게 짐작될 만큼 눈에 띄는 외모를 지닌 이 소녀는 바로 목진령으로 그가 목가장에서 구 노인 외에 마음을 열 수 있는 유일한 존재였다. 현조는 구 노인에게 보내는 미소와 같은 따듯함을 담아 진령의 머리를 쓰다듬었다.

"응, 이제 괜찮아."

"바위가 무너졌다고 해서 얼마나 놀랐다고요. 정말 괜찮은 거죠?"

'바위가 무너진 거라 소문이 났나 보군.'

"정말이라니까."

현조는 대답과 동시에 '으차' 하며 진령을 안아 올렸다. 진령은 자연스럽게 현조의 오른팔에 엉덩이를 걸치고 앉아 왼쪽 팔을 현조의 어깨에 올렸다.

진령이 웃으며 말했다.

"무겁죠? 요즘 수아가 밥을 너무 많이 먹여서요."

"하하, 우리 진령이 드는 게 뭐가 그리 무겁다고. 밥 더 먹여도 된다, 수아야."

목진령을 데리고 온 무표정한 얼굴의 시녀에게 현조가 말했다.

수아라 불린 시녀는 벌써 칠 년째 눈이 안 보이는 진령의 수발을 들어주는 아이인데, 나이는 현조보다 두 살 더 많았고 아주 어여쁜 소녀였다. 그러나 아쉽게도 말을 하지 못했다.

어린 시절 마을을 침범한 도적단에게 혀를 잘렸다던가? 그 후 지나가다 만난 인연으로 장주가 거두어 시녀로 들였다는데 정확한 소문은 아니었다.

하여튼 목진령은 세 살 때부터 자신의 곁에서 함께해 온 수아를 친언니처럼 좋아했고 잘 따랐다. 현조 역시 목진령의 눈이 되어주는 수아가 싫지 않아 구 노인이나 진령만큼은 아니더라도 형식적으로나마 따듯하게 대해주는 편이었다.

"우리 종달새, 오라비가 또 토끼 잡아다 줄까?"

종달새란 현조가 목진령을 부르는 애칭이었다. 시와 노래를 좋아하는 목진령이 그 맑고 귀여운 목소리로 노래를 부를 때마다 현조는 종달새가 노래하는 것 같다고 말했는데, 그것이 이젠 완전히 애칭으로 굳어버린 것이다.

"정말요? 움… 그치만 전에 잡아준 토끼가 벌써 새끼까지 낳아서 많이 불어났는걸요?"

"그래? 잘 키웠나 보구나. 새끼들은 예뻐?"

"헤헤, 보진 못했는데 만져 보니까 너무나 작고 귀여웠어요. 수아도 귀엽다고 했고요."

"그랬구나……."

현조가 약간 씁쓸한 목소리로 말했다. 그러자 현조의 감정 기복을 느꼈는지 진령이 현조의 얼굴을 꼬집으며 말했다.

"또, 또 슬픈 목소리. 그러지 말라고 했잖아요. 그리고 난 눈이 안 보여도 괜찮아요. 귀로 느낄 수 있는 것도 많은걸요. 바람이 웃는 소리, 구름이 달리는 소리, 달님이 미소 짓는 소리, 그리고 오라버니 망치 소리. 그래서 난 행복해요. 그러니까 슬픈 소리 내면 안 돼요. 알았죠?"

"그래. 우리 진령이 말을 들어야지. 하하하!"

"히히, 근데 오라버니 얼굴이 보고 싶기는 해요."

목진령은 부끄러운지 혀를 살짝 내밀며 고개를 숙였다. 그러다 뭔가 갑자기 생각났는지 현조의 어깨를 툭, 쳤다.

"아참! 아버지가 오라버니 찾아요."

"그래?"

목자량이 현조를 찾는 것은 드문 일이 아니었다. 주로 수라도의 성취를 확인하거나 비급의 요결을 해석해 주기 위해 불러냈다. 가고 싶지 않았지만 가르쳐 주는 이 없이 혼자 비급을 해석하는 일은 너무도 위험한 일이다.

글자가 가리키는 뜻을 아는 것은 쉽다. 그러나 비급을 만든 저자가 그 뜻을 어떤 식으로 해석하였는지는 직접 익힌 당사자만이 알고 있다.

여러 뜻을 놓고 갈등하다 보면 시간도 지체되고 실수도 하게 되기 때문에 먼저 그 길을 걸었던 사람에게 물어보는 것이 효율적이었다. 그래서 현조는 목자량의 부름을 거부하지 않았다. 한 번씩 만나 이야기를 나눌 때마다 확실히 얻는 게 많았기 때문이다.

*   *   *

목자량은 현조를 태청으로 불러들였다. 태청은 황제가 신하들과 국론을 의논하는 자리처럼 장원의 대소사를 의논하는 자리다.

보통 때라면 장원 내의 여러 직책을 가진 자들이 북적거렸을 시간이나 목자량이 사람들을 다 물렸기 때문에 지금 이곳에는 목자량과 현조, 그리고 죽 총관과 구 노인만이 있을 뿐이었다.

죽 총관이라면 몰라도 노복에 불과한 구 노인이 있는 것은 의외였다. 하지만 목자량의 의도를 몰랐기 때문에 그저 구 노인을 향해 반가운 눈빛을 보내는 걸로 인사를 대신했을 뿐이다.

현조가 구 노인에게 반가운 눈빛을 보내자 원탁의 상석에 앉아 조용히 턱을 괴고 있던 목자량의 입가에 기이한 미소가 떠올랐다. 하지만 그 미소는 금세 지워졌고 곧 다른 미소로 대체되었다.

그가 입을 열었다.

"십자멸인도는 칠대절초 중에서도 가장 살인에 적합한 비기지."

"……."

"하지만 지금의 너로선 공력의 소모가 너무나 크다. 도기가 난무하는 전투에서 쓰기엔 적합하지 않은 기술이야. 그렇기 때문에 여러 초식을 연환하여 상대를 몰아붙일 경우 마지막 초식으로 쓰도록. 비단 십자멸인도뿐만 아니라 나머지 칠대절초가 거의 다 그러하다. 큰 기술엔 그만한 대가가 따르는 법이니 전투 시 큰 기술을 쓸 만한 틈을 확실하게 만든 후에 마무리 초식으로 쓰는 것이 좋지. 물론 네 공력이 나만큼 높아진다면 평범하게 써도 무방하다."

현조는 대답하지 않았으나 귀를 기울여 그의 말을 경청하는 중이었다. 십자멸인도를 익힐 줄만 알았지, 그것의 용도에 대해서는 경험이 부족해 알지 못했다. 그래서 목자량의 한마디 한마디는 아주 좋은 공부였다.

"눈빛이 많이 죽었구나."

"……?"

한참 십자멸인도에 대한 설명을 이어가던 목자량의 입에서 다른 소리가 나왔다. 현조가 얼굴에 의문을 담기도 전에 그가 다시 입을 열었다.

"증오가 많이 희석되었다는 뜻이다."

"당치 않은 소리!! 설사 그렇다 해도 내가 당신을 파멸시키는 건 변치 않아!"

목자량이 여유로운 미소를 흘리며 말했다.

"경고 하나 할까? 후회하기 싫다면 날 더 증오하는 게 좋을 거다."

"더 할 얘기는?"

"오늘 가르칠 건 다 가르쳤다. 단지, 마지막 얘기는 잘 새겨듣는 게 좋을 게다."

현조는 대답도 하지 않고 등을 휙 돌려 태청을 빠져나왔다. 그 뒤를 구 노인이 따랐다.

두 노소의 뒷모습을 바라보던 목자량이 죽 총관에게 말했다.

"이제 씨는 뿌려졌는가?"

"…예. 분명 둘째 도련님께서 구 노인을 보았습니다."

"자넨 불만이 많은 표정이군."

"구 노인, 아니, 구적 그 친구는 목가장을 재건했을 때부터 충성해 온 하인입니다. 꼭 그렇게까지 해야 하는 겁니까?"

"킥, 자네도 우습구먼. 왜 이리 마음이 약해진 게야? 사람 목숨쯤이야 파리로 알던 자네가 아닌가?"

또다시 그의 역린을 건드리는 장주의 한마디. 그러나 죽 총관은 아무런 대꾸도 할 수 없었다. 문득 꼽추처럼 굽어버린 등이 쑤셔오는 것을 느꼈다.

'네놈이 이런 괴물이 될 줄 미리 알았더라면… 조금만 일찍 알았더라면… 내가… 내가… 이렇게까지 되지는 않았을 터인데…….'

죽 총관은 눈을 감는 것으로 후회와 분을 삭였다.

*　　　*　　　*

구 노인과 함께 태청을 빠져나온 현조가 연무장에 이르러서 그에게 물었다.

"구 노인을 왜 불렀을까? 무슨 일 있었어?"

"아닙니다, 도련님. 그저 도련님을 앞으로도 잘 보필하라는 명을 받았을 뿐이지요."

"그 밖에 특이한 일은 없었어?"

"글쎄요……. 아, 있었습니다. 둘째 도련님께서 태청에서 실컷 야단을 맞고 가셨지요."

"쥐새끼가?"

"예. 앞으로 도련님을 괴롭히지 말라고 엄히 말씀하셨습니다."

구 노인이 한껏 들뜬 목소리로 다시 말했다.

"거 보십쇼. 분명 주인어른께서도 도련님을 신경 쓰고 계시는 겁니다."

구 노인의 말이 달갑지는 않았다.

아까 전 의각에서는 잠시 따듯한 감정이 피어오르기도 했으나 태청에서 다시금 확인했다.

목자량은 결국 뛰어넘어야 할 산이며 복수해야 할 원수였다. 하지만 가족과도 같은 구 노인의 기분을 망치고 싶지 않아서 희미하게 웃을 뿐, 대꾸하지 않았다.

현조는 자신이 정신을 잃었던 바위의 하단에 서서 그 상흔을 살폈다. 분명 자신은 십자의 상흔을 남겼는데 지금 남아 있는 것은 그저 바위 일부분이 살짝 무너져 내린 잔해뿐이었다.

하지만 현조는 그곳에서 수라도의 흔적을 찾을 수 있었다.

자신이 남긴 십자멸인도가 아닌 또 다른 칠대절초의 흔적.

"이것이… 야차혈인(夜叉血刃)."

바위의 잔해를 살펴보던 중 발견하게 된 것이다.

어른 몸통만 한 바위 조각의 뒷면에는 아주 거친 도흔(刀痕)이 남아 있었다. 만약 사람의 몸에 맞았다면 전신이 갈기갈기 찢겨 분시가 되고도 남았으리라.

현조는 문득 뒷골에 소름이 돋는 것을 느꼈다.

이래서, 이래서 목자량의 벽이 높아만 보인다.

더군다나 그는 수라도에 버금가는 무공 역시 여러 개를 익히고 있다. 그것들은 또 얼마나 가공할 것인가?

현조는 괜히 마음이 급해졌다.

“구 노인!”

“예, 도련님.”

“망치!”

구 노인은 항상 준비하고 다니는 망치를 현조의 손에 쥐어 주었다.

*　　　*　　　*

최근 혼인 준비를 하느라 바쁜 목강에게 목유가 찾아왔다. 그는 아비에게 혼나고 왔음에도 얼굴엔 상당한 기쁨이 묻어 있었다.

목강이 그런 목유의 얼굴을 보고 의아해하며 물었다.

“혼나고 온 놈이 얼굴은 왜 이리 밝은 거냐?”

“묘책이 생겼기 때문입니다.”

“묘책이 생겼다?”

“예, 형님. 그놈이 익히고 있는 무공이 무엇인지 알아낼 방법 말입니다.”

목강은 목유가 지칭하는 ‘그놈’이 누구인지 쉽게 짐작하였다. 몇 달 전부터 목유가 ‘그놈’을 닦달하고 있는 것을 잘 알고 있었기 때문이다.

“혹 아직도 미련을 못 버렸느냐? 그놈이 익힌 것은 기껏해야 팔 힘이나 길러줄 외공이다.”

"아닙니다. 어제 그 굉음을 못 들으셨습니까?"

"그건 그 천출이 바위의 아랫부분을 너무 깊게 파내서 지탱할 곳 없는 부실한 부분이 무너져서 그런 걸로 아는데?"

"형님, 잘 생각해 보십시오. 겨우 바위 일부분이 무너졌다고 그렇게 큰 소리가 날 것 같습니까?"

"이곳은 산기슭이니 소리가 널리 퍼질 수도 있겠지."

"무너지는 소리와 박살이 나는 소리는 엄연히 다른 겁니다. 아버지가 연무장 안쪽에서 무공을 쓰시는 소리를 들었지요? 그건 분명 흔적을 지우는 소리였습니다."

"음… 바위가 너무 위험하여 조금 깎아냈다 하시던데……."

"이유야 어쨌든 그 소리를 들었다면 무너지는 소리와 바위가 박살 나는 소리가 얼마나 다른지 짐작하실 수 있을 겁니다. 더군다나 오늘 그동안 제가 놈을 괴롭혀도 아무 상관 안 하시던 아버지가 갑자기 더 이상 괴롭히지 말라며 엄포를 놓으셨습니다. 그건 그놈이 아버지께서 세우신 계획을 어느 정도 이루었다는 소리 아닐까요?"

목강은 그제야 자세를 바로 하고 동생의 말에 열중하기 시작했다.

"그렇다면… 놈에게 확실히 뭔가 있긴 있는 것이로군."

"그렇습니다, 형님. 설마 천출에게 우리 목가장의 비기를 고스란히 넘기시려는 건 아니겠죠?"

"하지만 우리가 배우는 무공도 다 수습하지 못하지 않았느냐. 천뢰명광도법(天雷鳴光刀法)이 보통 무공도 아니고, 아버지께서 십존에 그 이름을 올리시게 만든 절대의 무공인데 다른 것에 욕심내서야……."

"그렇긴 하지만 그 천출이 익힌 무공 역시 보통이 아닐 것입니다. 아버지께서 직접 혼적을 지우신 걸 보면 천뢰명광도법과 비슷하거나 그 이상인 게 분명합니다."

"으음."

"어쩌실 겁니까, 형님?"

강호상에 알려진 목강에 대한 평가는 사내답고 공명정대한 위인이었지만 피를 나눈 형제인 목유는 잘 알고 있었다. 그가 앞으로 나서려 하지 않을 뿐이지, 그 역시 마음속은 욕심으로 가득 차 있다는 것을.

"방법은 있느냐?"

"그놈 옆에 붙어 다니는 늙은 종놈이 하나 있습니다. 닦달하다 보면 뭔가 나오지 않겠습니까? 잘 살펴보니 놈이 연무하는 곳에서 놈을 직접 수발까지 들게 하고, 오늘 보니 아버지 곁에서 놈이 오기만을 기다리고 있더군요. 분명 비밀을 많이 알고 있을 겁니다."

"그러다 아버지께서 역정이라도 내시면 어쩌려고?"

"저는 그놈을 건드리는 게 아닙니다. 그 늙은 종을 건드리는 것이지요. 아버지께서도 늙은 종에 대해선 언급하신 바가 없습니다."

"괜찮은 생각이로구나. 흠, 하지만 난 혼사 준비로 바쁘다. 딱히 네 계획을 찬성하는 건 아니지만 적어도 방해는 하지 않으마."

목유는 자기도 모르게 실소를 흘렸다.

형의 반응이 예상했던 대로이긴 했지만 너무나 딱 들어맞아서 웃음이 나왔던 것이다.

항상 이랬다. 욕심을 은근슬쩍 내비치면서 중요한 부분은 책임지려 하지 않는다.

만약 자신이 성공하면 아무렇지도 않게 들러붙어 노력으로 얻은 보상을 빼앗으려 할 것이다. 이런 그의 모습은 어머니와 많이 닮아 있었다.

목유는 문득 어쩌면 아버지를 가장 많이 닮은 사람은 형이 아니라 자신일지도 모른다는 생각이 들었다.

"걱정 마십시오. 뭐든 저 혼자 하는 일입니다. 그저 방관하시면 됩니다, 형님은."

＊　　　＊　　　＊

구 노인은 평생 하인이었다.

네 살 때 어미 손에 이끌려 큰 대갓집의 하인으로 들어간 후, 단 한 번도 지금의 일을 그만둔 적이 없었다.

자식들은 종놈 아버지가 싫다며 분가해서 나가 버렸지만 그래도 구 노인은 지금의 일이 자신의 천직이라 믿었다.

특히 목가장에 대한 그의 애착은 상당한 것으로, 삼십 여 년 전에 목가장이 새로 지어질 때 고용되어 지금까지 단 한 번도 자신의 직무를 어겨본 일이 없었다.

다른 하인들의 업무 역시 그가 다 가르쳤으며 장원 곳곳에 그의 손때가 묻지 않은 곳이 없었다. 그는 목가장이야말로 자신이 뼈를 묻어야 할 곳이라 믿었다.

외로움을 잘 타는 현조를 만난 후부터는 그 생각이 더욱더 굳어졌다. 그의 남은 인생은 이 불쌍한 도련님을 위해 존재하는 것이라고 여길 만큼 현조를 깊이 아꼈다.

어쩌면 어미 손에 이끌려 대갓집에 팔려갔던 자신의 과거 모습을 현조에게서 발견했던 것인지도 몰랐다.

오늘도 유 숙수를 닦달하여 현조가 좋아하는 음식을 보따리에 잔뜩 싸 들고 연무장으로 향하는 중이었다. 그는 이 같은 식사 배달을 지난 이 년간 단 한 번도 거른 적이 없었다.

그런 그의 발걸음을 익숙한 목소리의 사내가 불러 세웠다.

"이봐, 구 노인."

구 노인은 그 목소리에 소름이 돋는 것을 느꼈다.

현조 때문에라도 다시는 듣고 싶지 않은 목소리였다. 하지만 그의 상전이니 어쩔 수 없이 고개를 숙여 대답해야 했다.

"예, 둘째 도련님."

그에게 둘째 도련님이라 불린 사내, 목유가 이를 드러내며 씩 웃었다.

"나랑 같이 좀 가줘야겠어."

"어?"

한참 망치로 바위를 두들기던 현조가 하던 일을 멈추고 고개를 갸웃거렸다. 망치 자루—손잡이—가 부러진 것이다.

망치야 쇠로 되었다지만 손잡이는 나무로 되어 있으니 그럴 만도 했다. 하지만 한 번도 이런 일이 없었기 때문에 기분이 이상했다.

문득 시간이 궁금하여 하늘을 보니 저물어가는 노을이 저녁 무렵임을 말해주고 있었다.

'구 노인은 아직 멀었나? 배고픈데 빨리 오면 좋겠다.'

망치 자루가 부러졌으니 바위를 더 깨부술 순 없었다. 현조는 뒤로 벌렁 누워 구 노인이 빨리 오기만을 기다렸다.

*   *   *

털썩.

피투성이의 노인이 힘없이 땅에 쓰러지자 덩치 큰 대머리 사내가 질렸다는 표정으로 땅에 침을 뱉었다.

그는 도축장의 백정처럼 앞치마를 두르고 있었는데, 마치

설거지를 막 끝낸 아낙처럼 그곳에 피로 물든 손을 닦고 있었다.

"지독한 늙은이, 끝까지 말을 안 하는군. 이 정도면 말을 만들어서라도 할 텐데 말이야."

이 덩치 큰 대머리의 이름은 방래(防崍)로, 목가장이 인근에서 살인이나 강간, 방화 등의 중죄를 저지른 범죄자들을 잡아 가두기 위해 만든 천산뇌옥의 책임자였다.

방래는 뇌옥의 수인들 사이에서 공포의 대상이었다. 그것은 그가 아주 뛰어난 고문 기술자였기 때문인데, 그에게 걸리면 어떤 독심을 가진 자라도 하루를 넘기지 못하고 자신의 죄를 자백하고 말았다. 물론 그 자백의 사실 여부는 하늘만이 알 뿐이다.

방래는 둘째 공자인 목유의 명에 따라 일단 늙은이의 손톱과 발톱을 다 뽑고 가슴의 피부를 손바닥만 한 넓이로 벗겨내었다. 그래도 불지 않기에 늙어서 몇 안 남은 이를 모조리 뽑아버렸다. 그것도 모자라 상처에 소금까지 뿌렸다.

노인이 끝까지 버티기에 자존심이 상했던 방래는 마지막 수단으로 살을 저며 포를 뜰까도 했지만 둘째 공자의 만류로 이루지 못했다. 당장 죽어선 곤란하다는 이유였다.

그는 여태 즐기듯 웃으며 고문 장면을 구경하던 둘째 공자에게 조심스레 말했다.

"이 정도로 했는데도 말을 않는다는 건 정신력이 아주 뛰어나거나 정말 모르거나 그것도 아니면 노망난 겁니다."

"그래? 아쉽지만 할 수 없지. 못 알아내더라도 그 천출 놈에게 경고를 할 정도로는 충분하고, 게다가 협상 도구로도 쓸 수 있고."

"데려가시렵니까?"

"그래야지."

방래는 하는 수 없다는 듯 어깨를 으쓱하며 노인을 일으켜 세워 의자에 앉혔다. 그가 말했다.

"구 노인, 내가 그쪽에게 원한이 있어 이런 게 아니라오. 그저 내 할 일을 할 뿐이지. 그러니 이대로 죽더라도 내 원망은 마시구려."

그렇다. 노인은 바로 현조에게 음식을 가져다주러 가던 구 노인이었다. 방래는 구 노인과 절친하진 않아도 제법 알고 지낸 지 오래된 사이였다. 때문에 아무리 고문을 즐기는 그일지라도 찜찜하기 이루 말할 수 없었다.

차라리 콱 죽어버렸으면 모를까, 살아 있지 않은가.

'그나마도 오늘내일 할 목숨이지만.'

조금 남아 있던 죄책감을 덜어낸 방래는 목유를 따라온 하인들에게 노인을 인계했다.

"이제 식사나 하러 가볼까."

방금 사람 하나를 폐인으로 만든 사람 같지 않은 자연스런 태도였다.

쾅!!

호원무사들이 단체로 이용하는 식당 문이 박살 나며 한 소년이 뛰어들어 왔다.

그리고 안에 있던 무사들이 미처 반응하기도 전에 끝자리에서 식사 중인 방래를 발견하고는 그대로 돌진하여 그의 머리를 식탁 위에 박아버렸다.

음식물이 허공으로 치솟고 식탁은 박살이 났다.

방래의 머리도 피로 범벅이 되었다.

소년은 거기서 멈추지 않았다.

그대로 옆에 있던 의자를 들어 쓰러진 방래의 등에 휘둘렀다. 와지끈 하는 소리와 함께 의자 역시 박살 났다.

정신을 못 차리는 방래의 옆구리에 소년의 정강이가 박히자 그때서야 그의 입에서 돼지 멱따는 비명이 터져 나왔다.

소년이 방래의 무릎을 부수고 양팔을 부러뜨린 뒤에야 정신을 차린 무사들이 소년을 말렸다. 소년은 자신의 앞을 가로막는 호원무사들을 매섭게 쏘아보았다.

그들 입장에서는 매일같이 미친놈처럼 바위에 망치질이나 해대는 장주의 양자를 두려워할 만한 이유가 없었다. 그러나 양자일지라도 장주가 인정한 아들인지라 함부로 하지는 못했다.

더군다나 소년의 살기 어린 눈빛은 경험 많은 무사들의 간

담마저 서늘하게 만들기에 충분한 것이었다.

소년은 방래를 노려보며 조용히 물었다.

"어디 있나?"

"으… 으… 무… 무슨……."

콰직!

소년은 방래의 대답에 곧바로 다리를 휘둘러 옆에 있던 식탁의 다리를 부러뜨렸다. 그리고 그것을 몽둥이 삼아 방래를 향해 가차없이 휘둘렀다.

"크아악!!"

항상 남에게 고통만 주었지, 그 스스로 이런 무차별적인 폭력은 당해본 적이 없는 터라 방래의 입은 술술 열렸다.

"뭐, 뭘 물어보고 싶은 겁니까. 뭐, 뭐든 말씀만……."

"구 노인 어딨어?"

"두… 둘째 도련님이 데리고 가셨습니다."

"그래?"

원하는 대답을 듣자 소년은 몽둥이를 던져 버리고 밖으로 나갔다. 폭풍이 휘몰아치듯 순식간에 벌어진 일이라 식당 안에 있던 무사들은 다들 말을 잇지 못했다.

*　　　*　　　*

목유는 눈앞의 현조를 바라보며 차를 한 모금 들이켰다.

"한잔 들지그래? 천한 놈이 맛보기엔 좀 비싼 차지만."

"구 노인은 어디 있지?"

현조는 그와 오래 말을 섞고 싶지 않았다.

그래서 용건부터 꺼냈다.

그러자 목유가 눈썹을 찡그리며 대답했다.

"성질이 급하군. 내게 원하는 것이 있으면 너 역시 협상할 것을 내놓아야지."

"구 노인은 아무런 죄가 없어."

"없는 죄는 만들면 그만이지. 마침 구 노인의 숙소에서 내가 아끼던 검이 발견되었더군."

"쥐새끼."

목유의 얼굴에서 미소가 사라졌다.

"천한 놈이 갈수록 방자해지는구나."

"나야말로 너같이 비열한 쥐새끼랑 마주 보고 대화를 해야 한다니 구역질이 날 지경이다. 아비가 무서워 날 못 건드리니까 대신 힘없는 노인네나 건드려서 협박하는 게 그 잘난 목가 핏줄이 하는 짓거리냐? 누가 천한지 알 수가 없군."

현조의 독설에 목유의 얼굴이 눈에 띄게 구겨졌다.

그는 당장에라도 현조를 일장에 쳐 죽이고 싶었다.

그러나 아비의 엄포가 생각나 함부로 손을 쓸 수 없었다.

"흥! 마음대로 생각해라, 천한 놈. 어쨌든 그 늙은이를 돌려받고 싶거든 무공에 대해 말해라."

"역시… 역시 원하는 것이 겨우 그거였나?"

"흥! 겨우? 도존의 절기가 '겨우' 란 말이냐?"

"그깟 무공 비급이 그리도 갖고 싶다면… 좋아, 필사해 주지. 하지만 각오하는 게 좋을 거야. 이 빚은 반드시 갚아주고 말 테니까."

"천한 놈이 포기가 빨라 좋구나. 하지만 웃기는군. 십존의 무공을 겨우 천한 늙은이 하나 때문에 포기하다니."

그 말을 끝으로 목유는 사람을 불러 지필묵을 가져오게 하고 구 노인도 데려오게 했다.

잠시 후 현조가 필사를 시작하자 피투성이가 된 채 의식을 잃은 구 노인이 하인의 어깨에 들려 방 안으로 들어왔다.

깜짝 놀란 현조가 그의 상세를 확인하려 일어섰지만 뒤이은 목유의 말에 다시 앉아야 했다.

"필사를 끝내지 않으면 저 늙은이를 내주지 않을 것이다."

안타깝지만 어찌할 방도가 없었다.

아무리 수라도의 비의를 깨달았다 해도 그것은 심법의 경우일 뿐, 누군가와 대련은커녕 칼조차 제대로 휘둘러 본 적이 없었다. 있다면 가끔 목자량의 지도하에 초식을 배울 때 목도를 조금 휘둘러 본 정도였다.

지금 수준으론 방래 같은 잡졸들이야 능히 박살 낼 수 있지만 이미 무림의 후기지수들 사이에서 크게 이름을 날리는 목유에겐 전혀 상대가 되지 않음을 알고 있었다.

여기서 구 노인을 살려내려면 목유의 뜻에 따르는 수밖에 도리가 없었다.

거의 두 시진 동안 꼼짝도 않고 수라도의 도결을 필사했다. 심법을 제외한 모든 도법을 필사했을 때 목유가 만족한 듯 고개를 끄덕이더니 책을 빼앗았다.

물론 심법을 뺀 사실을 목유는 아직 모르고 있었다.

구 노인을 들쳐 업고 떠나는 현조의 뒤통수를 향해 목유가 말했다.

"이제 네 주제를 좀 알았겠지? 앞으론 주제 파악을 제대로 해라. 죽고 싶지 않으면. 후후."

현조는 뒤돌아보지 않고 대꾸했다.

"아까도 말했다만, 이 빚은 반드시 갚아준다."

"훙, 마음대로 해라."

현조가 방을 빠져나가자 목유는 책의 내용에 좀 더 심취하고자 했다. 그러나 그는 뜻을 이룰 수 없었다.

"좋으냐?"

"헉!!"

언제 들어왔는지 목자량이 그가 앉은 책상의 반대편에 앉아 차를 들이켜고 있었기 때문이다.

"어… 언제……."

"미련한 놈. 천하의 도존인 내가 네놈에게 기척을 들킬 듯 싶으냐?"

“소, 송구합니다, 아버지.”

“시끄럽다. 좋은 말로 할 때 책을 내놓아라. 네놈이 익힐 물건이 아니다.”

목유는 반항할 수 없었다.

어린 시절부터 아비는 존경심보단 두려움의 대상이었고, 그것은 청년이 된 지금도 마찬가지였다.

대신 변명을 하기 시작했다.

“아, 아버님, 소자는 어디까지나 가문의 명예와…….”

목자량이 특유의 여유가 잔뜩 묻어나는 얼굴로 아들의 말을 가로막았다.

“같잖은 소리를 하는구나.”

“컥!!”

갑자기 목유가 자신의 목을 틀어쥐며 괴로워했다. 안색이 파랗게 질린 것이 호흡 곤란인 듯 보였으나 지금 그의 방 안에 그의 호흡을 곤란하게 하는 것은 아무것도 없었다.

하지만 목유는 정말 괴로웠다.

아버지가 자신에게 보내는 그 끝 모를 살기(殺氣)에 내공은 산산이 흩어지고 폐가 오그라드는 듯했다.

목자량이 다시 한 번 차를 들이켜며 말했다.

“난 분명히 그 아이를 건드리지 말라고 했다. 그것은 그 아이가 익힌 무공도 포함되는 것이지.”

“캐, 캐액, 캐액!”

찻주전자에서 차를 한 잔 더 따른 목자량은 괴로워하는 목유가 보이지도 않는 듯 현조가 필사해 놓은 책을 펼쳐 놓고 읽는 중이었다.

"이놈, 글씨가 참 좋구나. 아, 그래, 어디까지 말했지? 무공까지 말했나? 흠… 난 이까짓 무공 비급 때문에 화가 난 게 아니다. 뭐, 무가의 남자라면 무공에 욕심내는 것이 당연하니까. 진짜 화나는 건 네가 내 말을 멋대로 해석하고 어겼다는 것이지. 음, 이 차, 정말 맛이 괜찮군. 아랫것들 시켜서 좀 보내려무나. 하여튼 난 많은 것을 바라지 않아. 그저 복종을 원할 뿐이지. 말 안 듣는 것들은 골치가 아프거든."

"캑… 캑……."

목유는 이제 거의 의식을 잃어갈 정도였다.

목자량은 그제야 살기를 거두었다.

"커허헉!! 헉!! 헉!!"

숨통이 트인 목유가 바닥에 엎드린 채 숨을 헐떡였다.

헐떡이는 목유의 귓가로 여유로운 음성이 들려왔다.

"대답은?"

깜짝 놀라 반사적으로 벌떡 일어선 목유가 큰 소리로 외쳤다.

"다, 다시는, 다시는 그 아이를 건드리지 않겠습니다!!"

"……."

"보, 복종하겠습니다. 아버지 말씀을 절대, 절대 어기지 않겠습니다."

　원하는 대답을 들었는지 목자량이 씩 웃으며 목유의 어깨를 두드렸다.

　"그래야 착한 아들이지."

＊　　　＊　　　＊

　"죽여 버리겠어!!"

　현조의 분노에 찬 외침이 의각을 가득 울렸다.

　구 노인의 상태를 진찰한 의원이 씁쓸한 얼굴로 고개를 저었기 때문이다. 칠순 노인이 몇 시진이나 쉬지 않고 고문을 당했는데 배겨낼 수 있을 리기 없다.

　당장에라도 목유의 거처로 쳐들어갈 것만 같던 현조의 걸음을 잡은 것은 구 노인의 앙상한 손이었다.

　"이… 늙은이… 때… 문에 형제들과 상잔해선 안 됩니다."

　뿌리칠 수도 있었다. 그러나 손톱이 다 빠져 버린 피에 젖은 손으로 자신의 옷자락을 붙잡는 구 노인을 어찌 뿌리칠 수 있겠는가. 가족과도 같은 구 노인이 죽어가며 잡는데 어딜 갈 수 있겠느냔 말이다.

　지금 이 순간에도 구 노인의 눈에선 점점 빛이 사라져 갔다.

　"도, 도… 련… 님……."

현조가 구 노인의 손을 감싸 쥐며 황급히 말했다.

"그래요, 구 노인!! 나 여기 있어요! 어서 말해봐요! 아무 말이나 해요! 절대 잠들면 안 돼요!"

"…또 요 자를… 붙이시는……."

"그래, 할아범. 이제 안 그럴게. 그러니… 그러니 죽지 마! 죽으면 안 돼!!"

현조의 눈에서 눈물이 터져 나왔다. 어머니 무덤 앞에서 했던 맹세는 지금 이 순간 아무 소용 없었다.

"사… 사람은 언젠가… 주, 죽기 마련… 입니다."

"아… 아… 안 돼!! 안 돼!! 아직 나한테 해줄 얘기가 많다면서, 할아범!! 유 숙수 닦달해서 사천 요리도 다 먹게 해준다면서!! 그러니까… 그러니까 눈 감지 마!!"

"도… 련… 님……."

현조의 절규 때문일까?

구 노인의 공허한 눈동자에 잠시나마 빛이 돌아왔다.

그러나 그것은 회광반조(回光返照).

꺼지기 직전의 촛불이 가장 강하게 타오르듯 죽기 직전, 마지막 힘을 짜내기 위한 작은 발버둥이다.

"응, 나 여기 있어. 잠들지 마. 계속 말해, 할아범."

"…장주의 계획대로 하여선 안 됩니다. 그의 뜻에 따르게 되면… 사람이 아니라… 괴물이… 되고 말아요. 장주처럼 되고 맙니다. 장주처럼……. 그는 외롭고 불쌍한 사람이에요.

외로워서 자신과 닮은 괴물을 만들고 싶어하는 겁니다. 도련님은 절대 그렇게 되어선 안 됩니다. 절대……."

"아니야. 난 그놈을 반드시 죽여 버릴 거야. 할아범은 그놈이 밉지도 않아? 할아범을 태청에 부른 이유도 분명 목유, 그 쥐새끼에게 보이기 위해서야. 모두 그 개자식이 꾸민 게 분명하다고!! 절대 잊지 않아!! 반드시 내 손으로 그놈의 모든 걸 빼앗고 죽여서 그 간을 꺼내 씹어 먹을 거야! 다른 놈 손에 죽으면 그 무덤을 파헤쳐서 시체를 잘라 태워 가루로 만들고 말겠어!!"

"안… 됩니다……. 약속해 주… 세요. 절대… 괴물은… 되지 않겠다고… 약… 속… 을……."

구 노인의 눈에서 빛이 사라져 갔다. 서서히 꺼져 가는 구 노인의 눈빛을 보며 현조가 작은 목소리로 말했다.

"…구 노인?"

구 노인은 대답이 없었다. 현조가 고개를 숙여 구 노인의 귀에 입을 가까이 대고 다시 말했다.

"할아범… 할아범… 말 좀… 말 좀 해봐."

구 노인의 생기 잃은 얼굴을 쓰다듬으며 현조는 다시 말했다.

"엄마처럼 날 떠나지 말란 말이야. 제발 예전처럼 웃으며 말을 걸어줘. 제발 부탁이야. 웃지 않아도 좋아. 한 번만… 한 번만 대답해 줘……."

가슴이 찢어졌다.

어머니를 잃었을 때와 같았다.

그 끝 모를 상실감. 구 노인과의 추억들.

현조는 구 노인의 머리를 품에 안고 절규했다.

"우아아아아아악!!"

우르릉!

하늘도 현조의 슬픔을 아는지 우렛소리로 회답하는 듯 했
다. 뒤이어 슬픔과 증오에 찬 절규를 감추려는 듯 차가운 빗
줄기가 땅을 뒤덮었다.

쏴아아아!

그렇게 현조의 슬픔이 하늘에 닿던 날,

가족과도 같던 구 노인은 세상을 떠났다.

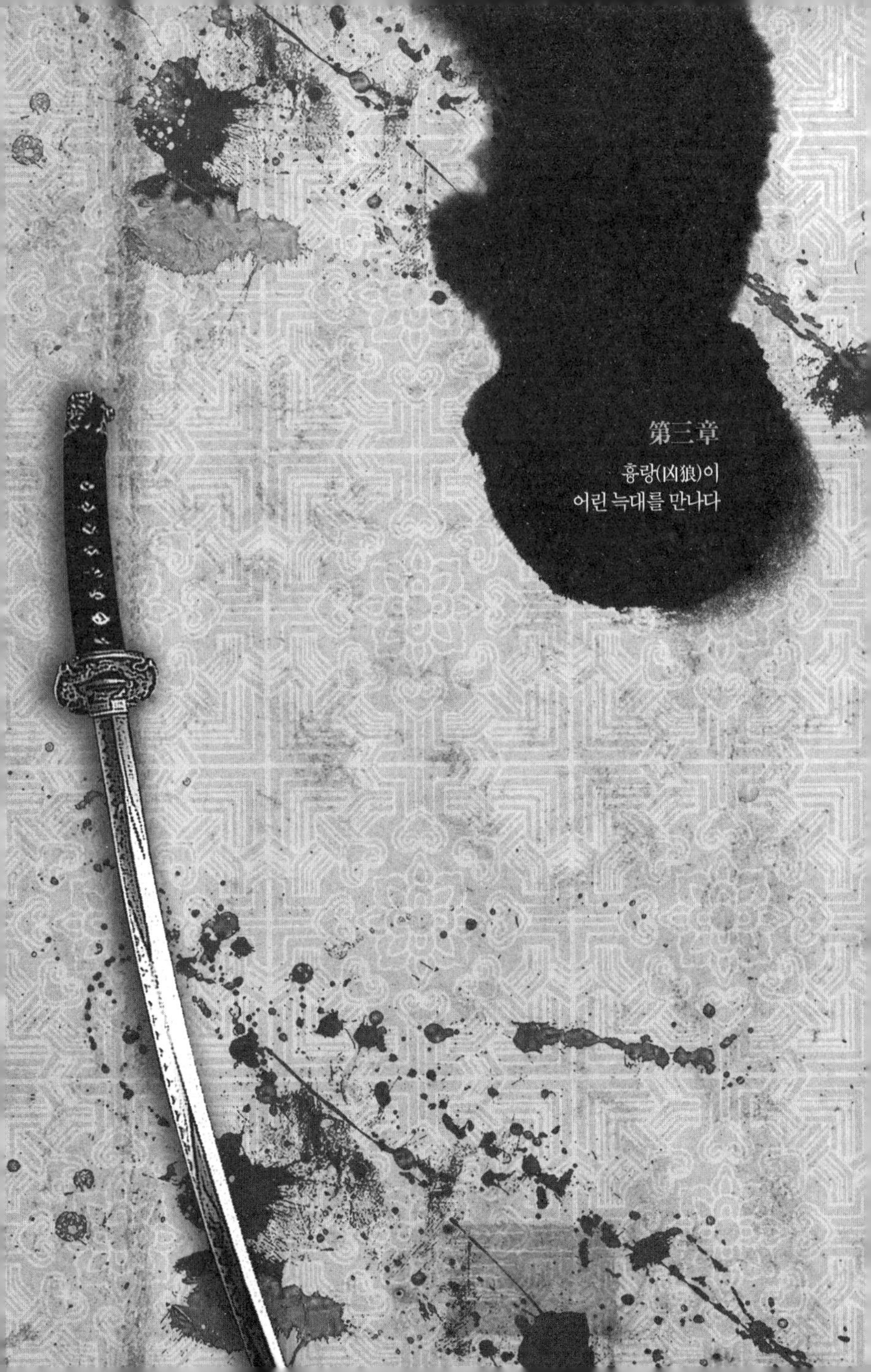

第三章
흉랑(凶狼)이
어린 늑대를 만나다

칼도
풍운
鬼刀風雲

깡!

콰쾅!!

깡!

콰광!!

바위에 처박히는 매서운 십자의 기파.

도를 쓰지 않고 그저 순수하게 몸으로 만들어낸 기파이므로 그 상흔은 십(十)자이나 자국은 거칠기 그지없다.

부족한 공력은 상관없었다.

터질 것 같은 증오가 몸을 쥐어짰다.

공력을 소진하여 기절하면 깨어나서 다시 시작하고, 또 기절하면 다시 깨어나서 시작하고, 그 짓을 수십 번이나 계속했다.

충분히 무리하고 있었지만 이젠 말리는 이도 자신의 곁에 없었다. 가뜩이나 공력의 소모가 심한 십자멸인도의 기파(氣波)를 쉴 새 없이 내뿜는 터라 몸이 버틸 리 없었다.

기의 운용이 거칠기 그지없어 가히 폭주라 불러도 무방하리라.

무인이라면 누구나 알겠지만 이러한 기의 급격한 낭비는 내상을 불러온다.

결국 현조의 코에서 피가 흘러나왔다.

멀리서 지켜보던 목자량이 혀를 찼다.

"좀 더 나중 일이라 생각했건만 앞당겨야겠군. 죽 총관!"

뒤에 시립해 있던 죽 총관이 공손히 대답했다.

"예, 장주님."

목자량은 더 이상 보기 싫다는 듯 자신의 거처로 발걸음을 옮기며 죽 총관에게 명했다.

"저놈에게도 이제 칼 한 자루 쥐어줘야겠어."

"알겠습니다, 장주."

*　　　*　　　*

“그리 원한에 사무쳐 칼[끼]을 익혀봤자 네게 좋지 않다.”

“킥, 그자는 좀 더 원한에 찌들어 살길 바라던데요? 그나저나 절 왜 찾았습니까?”

퀭한 눈으로 죽 총관에게 웃음 짓는 현조의 눈빛에 죽 총관은 섬뜩한 기분을 느꼈다.

그 얼굴에서 목자량의 그림자를 발견했기 때문이리라.

“…장주께서 네게 칼을 쥐어주라고 하시더구나.”

“또 뭘 뺏으려고 그러실까? 그 사람이 내게 뭔가 주는 날은 꼭 뭔가 빼앗기는 날이던데. 후후.”

죽 총관이 짐짓 엄한 얼굴로 현조를 꾸짖었다.

“부친께 못하는 소리가 없구나!!”

“피 한 방울 안 섞였는데 부친은 무슨. 그나저나 죽 총관은 알고 있었지요?”

“뭘 말이냐?”

“그 사람이 쥐새끼를 이용해 구 노인을 없애려 한 것 말이에요.”

“…….”

무언은 곧 긍정이라 현조는 고개를 끄덕이며 자리에서 일어났다.

“자, 가지요. 칼을 쥐어주고 뭘 시키려는 건지 궁금하군요.”

　　　　＊　　　　＊　　　　＊

구룡각(九龍閣).

목가의 자손들만 들어갈 수 있다는 일종의 창고였다.

아홉 개의 창고로 이루어진 이 커다란 건물은 현재는 찾는 이가 거의 없었다.

죽 총관은 사(四)라고 쓰인 창고 앞에 서서 현조에게 말했다.

"이곳은 병기고다. 지난 세월 장주께서 강호를 유랑할 때 얻으신 물건들이 담겨 있는 곳이지. 대부분 칼[刀]이니 원하는 게 있으면 가지고 나오너라."

현조는 대답도 없이 창고 안으로 들어갔다.

과연 죽 총관의 말대로 창고 안에는 수많은 병기들이 걸려 있었는데, 그중 대부분이 도(刀)였다.

딱히 마음을 끄는 것이 없어 그저 구경만 하고 있을 즈음이었다.

딸그락.

낯선 기척에 고개를 돌린 현조는 잠시 놀라야 했다.

고개를 돌린 곳에 수아와 진령이 서 있었기 때문이다.

진령은 평소와는 달리 시무룩한 얼굴로 현조가 있을 만한 곳으로 짐작되는 허공을 바라보고 있었다. 진령이 풀 죽은 목소리로 물었다.

"오라버니, 이제 저 싫어진 거예요?"

현조가 다소 딱딱한 목소리로 되물었다.

"무슨 소리냐?"

"둘째 오라버니 때문에요."

친동생처럼 아끼는 아이를 싫어할 리 없다.

그러나 이젠 확실히 선을 그어둬야 할 시기다.

현조의 목소리가 더욱더 차가워졌다.

"알면 내 눈 앞에서 당장 꺼져."

그의 목소리에서 작은 감정의 기복을 읽은 진령이 슬픈 얼굴로 말했다.

"…오라버니 본심이 아니라는 거 다 알아요. 지금 많이 힘드……."

"시끄러!!"

순간 현조가 거칠게 외쳤다.

말을 잇던 진령의 어깨가 움츠러들었다.

그가 다시 말을 이었다.

"이젠 목가 핏줄이 죄다 싫어졌어!! 언제고 네 둘째 오빠와 아비란 인간은 내 손에 죽는다! 날 자극하면 너도 가만두지 않을 거야! 그러니 다신 내 눈앞에 나타나지 마!"

뒤에 서 있던 수아가 움츠러든 진령의 어깨를 쓰다듬었다.

진령은 자신의 어깨를 쓰다듬는 그녀의 손을 꼭 잡았다.

수아는 진령의 손이 몹시 떨리는 것을 느끼고 현조에게 서운한 표정을 지어 보였다.

감정 표현이 드문 그녀로서는 상당히 뜻밖의 반응이었다.

그만큼 그녀가 진령을 아끼고 있음이리라.

그러나 현조는 그녀와 눈도 마주치지 않았다.

입술을 질끈 깨문 수아는 진령을 데리고 밖으로 나가 버렸다. 더 이상 현조에게서 어떠한 대답도 들을 수 없으리란 걸 알았기 때문이다.

현조는 두 소녀의 뒷모습을 보며 눈을 질끈 감았다.

더 이상 따듯한 것을 가까이하면 안 된다.

자신이 가까이하면 분명 그는 가만두지 않을 것이다.

그게 자신의 친딸일지라도.

어쩌면 친딸이 가장 아끼는 시녀를 제물로 삼아 경고를 보낼지도 모른다. 수아라는 시녀가 진령에게 있어 어떤 존재인지 잘 아는 현조로서는 진령의 가슴에 상처를 남기지 않기 위한 최선의 방법이었다.

현조는 진령의 슬픈 얼굴을 떠올리며 다시 한 번 다짐했다.

좀 더, 좀 더 멀어져야만 한다. 아니, 그 아이가 자신을 미워해 주면 더욱 좋다.

그래야 아비의 관심 밖으로 밀려날 테니까.

정신을 차린 현조는 이곳에 들어온 본래의 목적을 상기시켰다.

바로 칼[刀]을 찾는 것.

그리 오래 걸리지는 않았다.

자신을 기다렸다는 듯이 회색빛의 검신을 은은하게 빛내
는 날카로운 칼 한 자루가 구석에서 자신을 기다리고 있었으
니까.

가까이 다가가 칼날을 들여다보니 먼지인 줄 알았던 회색
이 실은 본연의 색이었다.

회색빛이라……. 이러한 금속도 있었던가?

현조는 칼날에 손가락을 튕겨 소리를 들어보았다.

우우웅!

칼에 대해서는 잘 모르지만 묵직한 도명(刀鳴)이 자신을 이
끄는 듯했다.

검은색 도파의 끝에는 나락(奈落)이라는 두 글자가 작게 새
겨져 있었다.

"네 이름이 나락이로구나. 누가 널 만들었는지는 모르지만
나처럼 우울한 사람인 것 같다. 너처럼 멋진 놈에게 이런 이
름을 붙이다니."

이젠 정을 줄 사람도 없으니 유일한 친구는 바로 이 나락이
될 터였다.

나락을 들고 바깥으로 나오니 죽 총관이 기다리고 있었다.

그는 현조의 손에 들린 나락을 보며 한쪽 눈썹을 잠시 꿈틀

댔으나 그건 아주 찰나일 뿐, 길게 이어지진 않았다.

"칼을 쥐었으니 이젠 수련을 해야겠지? 네게 칼을 가르쳐 줄 사람이 있다."

"수라도는 장주에게 배우는 것이 아닙니까?"

"장주님은 바쁘신 분이다. 그리고 누가 수라도를 가르친다 더냐? 난 분명 네게 칼[刀]을 가르칠 사람이 있다고 했다. 일종 의… 교관이라 보면 된다."

"……."

현조가 이해가 안 된다는 표정으로 자신을 바라보자 죽 총 관은 미소인지 인상을 쓰는 것인지 모호한 표정을 지으며 말 을 이었다.

"칼을 배우는 것과 도법을 익히는 것은 다르다. 칼을 배운 다 함은 기초 훈련을 쌓는 것이라 보면 된다. 네가 망치로 바 위를 박살 낸 것도 넓은 의미에선 칼을 배우는 것이었지 도법 을 익혔다 보긴 힘들다. 그게 비록 수라도결상의 수련법이긴 하다만……."

"…여전히 기초를 계속 가르치겠다는 소리로 들리는군 요?"

죽 총관은 현조의 냉소 섞인 말투에도 아랑곳하지 않고 말 을 이어갔다.

"이 년 동안 기초는 어느 정도 잡혔다. 네 또래에서 보자면 오히려 뛰어난 편이다. 틈틈이 장주께 배웠으니 초식도 제법 괜찮은 수준이고. 하나 네가 초식을 안다 해서 칼을 안다고 자부할 수 있겠느냐? 칼을 쥔 지 얼마나 되었다고? 기껏해야 목도나 휘두르던 실력인데 아무리 좋은 칼을 들고 있으면 뭘 하겠느냐. 그걸 휘두르는 놈이 다섯 살짜리 애만도 못하면 쓸모없는 것이다. 초식을 어느 정도 이루었다 해도 그것을 단련시켜 줄 위인을 찾는 것은 지극히 어려운 법. 새롭게 널 가르칠 이는 네게 무공을 가르치는 것이 아니라 어떻게 칼질을 잘할 수 있는지, 어떻게 더 확실하게 상대방의 숨통을 끊어놓을 수 있는지에 대한 여러 단련법과 응용법, 그리고 경험을 주입할 것이다.”

“다른 건 이해가 가지만 경험이란 것이 배운다고 아는 것입니까? 그건 직접 싸움이나 비무를 통해 겪어봐야 깨닫게 된다고 하지 않았습니까? 그자 역시도… 그렇게 말했는데.”

“네가 어두컴컴한 동굴 속으로 호롱불 하나 없이 걸어 들어간다 생각해 보거라. 미리 지형을 외우고 들어간다면 작은 실수는 있겠으나 큰 위험은 피할 수 있다. 하지만 아예 모르고 들어간다면? 모든 걸 처음부터 시작하여야겠지. 경험을 배운다 함은 그러한 것이다.”

“어쨌든 강해지는 데 꼭 필요한 거겠지요?”

“그렇다고 할 수 있다.”

“그럼 됐습니다.”

“……”

                    *   *   *

　중원에서 가장 살인에 능숙하고 생사투 경험이 많은 무인은 누구일까? 그것도 칼[刀]로.

　중원 천하가 얼마나 넓고 강호를 떠도는 무인이 얼마나 많은지 아는 이들이라면 이러한 질문이 무의미하다는 것쯤은 잘 알 것이다.

　하지만 적어도 하북 일대에서 칼[刀] 좀 잡아본 이들이라면 누구나 첫손가락으로 꼽기에 주저하지 않는 이가 있다.

　첩혈도(疊血刀) 이각(李慤).

　그는 도객이 많은 하북에서도 꽤 이름있는 도객을 많이 배출한 철혈도문(鐵血刀門)이라는 중소 문파 출신이다.

　그는 그곳에서 구련도(九練刀)라는 도법을 익혔는데, 이 도법은 아홉 번 죽을 고비를 넘겨야 겨우 대성할 수 있다는 말이 돌 만큼 대성하기가 아주 어려운 도법이었다.

　설사 그 수련을 견뎌낸다 하더라도 고수가 된다는 보장이 없는 아주 비효율적인 무공이었는데, 철혈도문에서조차 구련도를 익힌 이는 서넛에 불과했다.

　그나마도 내제자(內弟子)들 중에 몇몇이 철혈도문의 진산절기인 만승구련도법(萬勝九練刀法)을 익히기 위한 기초 무공으로써 어쩔 수 없이 익혔을 뿐, 제대로 파고든 이는 이각이 최초였다.

열일곱 늦은 나이에 철혈도문에 입문한 이각은 불과 구 년 만에 그 도법의 아홉 번째 수련 과정을 통과하고 철혈도문에서 당당히 독립했다.

철혈도문에서는 이각의 자질을 높이 샀다.

그래서 구련도와 아주 연관이 짙은 문파의 진산절기인 만 승구련도법을 제시하며 내제자로 받아들이려 했지만 그는 그 제의를 가볍게 뿌리치고 철혈도문과의 인연을 정리했다.

이각이 처음부터 내제자였다면야 독립할 때 무공의 유출을 막기 위해 근맥을 자르거나 단전을 후벼 파 폐인으로 만들어 내보내겠지만 외제자의 경우는 돈을 받고 무공을 가르치는 일종의 거래였으니 그러지도 못했다.

이후 이각의 행보는 첩혈(疊血)이라는 그의 별호와 걸맞은 피의 길이었다.

아무리 고되게 익히더라도 특정 수준 이상 올라가지 못하는 구련도로 수많은 생사결에서 승리해 왔고, 끝내 하북에서 열 손가락 안에 드는 도객이 되고 만 것이다.

이는 그를 가르친 철혈도문에서조차 깜짝 놀란 일로, 그가 겨우 서른도 안 되는 청년인 것을 감안한다면 정말 놀라운 일이었다.

그런 그가 목가장의 총관인 죽 총관과 친분을 맺고 있었다는 것이 의외의 일이긴 하나, 사실 그는 꽤 오랫동안 이 목가장에 드나들며 많은 일을 해왔다.

물론 그 일이란 것은 죽 총관이나 목자량만이 알고 있는 비밀스런 일이었고, 지금 현조를 가르치려는 일도 그 비밀스런 일의 범주에서 벗어나지 않는 것이었다.

현조는 태어나서 지금까지 이토록 검은색이 잘 어울리는 사람은 처음이라 생각했다. 그가 어두운 객청 안에서 자신을 바라보며 미소 지을 때는 마치 거대한 늑대를 마주한 듯한 오싹한 기분에 몸이 마비되는 것 같았다.

살기의 바다에 빠진 듯한 기분이랄까?

목자량의 기세가 한 자루 예리한 칼날과도 같다면 눈앞의 사내는 거칠고 사나운 늑대의 기세를 풍기고 있었다.

마치 누가 위협이라도 한다면 순식간에 달려들어 목을 물어뜯고 찢어발길 것 같은 흉포한 기운.

물론 목자량의 그 위압감에 비할 바는 아니나 사내가 풍기는 위험한 기운은 현조에게 경계심을 품게 하기에 충분했다.

사내 이각은 어두운 객청을 걸어나와 죽 총관 앞에 섰다.

"이놈이오?"

"그렇다네."

죽 총관이 대답하자 그는 현조의 어깨 부분을 힐끗 보더니 다시 죽 총관에게 시선을 돌리며 말했다.

"제법 잘 단련시켜 놨네. 나한테 맡길 필요도 없겠구먼, 뭐."

죽 총관이 씩 웃으며 대답했다.

"저 정도 갖고 장주의 성에 차겠는가? 그분은 좀 더 기름칠을 하길 원하시네."

"할 수 없지. 그런데 이번에도 나한테 다 맡길 거요? 저놈, 죽을지도 모르오."

"항상 그렇듯 내 대답은 똑같네. 죽으면 제 놈 팔자지."

"그렇다면 나야 부담없어서 좋고."

그는 그리 말하며 현조 앞으로 다가왔다.

현조도 거의 육 척에 달하는 큰 키였으나 사내에게 미치진 못했다. 사내의 키가 육 척을 훌쩍 넘어 칠 척에 달하고 있었으니 당연했다. 그는 허리춤에 커다란 낭아도 한 자루를 차고 있었는데 무게만도 칠십 근은 족히 돼 보였다.

호리호리한 현조와는 달리 그야말로 곰과 같은 인상이랄까? 이런 자를 보고 늑대를 연상했다니, 현조는 잠시 늑대에서 곰으로 수정할까 하는 생각이 들었다.

그는 현조의 어깨와 등을 만져 보더니 약간 놀란 목소리로 말했다.

"오, 근육이 정말 잘 잡혔군. 이건 보통 단련으론 힘든데 말이다."

"……."

이어 그는 현조의 손바닥을 펴서 보았다.

너덜너덜한 손바닥이 그의 눈에 들어왔다.

"근성도 제법 있어 보이는구나."

뒤에 서 있던 죽 총관이 그에게 물었다.

"마음에 드는가?"

그는 뒤도 돌아보지 않고 대답했다.

"가르칠 맛은 있겠소."

*　　　*　　　*

이각은 현조에게 바위를 부수는 수련을 계속 시켰다. 대신 더 이상 망치를 사용하지 못하게 했다. 그는 안에 철심이 박힌 목도를 한 자루 던져 주더니 바위를 쪼개는 데 쓰게 했다.

"목 장주도 너무 물렁하군. 끝이 뾰족한 망치 따위, 너무 쉽잖아? 어쨌든 이미 알고 있겠지만 모든 무공은 호흡이 우선이다. 네가 익힌 심법에 따라 목도를 휘둘러라."

목도가 바위에 부딪칠 때마다 손바닥이 짜르르 울렸다.

망치처럼 무게중심이 한쪽으로 집약된 것이 아닌지라 충격이 고스란히 목도를 타고 손으로 전해져 왔다. 열 번을 치면 그중 한 번은 손에서 목도를 놓칠 만큼 힘겨웠다.

자신의 다리 밑으로 떨어진 목도를 집어 던져 주며 이각이 말했다.

"네가 이리도 쉽게 칼을 놓친다는 것은 네 기초 수련이 아직 멀었다는 뜻이다. 망치 따위야 힘이 한 군데로 집중되도록 만들어져 있으니 다루기 쉬웠겠지. 하지만 균형이 균등한 목도라면 원하는 부위에 힘을 집중시킬 줄 알아야 한다. 칼끝이 아닌 칼날에 의식을 모아.”

이각은 무식한 생김새와 달리 이론에 박식했다. 단지 이런저런 유식해 보이는 문자를 대입하지 못할 뿐이다.

열흘에 걸쳐 도를 쥐는 법을 교정받고 힘을 집중시켜 바위를 부술 때였다. 그는 또 다른 과제를 내주었다.

“초식은 사흘에 한 번 정도 밤마다 장주에게 배우고 있다지?”

“예.”

“초식을 네 것으로 만들려면 당연히 수련을 해야 한다. 반복 수련도 좋겠지만 그건 나 없을 때나 하고, 지금 네 수준으론 실전을 할 만큼 뛰어난 것도 아니니 그 중간 것을 시켜야 해서 고심 끝에 좋은 것을 가져왔다.”

“그게 뭡니까?”

현조 자신은 모르고 있었지만 이각을 향한 태도가 조금이지만 공손해져 있었다.

이각을 어느 정도 인정했기 때문이다.

이각은 현조를 향해 씩 웃더니 어디서 났는지 어린애 키만 한 직사각형의 나무 상자 네 개를 들고 왔다. 나무 상자 안에서는 뭔가 부딪치는 듯한 소리가 났다.

"이… 게 무슨 소리죠?"

이각은 아무 대답도 하지 않고 현조를 향해 다시 한 번 씩 웃어주었다. 그리고는 품에서 두꺼운 가죽 복면과 팔목까지 올라오는 가죽 장갑을 꺼내어 착용했다.

"그건 또 뭐……."

현조는 뒷말을 잇지 못했다. 이각이 상자를 열어젖히자 안의 내용물을 확인하고 크게 놀랐기 때문이다.

위이잉—

그것은 바로 벌 떼였다. 수천, 아니, 수만 마리의.

"으아아아!!"

비명을 지르는 현조를 향해 이각이 소리쳤다.

"애송아, 네 손의 목도는 장식이 아니다. 그걸로 벌을 모조리 처리해. 죽고 싶지 않다면. 우하하하!"

"우아아!! 이 개새끼!! 악마!!"

"얼마든지 욕해라. 그래도 나중에는 나한테 고마워할걸? 아! 되도록 네가 배운 초식과 비슷하게 휘둘러라. 그리고 벌 한 마리 한 마리를 따로따로 쳐내도록 세심하게 휘두르는 게 좋아. 그래야 수련이 되니까."

"으아아아아……!"

"…안 들리나 보군."

반 각도 안 되어 현조는 도망쳤다.

물론 사람이 벌보다 빠를 수는 없는 노릇이니 도망가면서도 계속 쏘였다. 이각이 벌 독을 중화시켜 주는 해독제를 내놓은 것은 그보다 일각이 더 지난 후였다.

그날 밤 처소에서 퉁퉁 부어오른 얼굴을 한 현조를 바라보며 이각이 말했다.

"벌을 이용한 수련은 눈을 빠르게 해주고 감각을 키워주며 초식을 세심하게 연결시키게 도와준다. 푸후후후, 그만큼 실전에서 보다 효과적으로 대처할 수 있지. 준 실전이라 보면 된… 푸웁! 그밖에도 많은 효용이 있지만 스스로 깨달… 푸헤헤헤헤… 아라."

"…그리 웃으면 좋습니까?"

"엉! 네 꼴을 봐, 안 웃게 생겼나."

현조의 주먹이 부르르 떨렸다.

"모든 무공의 기본은 보법. 보법의 기본은 발가락이다. 무게중심을 수월하게 이동시키기 위해선 발가락을 단련시켜야 하지. 특히 엄지발가락 쪽에 힘을 줘서 오래 서 있을 수 있도록 해봐라."

'마, 말은 쉬워도……'

현조는 딱 달걀만 한 지름의 나무 막대기 위에 한쪽 엄지발가락만으로 서 있어야 했다. 그것만도 힘들어 죽을 것 같은 판국에 이각의 수련 강도는 점점 심해졌다. 좀 익숙해지려 하니 검은 천으로 얼굴을 가리기까지 했다.

"그 정도야 연습만 하면 개나 소나 다 하는 법. 눈 감고 할 줄 알아야 개나 소에서 벗어날 수 있지. 뭐, 겸사겸사 하체도 단련되고 얼마나 좋냐? 반 시진 채우면 반대쪽 다리로도 한다."

'골병들겠다!!'

불만은 많았지만 입 밖으로 낼 수 없었다. 효과가 뛰어났기 때문이다. 수라도에는 뇌영보(雷永步)라는 보법 겸 경공술이 있었는데, 이각의 혹독한 기초 공부를 견뎌낼수록 그에 대한 성취가 확연히 늘어나고 있었다. 그저 목자량이 가르쳐 준 수련법대로, 혹은 도법에 쓰인 수련법대로 따라 하던 때와는 천지 차이였다.

"천하제일의 무공은 없지만 천하제일의 고수는 있을 수 있다. 네가 단련만 열심히 하면 저잣거리 육합권으로도 천하제일을 논할 수 있을 거야. 물론 이론뿐이다만."

*　　　*　　　*

어느 날 밤이었다. 강도 높은 기초 공부를 계속하는 이유에 대해서 물었더니 이각이 오히려 되물었다.

"무공보다 사람이 강해져야 한다. 무슨 말일 것 같으냐, 애송아?"

현조는 당연한 것을 물어본다는 표정으로 대답했다.

“그게 그거 아닙니까? 무공을 익히면 당연히 사람이 강해지는 것을.”

이각이 깔보는 듯한 미소를 지으며 말했다.

“아직 멀었구나, 네놈도.”

“…….”

“잘 들어, 애송이. 네놈이 그 생각을 바꾸지 않는다면 장주를 뛰어넘을 생각은 일찌감치 버리는 게 좋아.”

“……!!”

현조는 욱하는 마음에 따지고 싶었다. 그러나 그에게서 이유를 듣고 싶은 마음이 컸기에 감정을 억눌렀다.

“잘 참는군. 까불었으면 한 대 쥐어박아 주려고 했더니만.”

그는 아쉽다는 듯 입맛을 다시며 다시 말했다.

“무공보다 네 자신이 강해져야 한다는 말은 이런 뜻이다. 너무 무공에 연연하면 딱 그 무공만큼만 강해진다.”

“무공… 만큼만?”

“그래, 딱 그 무공만큼만. 그 무공을 만든 사람이 정한 한계 안에서 머물게 된다는 것이지. 물론 뛰어난 무공이라면 다른 무공보다 그 한계선이 높겠고 수련 여하에 따라 그 한계를 조금 뛰어넘거나 더 강해질 수는 있겠지만, 그 차이는 얼마 되지 않아. 약간 강해지는 정도랄까? 하지만 사람이 강해진다면?”

　이각은 말을 하다 말고 잠시 주위를 둘러보더니 탁자 위에 놓인 난초 하나를 끊어 들었다.

　그가 허공에 난초를 휘두르며 다시 말을 이었다.

　"예를 하나 들어보자. 한 호흡에 도를 두 번밖에 휘두르지 못하던 놈이 있다. 그런데 그놈이 엄청난 훈련을 통해 한 호흡에 도를 백 번 휘두를 수 있게 되었다 치자. 그건 한계를 뛰어넘는 차원이 아니라 한계를 박살 내는 수준이겠지? 이게 바로 무공보다 사람이 강해지는 거다. 호흡 한 번에 칼을 백 번 휘두를 수 있게 만드는 것은 무공이 아니라 자기 자신이야. 자기 자신의 피땀과 근성만이 그 같은 기적을 일구어낼 수 있는 것이지. 네가 알고 있는 상승의 무공이란 건 그런 식으로 강해진 사람들이 자신이 새롭게 터득한 바를 여러 세대에 걸쳐 수정하고 보완하기를 반복하여 만들어진 것이다. 수라도를 익히는 중이라니 잘 알고 있겠지? 상승의 무공일수록 오히려 수련은 더 힘든 법이야."

　"……그렇게 무공 자체가 원하는 수련의 강도가 높으면 어떡합니까? 그것 역시 결국엔 무공만큼 강해지는 것 아닙니까?"

　"그 정도 수련에서 만족한다면 그릇이 그것밖에 안 되는 것이겠지. 잘 기억해 둬. 자신이 지닌 무공보다 최소한 열 배 이상 강해져라. 그게 내가 네놈에게 시키고 있는 수련의 최종 목표이자 기본 원칙이지. 두세 배 정도 강해져선 곤란해. 그 정도는 네가 익힌 무공을 창시한 창시자의 오차 범위 안에 들어가는 수준이니까. 그런 건 한계를 넘더라도 넘었다고 볼 수 없는 거지. 난 예상 가능한 한계 따윈 한계로 쳐주지 않는다.”

“높은 수준의 무공을 가지고 있을수록 손해이겠군요. 수련을 더 해야 하니까.”

“그만큼 강해지겠지. 수련은 자신을 속이지 않는 법이다. 십존쯤 되는 고수들은 지금의 경지에 이르기까지 적어도 지옥을 열 번쯤 봤을 거야. 그쯤 되면 이미 무공이 자신을 쓰는 게 아니라 자신이 무공을 쓰는 경지, 자신의 무공을 완벽히 제어할 수 있는 수준이랄까? 즉, 내가 처음에 말한 대로 무공보다 사람이 강한 경지다, 이거다.”

보통 이러한 경지를 검문(劍門)에선 신검합일(身劍合一)이니 뭐니 하지만 문(文)에 취약한 이각으로선 그래도 최선을 다한 설명이었다. 그는 독해 보이긴 하지만 무공을 이야기할 때면 마치 꿈을 얘기하는 어린아이처럼 눈빛이 초롱초롱해지는 것이, 그가 얼마나 무공을 좋아하는지 잘 알 수 있게 해주었다. 그 덕에 현조는 그에 대한 적의를 조금이나마 희석시킬 수 있었다. 하지만 그렇다고 해서 마음을 열거나 한 것은 아니었다.

“네가 무거운 검을 들었다고 생각해 봐라. 가벼운 검은 자유자재로 사용할 수 있겠지만 네가 들기조차 버거운 검은 자유자재로 사용하기 힘들겠지? 그럴 땐 근력 훈련을 통해 들고

있는 검을 들 만한 힘을 기르고, 힘을 기르다 보면 검의 무게
가 가볍게 느껴질 날이 오겠지. 무공도 마찬가지라 보면 된
다.”

“당연한 말이군요. 결국 열심히 수련해라, 이거 아닙니까.”

현조의 비아냥거림에 이각이 씩 웃으며 대꾸했다.

“아니지. 평소의 열 배로 열심히 수련하라는 말이다.”

“……”

현조가 질린다는 듯 고개를 내저으며 물었다.

“교두님, 여기저기서 아이들을 많이 가르쳐 봤다고 했죠?
이런 수련을 견디는 놈들도 있었습니까?”

“아니. 이렇게 굴리는 건 네가 처음이야. 그놈들은 지금의
반 정도 수준도 못 견디고 나뒹굴었지. 그리고 교두는 무슨
얼어 죽을, 낯간지러우니까 걍 형님이라 불러. 나이 차이 몇
살이나 난다고.”

그는 아직 서른도 안 된 청년이었으나 그래도 열여섯인 현
조와는 열 살 이상 차이가 났다.

“왜 저한테만 그러십니까, 교.두.님?”

이각이 당연한 걸 왜 묻냐는 듯한 얼굴로 대답했다.

“만만하잖아.”

“……”

*   *   *

이 뒤로 밀리거나 쉴 수는 없었다.

어떻게든 정해진 훈련은 날을 새워서라도 채워야 했다.

이각이 버릇처럼 내뱉는 말이 있었다.

수련만큼 자신을 속이지 않는 것은 없다.

많은 무인들이 무공에 더 이상 발전이 없을 때마다 무슨 벽에 가로막혔네 어쨌네 하며 깨달음이 필요하다는 핑계를 댄다. 하지만 본인이 느끼기엔 답보 상태인 듯해도 수련을 계속하면 그 성과는 하나하나씩 쌓인다.

다만 자신이 느끼지 못할 뿐이다.

수련이란 그 벽을 넘기 위해 계단을 쌓는 것과 같아서 계단이 다 쌓이면 벽을 넘기란 수월한 일이다.

단지 그 계단을 쌓는 방법이 올바른 것인지 혹은 노력이 부족한 것은 아닌지가 중요하다.

벽에 부딪쳤다며 아무 수련도 하지 않는다면 감나무 밑에서 감 떨어지길 기다리는 것과 똑같다.

깨달음이 백 번 천 번 다가와도 결코 벽을 넘어설 수 없는 것이다.

이각은 현조의 몸에 쉽게 무너지지 않는 성(城)을 쌓고 있었다. 훗날 그것은 어떠한 벽이 나타나도 금세 넘어설 수 있을 만큼 단단한 도약점이 되어줄 것이고, 익히고 있는 무공의 한계를 뛰어넘을 수 있는 토대가 되어줄 것이다.

그러나 지금 당장 현조가 수라도를 대성하여 한계를 뛰어

현조의 하루 일과는 꽉꽉 차다 못해 무식할 정도였다.

새벽부터 일어나 연무장을 백 바퀴 돌고 후들거리는 다리로 한 시진가량 나무 막대기 위에 오른다.

한 시진을 채우면 늘 하던 바위 깨기,

아침을 먹을 시간이 되면 일다경도 안 되어 식사를 마치고 다시 바위를 깬다. 그리고 점심 식사를 마치면 벌 떼에 쫓긴다.

처음에는 불과 반 각도 견디지 못했으나 반년이 지나 십칠 세가 된 지금은 벌 떼 사이에서 반 시진 가까이 견딜 수 있었다.

그러고 나면 다시 연무장을 백 바퀴 돌고 다시 바위를 깬다. 그 뒤에 다시 나무 막대기 위에서 엄지발가락만으로 중심을 잡고 끝나면 다시 벌들과 사투.

잠들기 전에는 한 시진가량 심법과 초식 등을 점검하는데 다행히 심법은 바위를 깨면서 충분히 수련하고 있었기 때문에 괜찮았지만 반복 수련이 필요한 초식만큼은 항상 부족을 느꼈다.

하루에 두 시진도 채 못 자고 있었지만 그마저도 시간이 까워 영원히 잠이 오지 않는 약 같은 건 없냐며 종종 는 중이었다.

사흘에 한 번 목자량에게 초식을 점검받을 때라

넘는다 해도 목자량을 어떻게 할 수는 없다.

목자량은 그러한 한계를 수십 번 이상은 뛰어넘었을 괴물이었으니까.

괴물.

모래알처럼 많은 강호의 고수들 사이에서 절대고수로 추앙받는다는 것은 그런 것이다.

고수들 사이에서조차 사람이 아닌 괴물 취급을 받아야 독보적인 존재로 우뚝 설 수 있다.

이각은 무슨 생각인지 빙그레 웃었다.

죽 총관은 말 잘 듣는 사냥개를 원했지만 자신이 볼 때 현조는 결코 개처럼 썩을 놈이 아니었다.

또래의 소년에게서 볼 수 없는 한으로 똘똘 뭉친 저 눈빛은 분명 무공의 상승에도 도움이 될 것이다.

그 역시 수라도가 가진 특성을 어느 정도 눈동냥 귀동냥으로 알고 있었는데, 저 한과 증오라면 수라도를 익히기에 더할 나위 없는 조건이라 할 수 있었다.

물론 증오 때문에 무공이 상승한다는 것을 믿지는 않았다.

무공이란 오직 피와 땀으로 쌓은 노력만이 성과를 보여줄 뿐, 증오와 같은 감정적 결함이 무공 실력에 도움이 된다는 것은 그의 경험이 인정하지 못했다.

그저 증오심으로 인해 현조에게 동기 부여가 생겼다고나 할까? 목자량에 대한 원한과 증오가 수련에 더욱더 정진하게 하는 효과를 가져오는 것이라 믿고 있었다.

＊　　　＊　　　＊

　목도(木刀)는 벌 떼 사이를 부드럽게 헤엄쳤다.

　그러나 그 기세는 결코 부드럽지 않았다.

　팍!

　목도의 신명난 춤사위가 스쳐 지나가자 벌 한 마리가 반으로 조각났다. 진도(眞刀)가 아닐진대 벌은 진짜 칼에 잘린 것처럼 깨끗하게 두 동강 났다. 그것을 시작으로 춤사위는 점차 빨라지더니 종래에는 수많은 도영(刀影)이 현조의 전신을 가렸다.

　파파파파팍!

　목도라는 약점은 지금의 현조에게 있어서 아무런 문제가 되지 않았다.

　오직 일도(一刀)에 한 마리씩.

　무서운 쾌도로 벌들을 조각냈다.

　이것은 수라도의 초식이 아닌, 단순히 빠르게 휘두르는 것에 불과하지만 한 호흡에 마흔 번이 넘게 도를 휘두를 수 있다는 것은 응용하기에 따라 아주 무서운 무기가 될 수 있다.

　상대방과 똑같은 무공, 똑같은 초식을 사용한다 해도 그 빠르기와 정확도, 그리고 지구력에서 앞설 테니 같은 무공을 익했다는 것은 결코 유리한 점이 될 수 없다.

이미 자신이 알던 무공과는 판이하게 달라 보일 테니까.

처음 현조가 벌 떼 사이에서 목도를 휘두를 땐 아무리 휘둘러도 하루에 백 마리 이상 잡을 수가 없었다. 그러나 반년쯤 지났을 땐 한 번 휘두를 때마다 사오십 마리씩 목도에 맞아 떨어졌다. 또다시 반년이 흐른 후엔 단칼에 백여 마리를 떨어뜨릴 수 있었다.

십팔 세 가을이 지난 지금은 칼질 한 번에 오직 한 마리만 맞고 떨어진다. 문외한이 본다면 목도로 잘라낼 수 있는 숫자가 줄어들었으니 퇴보한 게 아닌가 하고 의구심을 갖을지도 모른다. 그러나 이는 아주 대단한 발전이었다.

무려 수천, 수만 마리의 벌 떼 사이에서 단 한 마리만을 맞출 수 있게 된 것이다. 도법의 정확성은 물론이고, 예리한 시력을 얻지 못하면 결코 이룰 수 없는 경지.

확실히 처음 이각에게 훈련을 받을 때와는 비교할 수 없는 실력이었다.

달걀만 한 지름을 가진 막대기 위에서 얼굴을 가린 채로 엄지발가락 하나로 중심을 잡는 것도 이젠 쉬운 일이었다.

달라진 점이 있다면 나무 막대가 쇠막대로 바뀌어 있었고, 달걀만 하던 막대기의 지름이 손톱만 해졌다는 것이다.

발가락보다 막대기가 더 얇은 데도 불구하고 그 위에서 오랜 시간 중심을 잡고 서 있을 수 있다는 건 하체의 안정감이 최대에 달했다는 것이고, 보법을 사용할 때 좀 더 예리한 움직임을 보일 수 있다는 것을 뜻했다.

수라도 역시 칠대절초를 제외하고는 모조리 완성했다.

비록 원수라 하나 목자랑에게서 배울 수 있는 건 배웠다. 이각에 의한 무식한 수련 중에도 밤잠을 설쳐 가며 초식을 반복 또 반복하고 연구해 왔다. 그 덕에 초식에 대한 이해도는 목자랑이 감탄할 정도로 뛰어났다.

현조에게 남은 과제는 하나뿐이었다.

이각을 만난 후부터 지지부진하던 바위 깨기.

안에 철심이 박힌 목도로 바꾼 이후부터는 아무리 노력해도 평소의 반의반도 진도를 나가기 어려웠다. 특히 바위 깨기를 하는 동안만큼은 내공의 절반을 금제당해야 했기 때문에 더욱 힘들었다.

물론 벌 떼의 경우와 같이 시간이 지날수록 바위를 깨는 것도 속도가 빨라졌다. 그러나 이각은 결코 현조가 수련에 익숙해져 가는 것을 용납하지 않았다.

언젠가부터 약속한 삼 년을 못 채우는 것이 기정사실화되어 버렸다.

하지만 본래 바위를 깨는 것이 목표가 아니라 목자랑보다 강해지는 것이 목적이었던 만큼 조금 돌아서 오긴 했지만 훨씬 더 많은 걸 얻었다는 생각에 마음은 편했다.

예전의 현조가 모양만 갖춘 칼이었다면 지금의 현조는 이각의 훈련을 통해 담금질되어 더욱 단단하고 예리한 칼로 완성된 것이리라.

물론 지금의 모습도 이각의 눈엔 많이 모자라 보였다.

"하아아아!"

호흡이 중천에 머무른다.

내공의 금제 덕에 얼마 전에 이룬 장천(長天)에 이를 수는 없었으나 현조는 이걸로도 충분하다 느꼈다.

목도의 날에 아지랑이가 솟아나는 듯 보이는 것은 결코 착시가 아니다. 기(氣)를 담은 경력(勁力)이 목도를 타고 흐르는 것이다.

반개한 눈에는 어떠한 감정도 들어 있지 않다.

눈동자에 가득 들어오는 것은 오직 바위뿐.

이젠 그 크기가 초가집만도 못한, 그러나 아직은 굳세어 보이는 바위였다.

호흡이 명치를 지나 단전에 이르자 이젠 손가락만 한 뱀이 기지개를 켠다. 뱀이 기지개를 켜자 사지백해로 퍼진 힘이 폭발할 듯 요동치고, 그 힘은 현조의 손끝에서 피어났다.

촤악!!

위에서 아래로 그어지는 연녹색의 그림자.

그 한차례의 수직 이동에 거대한 바위가 두 동강이 났다.

그러나 바위의 잘린 표면을 확인한 현조의 안색은 편치 않았다. 나무로 바위를 베어냈음에도 전혀 기쁘지 않은 표정.

현조의 나이에 어느 누가 이런 일을 해낼 수 있을 것인가?

그의 마음을 알았음인가?

지켜보던 이각이 까칠한 독설을 내뱉었다.

"정말 허약하군. 그 정도밖에 못한단 말이냐? 그동안의 노력이 부족하진 않을 텐데."

"……."

가까이 다가온 그가 현조의 목도를 빼앗듯 잡아채어 살피더니 한숨을 내쉬며 말을 이었다.

그의 목소리는 날씨만큼이나 차가웠다.

"내 누누이 말했다. 정확한 호흡에 정확한 힘, 완벽한 속도가 일치한다면 시중에 떠도는 팔선검법(八仙劍法)으로 목도를 휘둘러도 바위를 잘라낼 수 있다고. 그런데 이게 뭐냐!!"

이각은 말하다 열 받았는지 목도를 바닥에 내팽개쳤다.

목도의 중간쯤 거미줄처럼 드러난 작은 균열이 현조의 눈에 들어왔다.

제대로 됐다면 목도에는 상처 하나 없어야 하건만…….

할 말이 없었다. 분명 속도와 기세가 일치했다고 느꼈는데 실패했다는 것은 자신에게 문제가 있음을 뜻하는 것이니까.

현조는 버릇처럼 아랫입술을 깨물었다.

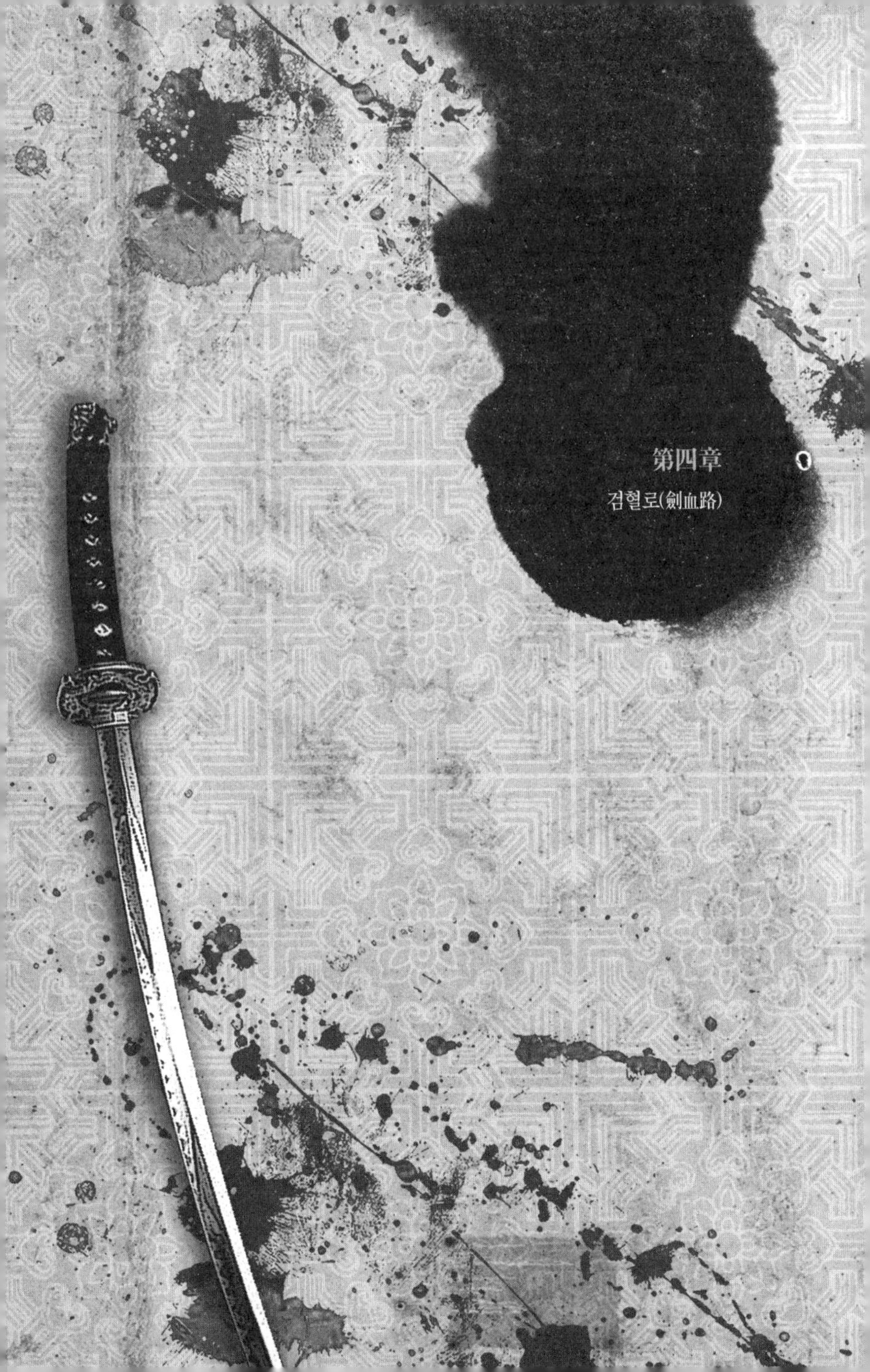

第四章
검혈로(劍血路)

귀도 풍운

鬼刀風雲

"**어**떤가, 녀석의 성취는?"

"뭘 물어보고 그러쇼, 영감. 감시하는 사람이 잘 알 텐데."

"자네에게 직접 듣고자 하네. 일을 시켜도 되는지."

"…벌써?"

죽 총관의 설명에 조금 놀랐는지 이각은 장난기를 지웠다.

"녀석이 비록 장주의 변덕 덕분에 양자로 들어와 수라도까지 익히긴 했으나… 이미 그 쓰임새는 정해져 있다네."

"역시 사냥에 쓰일 테지. 쳇."

이각의 퉁명스런 말투에 죽 총관은 내심 놀랐다.

이 덩치 큰 사내는 가벼워 보이는 말투로 자신을 감추지만 속내는 아주 냉정하기 그지없는 자로, 남에게 쉽사리 정을 주지 않는다.

스스로 벽을 쌓고 사람을 대한달까?

자신과도 십여 년을 알아왔으나 결코 마음을 엿보인 적이 없었건만 불과 이삼 년 같이 지낸 소년에게 작게나마 마음을 열었다.

이제껏 가르친 아이가 현조 하나뿐이었다면 모를까, 그런 것도 아니지 않는가?

하나 그렇다고 둘 사이가 딱히 좋아 보이는 것은 아니었기에 죽 총관은 그저 미운 정이라 치부하며 그의 대답을 기다렸다. 한참을 골똘히 생각하던 이각이 어쩔 수 없다는 듯이 입을 열었다.

"또래 중엔 당해낼 놈이 드물 거요."

"정말인가?"

무공에 관해선 몹시도 엄격하여 남을 평가할 때 결코 후하지 않은 이각이 그 정도로 평가했다는 것은 엄청난 칭찬이라 볼 수 있었다.

"정말이지, 그럼. 몸 불편한 노인네 앞에 두고 헛소리하고 있겠소? 천하의 이각이? 목도 휘둘러서 바위 쪼개놓고도 불만스런 표정 짓는 놈이 뛰어나지 않다면 누가 뛰어나다는 거요, 대체?"

"그런가? 벌써 그 정도인가?"

“재능은 그저 그렇지만 온갖 수련을 받아들여도 골병 하나 들지 않는 무골을 타고났소. 노력도 상당하고… 모르면 알 때까지 파고드는 끈기도 있고. 강해지지 않으면 그게 이상한 거지. 어디로 보낼 생각이오?”

“…음, 일단 육검문부터 해결할 생각이네.”

“누구요?”

“파검(波劍).”

별호인지 이름인지 알 수 없는 한마디에 이각의 눈썹이 꿈틀댔다.

“첫 경험치곤 살벌한 이름이구먼.”

“자네 평가에 걸맞은 실력이라면 그리 어려운 상대도 아니지.”

“그놈은 경험이 없잖소.”

“그 경험을 쌓게 하려는 것일세.”

“언제까지요?”

“나흘 뒤일세.”

“내가 직접 전하리다. 영감은 그때까지 가만있으쇼.”

*   *   *

“사람 하나 조져야겠다.”

한밤중의 일과가 되어버린 초식 수련을 가만히 지켜보던

이각의 입에서 겨우 튀어나온 말이었다. 현조는 '겨우 그 소리 하려고 반 시진 넘게 지켜보고 있었던 거냐?'라는 뜻이 가득 담긴 얼굴로 되물었다.

"무슨 말을 하려나 했더니, 그 말이었습니까?"

"별로 놀라지 않는구나."

"이 집안에 들어올 때부터 각오는 하고 있었습니다."

"그렇다면 다행이구만, 뭐. 그런데 할 수 있겠냐?"

"하기 싫으면 거부할 수 있는 겁니까?"

"하긴……."

"언제랍니까?"

"나흘 뒤다."

"…알겠습니다."

현조는 방구석에 고이 모셔놓은 나락(奈落)을 꺼내 들었다. 도갑에서 도파를 잡아 빼자 회색의 도신이 그 몸체를 드러냈다.

초식을 연마할 때 가끔 사용한 적은 있었어도 실전에 쓰는 것은 이번이 처음이었다.

예리한 칼날이 모습을 드러냈기 때문일까? 적막하던 방 안의 분위기가 일변했다.

현조의 심장은 흥분으로 인해 더욱 빨리 뛰었고 등에선 식은땀이 흘러내렸다. 두려움 때문이리라.

무인으로서 실전의 중요성을 모르진 않으니 두렵다고 도망칠 수도 없는 노릇.

단지 첫 실전이 생사결임이 문제였다.

이름난 명문의 자손들이 안전하게 비무를 치르며 경험을 쌓는 것과는 차이가 있었다. 아니, 하다못해 작은 무관의 제자들도 이런 식으로는 경험을 쌓지 않는다.

'큭, 결국 사냥개는 사냥개로구나.'

입술을 비집고 튀어나오려는 처량한 웃음을 애써 참아내야 했다. 몸이 고단한데도 잠은 쉽사리 오지 않았다.

*   *   *

파검(波劍) 채국성(寨掬聖).

육검문이 자랑하는 절정의 고수이다.

본래 그는 해남검문(海南劍門) 출신으로, 모종의 사건에 휘말려 파문(破門)당한 뒤 십 년간 강호를 떠돌며 명성을 쌓았다.

그런 그가 이곳 천산 인근까지 흘러들어 온 것은 약 칠 년 전이었다.

육검문은 정파에 속한 문파였고, 채국성은 잔혹한 손속으로 인해 사파 성향이 강한 인물로 알려져 있었다.

그런 그가 정파인 육검문에 몸을 의탁할 수 있게 된 것은 다름 아닌 그의 사촌 형 채석문(寨惜文) 덕분이었는데, 채석문은 육검문의 여섯 무력 단체 중 한 곳인 용검당(勇劍堂)의 당주였다.

육검문 같은 중소 문파에서 당주 급이란 문주의 바로 아래 급수다. 게다가 지금도 그렇지만 당시의 육검문 또한 그 세를 넓히느라 고수의 영입이 절실하던 시기였다.

때문에 채석문을 등에 업은 채국성이 육검문에 의탁하게 된 것은 너무도 쉬운 일이었다.

그는 현재 용검당의 부당주로, 육검문 내에서 상당한 영향력을 행사하고 있었는데, 아무리 채석문의 입김이 크다 하더라도 육검문처럼 텃세 심한 문파에서 낭인이나 다름없는 자가 부당주의 직위에 오르기란 아주 어려운 일이었다.

그는 그 같은 지위를 얻기 위해 지난 칠 년간 꽤나 지독한 짓을 저질러 왔는데, 그로 인해 원한을 가진 자들만도 네 자릿수 이상이었다. 덕분에 암살 시도나 은원이 얽힌 생사결의 횟수만도 연간 팔십 회에 달했다.

하지만 타고난 승부 근성과 무인으로서의 자존심 때문인지 단 한 번도 그 같은 대결을 피하지 않았다.

최근 가장 유명했던 일화는, 용검당 때문에 멸문의 위기에 빠진 중소 문파 한 곳이 제자들을 이용해 기루에서 술을 마시던 채국성을 기습한 일이었다.

그는 그 자리에서 눈도 깜짝하지 않고 서른 명이 넘는 무인

을 모조리 도륙한 뒤 각별히 아끼던 기녀의 금(琴)을 안주 삼
아 술을 마셨다고 한다.

이처럼 채국성은 수많은 도전에도 결코 피하지 않고 정면
승부를 즐겼으며 풍부한 강호 경험 덕에 암살을 업으로 삼는
자객들도 그를 어찌하지 못했다.

그런 그를 죽여야 하는 것이 바로 현조의 임무였다.

암살이나 기습 따위 배운 적이 없었다.

대처법 정도야 배워서 알지만 그를 단련시킨 이각은 뼛속
까지 무인이라 암살이나 기습은 실력에 자신없는 소인배나
하는 짓이라 주입시켜 왔다.

그러니 믿을 것은 오로지 실력뿐.

잔재주는 필요없었다. 아니, 잔재주가 통하지 않는 상대라
는 것은 그의 전적이 말해주고 있었다.

연간 팔십 회에 달하는 도전과 습격을 받고도 여태 살아 있
다는 것이 가장 확실한 증거가 아니고 무엇이겠는가.

현조가 이날까지 무식한 수련을 견뎌낸 것은 소인배가 되
기 위함이 아닌, 강자가 되기 위함이었다. 그의 머릿속에서
기습이나 암습 같은 단어는 아예 존재하지도 않는 듯했다.

채국성은 나흘에 한 번 꼴로 화향루라는 기루에 들러 각별
히 아끼는 기녀 소향(昭響)의 금(琴) 소리를 들으러 오는데, 현
조는 그 길목에서 기다리기로 했다.

이미 수많은 이들이 애용하는 방식이었고, 많은 무인들이

채국성을 기다리다 불귀의 객이 되어버린 골목.

그래서 골목의 이름도 검혈로(劍血路)라 불리지 않던가.

기루와 기루 사이에 위치한 이 작은 골목이 무인으로서 현조의 첫 실전 장소가 될 터였다.

나락을 품에 안고 골목 한구석에 웅크리고 앉은 현조의 모습은 상당히 음울해 보였다. 현조는 눈을 감고 있었지만 잠든 게 아니라 서서히 감각을 깨우고 있는 중이었다.

청각을 확대해 골목 밖을 걷는 이들의 발소리를 하나하나 따로 잡아낸다는 것은 그리 쉬운 일이 아니다. 그중에서 무인의 발걸음만 분류해서 잡아내는 것은 더욱 힘든 일.

하지만 그렇게라도 해야 뒷골을 타고 흐르는 긴장감을 잊을 수 있을 것 같았다.

발소리를 하나씩 분류하는 법은 오래전 목진령이 가르쳐 준 방법을 응용한 것이었다.

선천적으로 눈이 보이지 않는 진령은 소리의 박자와 높낮이, 그리고 진동을 느껴 사람의 감정이나 상황을 분석해 내는 특별한 재능이 있었다.

무인들처럼 멀리 있는 소리를 잡아내는 능력은 없었지만 그러한 분석력은 어떤 무인도 따라 하지 못하는 놀라운 재능이었다.

그 일부분이긴 해도 박자를 읽는 법을 배운 현조로서는 무인으로서 얻은 뛰어난 청각과 합쳐져 힘든 훈련을 할 때에도 꽤나 도움이 되었다.

물론 그 같은 능력이 증폭된 것도 이각의 훈련 덕분이었다.

현조가 진령에게서 배운 박자법을 알게 된 이각이 현조를 꽁꽁 묶어 어두컴컴한 동굴에 가둬놓고 박쥐를 푼 것이다. 풀어놓은 박쥐의 숫자를 모두 맞힐 때까지 현조는 동굴 안에서 나오지 못했다.

굶어 죽기 직전에야 겨우 빠져나온 현조는 처음으로 이각을 죽이고 싶다는 생각이 들 정도였다.

훈련을 생각하자 긴장감이 줄어드는 것이 느껴졌다.

현조는 그 무식한 훈련이 또 한 번 도움이 되었음을 느끼며 실소를 흘렸다.

그렇게 두 시진이 흘렀다.

세상이 어둠에 잠기고 유곽에 밀집한 기루들이 하나둘씩 불을 밝힐 무렵, 이윽고 다른 이들과는 다른 발걸음을 하나 잡아낼 수 있었다.

묵직하면서도 정확한 박자를 가진 발걸음. 전형적인 무인의 발걸음이다.

현조는 조용히 일어섰다.

도갑을 틀어쥔 손에 자기도 모르게 힘이 들어갔다.

얼마 지나지 않아 그가 시선을 고정시킨 골목의 귀퉁이에서 한 남자가 모습을 드러냈다.

마흔쯤 되어 보이는 사내는 깔끔한 용모에 청의를 입고 있

었는데, 등에 멘 기다란 검 한 자루가 그가 무인임을 대변해
주고 있었다.

그는 골목을 가로막은 현조를 보고서도 놀라지 않았다.

이런 일에는 익숙한 듯 어깨 뒤로 불쑥 튀어나온 검파에 손
을 가져가고 있을 뿐이었다.

검파를 손에 쥔 사내는 검을 빼 들진 않았다.

그의 특기가 무엇인지 조사를 통해 잘 알고 있는 현조는 머
릿속이 차가워지는 것을 느꼈다.

채국성의 저 검이 뽑히는 순간이 가장 위험한 때.

파검의 발검(拔劍)은 소리도 벤다 하던가?

진짜 소리를 벨 수준은 아니겠지만 그만큼 빠른 쾌검을 구
사한다는 의미일 터.

대화는 필요없었다.

그저 서로 마주 서 있는 것만으로도 용건은 알 수 있다.

한겨울인데도 땀이 볼을 타고 흘러내렸다.

반면에 채국성에게선 어떤 흐트러짐도 없었다.

아무런 긴장도 느껴지지 않는 그의 표정은 그의 경험이 얼
마나 많은지를 말해주고 있었다.

누가 먼저 움직일까.

현조는 자신의 심장 고동을 속으로 세며 긴장을 완화시켰
다. 발검이 특기인 자에게 선수를 양보하는 것은 곤란하다.
그렇다고 먼저 공격하는 것도 곤란하다.

모든 발검술은 그 기본이 후발선제(後發先制).

선수보다 후수가 더 빠르다.

갈등은 있었지만 선택은 빨랐다.

선수를 빼앗기는 것보단 낫다.

슈하학!!

나락(奈落)의 도날이 차가운 공기를 찢었다.

채챙!!

검날과 도날이 허공에서 얽히며 불꽃을 튀겼다.

무표정으로 일관하던 채국성의 눈썹이 작게 꿈틀거린 것도 그 순간이었다. 분명 발검 속도가 앞섰다고 느꼈는데 박자를 놓쳤다.

평상시라면 목을 베고도 남을 순간이었건만 실패했다.

선제공격을 허락했다 해도 자신에겐 있을 수 없는 일이었다. 그러나 자신이 누군가. 발검이 실패했더라도 그것이 놀랄 일은 아니다. 어차피 자신의 파랑검(波浪劍)은 상대의 숨통을 끊어놓을 때까지 결코 멈추지 않는다.

채채채챙!

엄청난 쾌검이 연환되어 뒤를 따랐다.

마치 거친 파도처럼 몰아치는 검은 그야말로 파검(波劍)이란 이름에 부끄럽지 않았다.

파도는 날카로운 바람과 섞여 현조의 전신을 피로 물들였다. 치명상은 없었으나 심리적으로 위축되는 것은 어쩔 수 없었다.

파파팍!!

골목의 벽에 날카로운 흉터가 수십 개나 생기며 그 파편이 비산했다.

파악!

그의 발이 현조의 복부에 박혔다.

"커억!"

뒤로 튕겨 나간 현조의 입에서 신음이 튀어나왔다.

뒤이어 날카로운 검기(劍氣)가 현조의 눈을 노리고 날아들었다.

팅!

재빨리 얼굴을 가린 칼날 위로 검기가 튕겨 나갔다.

이번엔 서너 발의 검기가 목과 가슴, 단전 등을 노리고 달려들었다. 그 사나운 기세에 현조는 자세를 잡을 겨를도 없이 칼을 둥글게 휘둘러 모두 튕겨냈다.

따다당!!

지잉! 하며 손이 울렸다.

마치 기다란 철봉 끝을 쥐고 그대로 땅에 내려친 것처럼 충격이 손을 타고 팔 전체를 울렸다.

좀 전의 가볍게 튕겨냈던 검기와는 차원이 다른 위력이었다. 아마 나락과 같은 명도가 아니었다면 검기와 마주친 순간 부러졌을지도 몰랐다.

계속해서 검기가 쏟아졌다.

그 수가 무려 아홉.

검기의 숫자가 늘어난다고 해서 위력이 줄어드는 것은 아니다. 오히려 아까처럼 검기의 위력도 상승했을 것이 분명했다.

으득.

이를 악물어야 했다.

이 끝없이 이어질 것 같은 검기의 파도가 끝날 때까지 살아남아야 반격의 기회가 생길 것임을 잘 알고 있었으니까.

많은 이들이 이 연환검기(連環劍氣)를 견뎌내지 못했다고 들었는데, 이젠 그 이유를 알 수 있을 것 같았다. 숫자도 그 위력도 점점 늘어나는 검기를 어떻게 견뎌내겠나.

현조는 검기로 인해 골목 끝까지 밀려나 있었다.

골목 중심에서 골목의 한쪽 끝까지 현조의 양발에 이끌려 두 줄기 선이 그어져 있었다.

현조의 입에서 피가 흘러나왔다.

순간 채국성의 눈이 살기(殺氣)로 번뜩였다.

곧이어 세 번째 파도가 밀려왔다.

검기의 숫자는 무려 스물일곱. 채국성이 승부를 건 것이다.

이것은 지난 칠 년간 무수히 많은 적을 저승으로 보낸 그의 절기. 누구도 이 세 번째 검기를 막아내지 못했다.

위기의 순간, 현조의 동공이 크게 열렸다.

그리고 모든 사물이 느리게 보이기 시작했다.

서서히 밀려오는 검기의 파도도, 살기 어린 눈동자로 자신을 노려보는 채국성의 검끝도.

이것은 막기 힘들다! 막으면 필히 죽는다!

유일한 방법이 있다면 막는 것이 아닌 더 강한 힘으로 부딪쳐 깨뜨리는 것.

생각이 끝나자 몸이 움직였다. 단전에 똬리를 튼 뱀이 꿈틀대며 일어났다.

수라도(修羅刀).

야차팔대식(夜叉八大式) 연환구식(連環九式).

육비야차(六臂夜叉).

어두운 골목 안.

여섯 개의 암회색 칼날이 꽃잎처럼 피어났다.

따다다다다다당!!

시끄러운 금속음과 함께 불꽃이 사방으로 튀며 골목을 밝혔다.

사방을 가득 채운 도기와 검기가 한쪽 토벽을 잘라 무너뜨리고 다른 한쪽을 차지한 기루의 작은 기둥을 조각냈다.

우르르룽!

그렇게 피어오른 먼지가 골목을 가득 메우고 골목 밖으로 튀어나가자 지나다니던 사람들이 갑작스런 먼지에 놀라 자리를 피했다.

먼지가 개이고 골목 안의 정경이 드러났다.

두 사람은 서로 등을 보이고 원래의 위치와는 다른 정반대의 자리에 서 있었다.

털썩!

"쿨럭쿨럭!"

먼저 무릎을 꿇은 것은 현조였다.

기침을 할 때마다 입에서 피가 토해져 나왔다.

나락으로 땅을 짚고 지팡이처럼 몸을 지탱해 보았지만 전신의 근육이 끊어지는 것과 같은 고통에 중요한 호흡이 이어지지 않았다.

야차팔대식의 여덟 개의 식을 고속으로 연환하여 숨겨진 구식(九式)을 펼친다.

그 엄청난 속도로 인해 칼날은 여섯 개의 환영을 남기는데, 그 환영이 흐릿하지 않고 실체에 가까울수록 파괴력은 증가한다.

이것이 바로 수라도 야차팔대식의 비전절기 육비야차(六臂夜叉)!! 더불어 수라도가 자랑하는 최강의 칠대절초 중 하나이기도 했다.

말이 쉽지, 각각의 초식이 상당한 내력 소모를 유발하는 야차팔대식을 고속으로 연환하여 펼친다는 것은 뒤를 생각하지 않는 필사의 각오가 없는 이상 사용하기 힘든 노릇.

현조는 그 순간 분명 목숨을 걸었다.

그에 반해 채국성은…….

쨍강!

채국성의 검이 부러지며 내는 소리였다.

그는 무표정한 얼굴로 부러진 검을 보았다.

"선친께 받은 검인데, 아쉽군."

읊조리듯 작은 목소리로 말하던 그는 천천히 걸음을 옮겼다. 그의 신형은 작게 비틀거리고 있었고, 가슴 어림은 점차 붉게 물들어갔다.

띵! 띵!

어디선가 아름다운 금음(琴音)이 흘러나오고 있었다.

채국성의 발걸음은 금음을 따라가고 있었다.

현조는 조용히 그의 뒤를 따랐다.

＊　　　＊　　　＊

아내는 고향에서 함께 자란 소꿉동무였다.

한 살 어린 자신을 동생처럼, 연인처럼 평생을 아껴온 아내였다. 그런 그녀를 어찌 사랑하지 않을 수 있겠는가.

그저 일 년 정도면 충분하다 생각했다.

일 년 정도만 있으면 다시 아내를 볼 수 있을 거라 생각했다.

그래서 제대로 된 혼례를 치르는 것도 뒤로 미루었다.

죽은 아비의 사문으로 찾아가 묘를 이장하기 위한 절차를 밟는 것이 뭐 힘든 일이겠는가.

그저 허락을 구하고 타지에 묻힌 아비의 시신을 파내어 고향 땅으로 가져오기만 하면 되는 일이었다.

하지만 고향으로 돌아오기까지 구 년이나 걸릴 줄은 몰랐다.

띵, 띠딩.

금음이 비틀거리던 그의 신형을 다시 일으켜 세웠다.

뚝뚝 떨어지는 핏물은 점차 많아졌다.

그가 유곽의 대로를 가로지르자 마치 피로 기다란 선을 그어놓은 것처럼 보일 정도였다.

지나던 사람들 모두 하던 일을 멈춘 채 그를 바라보고 있었다. 하지만 누구 하나 그를 부축하거나 도움을 주는 이는 없었다.

구 년 만에 돌아온 고향 땅에 이미 아내는 없었다.

더구나 혼례도 올리지 않은 몸으로 딸을 낳았다고 했다.

그 고생이 얼마나 심했겠는가. 조실부모하여 감싸줄 사람도 없건만 주위의 따가운 시선이 견디기 힘들었으리라.

들기로는 고생이 심해 병을 얻었다고 한다. 그 소리를 듣고 가슴이 찢어지는 듯했다.

끝 모를 절망감에 처음으로 죽음을 생각했다.

그리고 그녀를 원망했다.

왜, 왜 말하지 않았단 말인가.

아이를 가진 줄 알았다면 결코 떠나지 않았으리라.

그렇게 그녀가 남긴 마지막 흔적인 딸을 찾아 일 년을 헤맸다. 죽더라도 그 아이의 행복을 보고 난 후에 죽고 싶었다.

강호에서 쌓은 명성이 꽤 도움이 되었다.

여러 인맥을 통해 아이를 찾았으나 그때 또다시 절망해야 했다. 아이가 빚에 팔려 여기저기 떠돌다 동기(童妓:아직 머리를 얹지 아니한 어린 기녀)가 되었다는 것이다.

아이를 찾아준 사촌 형님의 설명을 듣지 않고도 첫눈에 알아볼 수 있었다.

분명 자신과 그녀의 딸이었다.

오밀조밀한 귀여운 얼굴은 분명 아내를 닮아 있었고, 둥그런 이마나 동그란 눈은 자신의 어머니를 닮아 있었다.

문득 자신을 많이 닮지 않아 다행이라 생각했다.

하지만 자신이 아비라는 것을 밝히지 않았다.

아니, 밝힐 수가 없었다.

두려웠기 때문이다.

이리 고생시킨 아비를 과연 받아줄까?

어미마저 죽게 한 아비를 과연 용서해 줄까?

형님의 힘을 빌려 아이가 고생하지 않도록 몸을 팔지 않고 그저 좋아하는 금(琴)만 연주할 수 있도록 배려했다.

그리고 칠 년을 매일같이 딸의 금음을 듣기 위해 들렀다.

어느새 금음은 멈춰져 있었다.

그도 그럴 것이, 가슴 어림에서 피를 뚝뚝 흘리는 사내가 눈앞에 서 있는데 어느 누가 태연히 금이나 연주할 수 있겠는가.

소향(昭響)이 놀란 눈으로 채국성을 바라보자 그는 평소에 보이지 않던 자상한 눈빛으로 그녀를 달랬다.

"네 금(琴) 소리가 듣고 싶구나."

"아저씨……."

그녀로선 어린 시절부터 자주 보아왔던 채국성이 중한 상처를 입고 나타나니 걱정부터 되었다.

그가 강호의 인물임을 알고 있기는 했다.

한때 자신의 금음을 듣다가 수십 명의 무인에게 습격을 받기도 하지 않았던가.

그래서 이러한 상황 자체에 대한 충격은 그리 크지 않았다.

단지 희미해져 가는 그의 눈빛을 보며 그의 생이 얼마 남지 않았음을 어렴풋이 짐작하게 되어 슬퍼할 뿐이었다.

가까운 이의 죽음을 받아들이는 일은 언제나 그녀를 힘들게 했다.

"기다려 주겠는가?"

채국성은 돌아보지도 않고 누군가에게 말했다.

부상과 피로로 지친 몸을 끌고 겨우 뒤따라온 현조는 나락을 도갑에 집어넣었다.

어차피 칼을 휘두를 힘도 없었다.

게다가 그 역시 그의 생이 꺼져 간다는 것을 느끼고 있었다. 주변에 보는 눈 또한 많아서 굳이 자신의 손으로 숨통을 끊고 싶은 마음도 없었다. 아직 사람들 앞에서 누군가를 죽이기엔 경험도 독기도 부족했다.

소향은 채국성을 슬픈 눈으로 바라보았다.

거친 숨을 몰아쉬는 그의 초라한 모습이 눈에 비춰졌다.

항상 단정하던 그의 머리는 거칠게 풀어헤쳐져 있었고, 가슴에서 흘러나온 피는 그가 앉은 의자를 타고 바닥을 흥건히 적시고 있었다.

왜 이리 슬픈 걸까?

그는 그저 자신의 금을 조용히 듣고만 가던 타인이 아니던가? 항상 냉막해 보이는 얼굴로 자신을 찾는 손님이었지만 어딘지 모르게 친근했다.

죽은 어미가 들려주던 아비의 모습과 닮아서 그랬던 걸까?

그 이유는 자신도 몰랐다. 지금은 그저 그가 원하는 대로 금을 타주는 것이 유일하게 할 수 있는 일이었다.

그녀의 고운 손이 금줄로 향했다.

그러고 보니 이 금 역시 그가 선물한 것이다.

한가닥 맑은 금음이 기루 안에 울려 퍼졌다.

채국성은 고통으로 가득하던 가슴이 시원해지는 것을 느꼈다.

여전히 고통스러웠지만 자신의 하나뿐인 딸이, 자신과 아내가 세상에 남겨놓은 단 하나의 흔적이 연주해 주는 금음은 고통마저 씻어주는 듯했다.

아름다운 금음은 그를 어린 시절로 되돌려 보냈다.

그가 있는 곳은 더 이상 기루가 아니었다.

어느새 고향 마을을 밟고 서 있는 자신은 중년이 아닌 열여덟의 청년이었다.

바로 아내를 떠나오기 전의 그 모습.

고향 마을은 모든 것이 그대로였다.

어린 아내와 함께 먹을 감던 시내도, 여름이면 시원한 그늘을 제공하던 측백나무도, 어머니가 맞아주던 초옥도 정말이지 이렇게나 변한 게 없을까 싶을 만큼 그대로였다.

이대로 뒤를 돌아보면 항상 기다려 주던 그 길에 아내가 서 있을 것만 같았다. 지금 이 순간 그는 그녀를 느낄 수 있었다.

그는 뒤를 돌아보았다.

연주가 끝나고 눈을 뜬 소향은 그에게서 더 이상 숨소리가
들리지 않음을 알고 있었다.

한 줄기 눈물이 그녀의 고운 볼을 타고 흘러내렸다.

그녀는 채국성의 뒤편에 앉아 있는 현조에게 시선을 돌렸
다. 현조는 한쪽 옷소매를 이빨로 물고 길게 찢어 피가 배어
나오는 팔을 동여매는 중이었다. 마치 사냥을 끝낸 개가 다친
상처를 핥듯 그는 상처를 치료했다.

그러다 그 역시 그녀와 시선이 마주쳤다.

원망인가? 아니, 슬픔인가? 알 수 없는 감정이 그녀의 눈동
자 속을 가득 채우고 있었다.

아! 동정인가?

그 눈빛의 정체를 어렴풋이 알게 되자 그는 더 이상 그녀와
눈을 마주할 수 없었다.

그는 거칠게 일어나 앞으로 나서며 싸늘히 식어가는 채국
성의 목에 손가락을 가져다 대었다.

죽은 이의 맥을 확인하는 그의 모습에 소향은 몸을 떨었다.
죽지 않았다면 확실히 끝장을 보려 한다는 각오가 엿보였기
때문이리라.

현조는 두려워하는 그녀의 눈동자를 뒤로하고 기루를 나
섰다. 이젠 돌아가야 할 시간이다.

왠지 그녀의 커다란 눈망울이 머릿속을 떠나지 않았다.

버릇처럼 아랫입술을 깨물었다.

"쳇!"

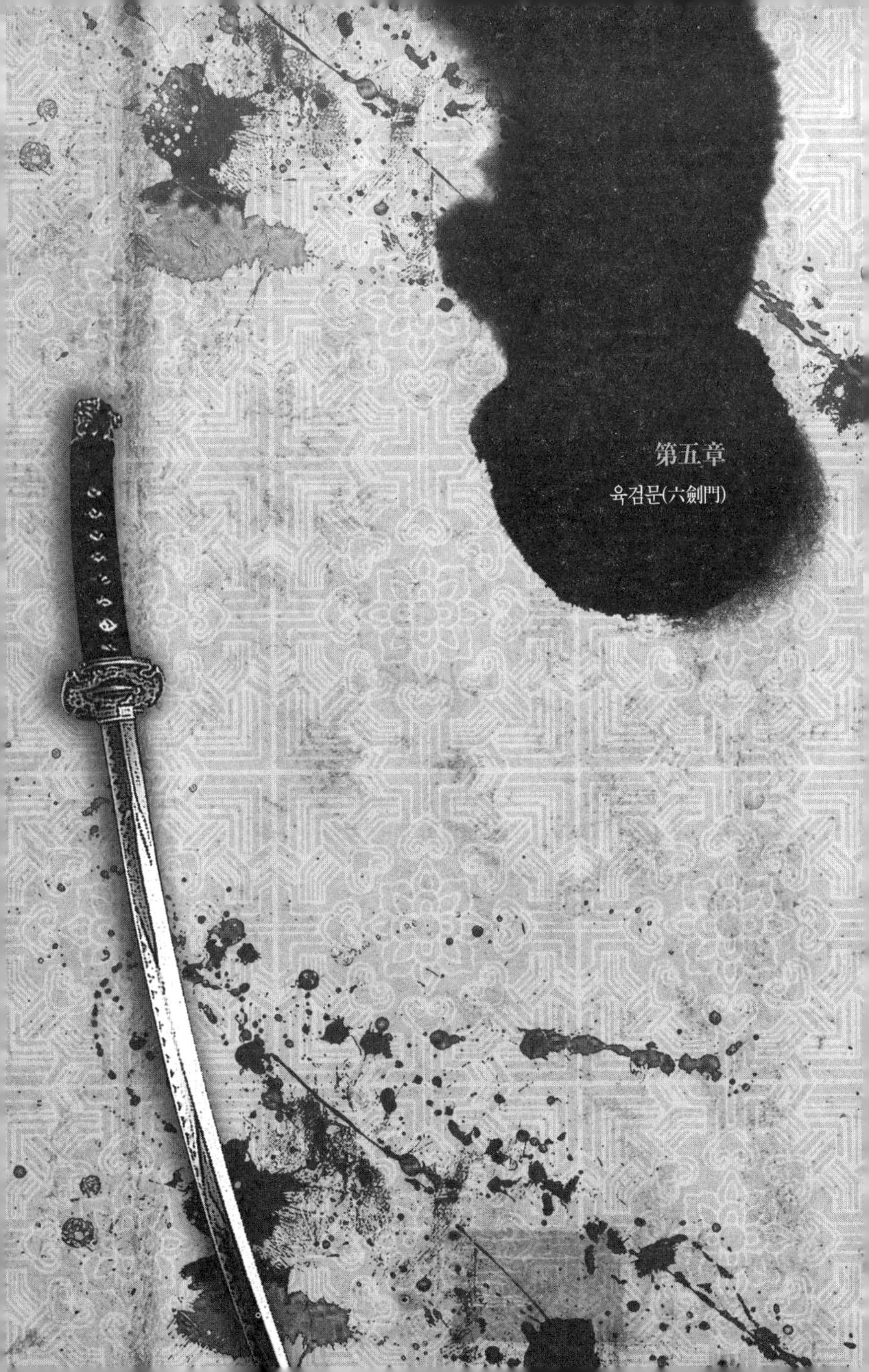

第五章
육검문(六劍門)

키도
풍운
鬼刀風雲

쾅!!

　두꺼운 자단목으로 만들어진 탁자가 움푹 파이며 커다란 손자국을 만들었다. 충격은 거기에서 그치지 않고 손자국을 중심으로 탁자의 끝 부분까지 거미줄처럼 균열이 생겼다.

　"아우가… 아우가 죽었다고!!"

　"예, 당주."

　"그것도 소향이… 아니, 자기 딸아이 앞에서?!"

　"…예."

　"크아아아!!"

　콰쾅!!

절정에 달한 대력금강장(大力金剛掌)이 당주 집무실의 벽을 박살 냈다. 그것도 모자랐는지 장력은 집무실 바깥에 있는 오동나무 기둥에 커다란 손자국을 남겼다.

"지, 진정하십쇼, 당주님!"

"내가 진정하게 됐느냐!! 나 하나 믿고 들어온 동생이 죽었다! 국성이가 죽었어!! 내 죽어 작은어머님을 어찌 본단 말이냐!!"

그는 육검문 용검당의 당주이자 죽은 채국성의 사촌 형 채석문이었다.

그는 탁자 위에 한쪽 팔을 기대고 이마를 지그시 눌렀다.

그의 부관이자 용검당 제일조장인 곽가열(崞加悅)은 안절부절못하며 식은땀을 흘렸다.

한동안의 침묵 끝에 채석문은 다시 입을 열었다.

"딸을 찾으면 검을 놓고 고향에 내려가 농사나 짓고 싶다는 걸 내가 막았다. 아비라 밝히지도 못하는 맹추, 하릴없이 딸내미 금 소리나 듣고 있는 것이 안타까워 일을 시켰다. 그래서 원한도 많이 생겼지. 결국 처음엔 딸에게 미움받을까 두려워 밝히지 못했던 것이 나중엔 원한 때문에 혹시라도 해가 갈까 하여 밝히지 못하더군. 나 때문이었지. 내가 일을 시키지만 않았어도 어쩌면 지금쯤 딸과 함께 한적한 시골에서 농사나 짓고 있을지도 모른다. 그런데… 그런데… 녀석은 이런 나를 원망하지 않았다. 그저 딸을 가까이서 보고만 있어도 기꺼워 죽겠다던 녀석의 얼굴은 행복해 보였어.”

이마를 지탱하던 그의 손가락이 이마의 피부를 짓이겼다. 피가 후드득 탁자 위로 떨어졌다.

깜짝 놀란 곽가열이 다가가려 했지만 채석문이 손을 들어 막았다.

“누구냐?”

“예?”

“누가 죽였냐는 말이다.”

“젊은 놈이랍니다. 수소문 중입니다.”

“내일까지 찾아내라.”

“예.”

“시신은… 왔느냐?”

“예. 가슴의 치명상 외에는 딱히 큰 상처가 없었습니다.”

“도(刀)냐, 검(劍)이냐?”

“도(刀)입니다.”

“목가장부터 알아봐라. 인근에 도법 쓰는 집안은 그곳뿐이다. 우리와 사이도 더럽고.”

“하, 하지만 그래도 그렇지, 목가장 같은 명문가에서 암습을……..”

목가장이란 말을 들은 곽가열의 안색이 시퍼렇게 변했다. 그가 빠른 속도로 입을 놀리자 채석문이 그의 말을 끊었다.

“암습은 아닐 것이다. 아마도 여느 때처럼 정면 대결을 했겠지. 국성이가 누군데 암습 따위에 당했겠느냐. 게다가 그놈들도 명문의 자존심이 있을 텐데 암습을 시도했을까? 그리고 젊은 놈이라 했다. 국성이를 쓰러뜨릴 만한 실력을 가진 젊은 놈. 그것도 도법을 쓰는 젊은 놈을 키워낼 곳이 인근에서 그곳밖에 더 있을까?"

곽가열은 수긍할 수밖에 없었다. 육검문의 영역에서 용검당 부당주를 해할 이는 그리 많지 않았다. 몸담은 곳 없이 홀로 떠도는 무인이라면 더욱더 그러하다.

분명 원한 관계에 있는 문파나 가문일 텐데, 도법을 쓰는 곳은 목가장뿐이니 가장 유력하다고 할 수 있었다.

아니, 어쩌면 다른 문파에서 실력 좋은 고수를 초빙해서 대결을 시켰을 수도 있다. 적어도 곽가열은 그리 믿고 싶었다.

육검문이 아무리 뛰어나도 목가장에 도전하는 일은 어리석은 일. 세력 면에선 앞서 있을지 몰라도 그곳엔 도존이라는 괴물이 살고 있음을 잊어서는 안 된다.

도존 하나만 해도 육검문의 절반을 피로 씻을 수 있는데 그의 심기를 건드려서 좋을 것이 하나도 없다.

하지만 채석문의 화가 하늘을 찌를 듯하니 좋게 넘기기는 어려울 듯했다.

'이, 이대로 도망가 버릴까.'

소심한 곽가열로서는 진지하게 생각해 볼 문제였다.

*　　　*　　　*

“제법이더구나.”

금창약을 처바르는 현조의 등 뒤에서 늙수그레한 목소리가 들렸다. 죽 총관이었다.

“뭐가 말입니까?”

“파검(波劍) 말이다.”

그의 이름을 듣자 순간 이상하게도 파검의 얼굴보단 이름 모를 기녀의 눈망울이 먼저 떠올랐다.

기분이 나빠진 현조는 좀 더 차가워진 목소리로 대꾸했다.

“시키는 대로 했을 뿐입니다.”

“그렇군. 그건 그렇고, 이각이 널 찾더구나. 연무장에 있을 게다.”

“알겠습니다.”

상처를 대충 치료하고 연무장으로 향한 현조를 기다리고 있는 것은 자신을 향해 도를 겨눈 이각이었다.

“뭡니까?”

“한판 붙자.”

“저 방금 치료하고 왔습니다.”

“그게 무슨 상관이야. 실전에서 그런 변명이 통할 것 같으냐?”

"지금이 실전입니까?"

"시끄럽고, 한판 붙어!!"

쾅!!

말이 끝나기도 전에 이각의 커다란 낭아도가 현조를 양단할 듯 내려쳐지자 현조는 다급히 나락을 빼 들어 낭아도를 정면에서 막아냈다.

칠 척에 달하는 이각의 거대한 몸집과 낭아도의 무게, 그리고 무서운 내력. 이 모든 것을 한칼에 담아 내려치는 것은 살기(殺氣)만 없다뿐이지, 막는 입장에선 조금만 힘이 부족해도 필사(必死).

더구나 현조는 부상당한 몸. 평소라면 어떻게든 막아낼 테지만 몸 상태가 따라주질 못했다.

현조가 밟고 있는 땅이 움푹 꺼지며 거미줄이 쳐지듯 균열이 생겼다. 낭아도의 힘을 못 이긴 나락의 칼등은 제 주인의 어깨를 파고들었다.

"파검 따위를 이겼다고 기고만장했냐?"

"…큭."

"왜 마무리를 하지 않은 거지?"

"보고… 있었습니까?"

울컥.

또다시 피를 토해냈다.

충격 때문인지 겨우 눌러놨던 내상이 다시 살아났다.

"확실히 숨통을 끊을 기회가 두 번 있었다. 기루로 가는 길에 한 번, 그 기녀의 금음을 듣고 있을 때 한 번."

"……."

이각이 낭아도를 거두며 말했다.

"적을 동정하는 그 순간 네 목숨은 끝이야. 손에 정을 남기지 마. 한 번 손을 쓰면 끝장을 봐야 해. 도를 들 힘이 없다면 목을 조르고, 조를 힘이 없다면 이빨로 목을 물어뜯어서라도 숨통을 끊어. 그게 네가 살아남는 길이고 또 강해지는 길이다."

"…뭐가 부족한 겁니까. 어차피 죽었을 사람입니다. 혹시나 죽지 않을까 봐 뒤따라갔던 거라고요. 죽지 않으면 마무리 지으려고."

"바보 같은 놈, 너무 늦어. 기루까지 따라갈 필요가 없었단 말이다."

"하지만 칼끝에 확실한 감각이 있었습니다. 그는 분명 죽은 목숨이었어요."

"그래, 내가 봐도 그는 그 골목에서 죽었어야 했다. 하지만 사람의 정신력이란 건, 특히 무인의 정신력이란 건 때론 죽음마저 늦추지. 결과는 어땠나? 죽어야 할 자가 기루까지 걸어가 기녀의 금음을 들었다. 그사이 치료를 받았다면 어찌 되었을지 모를 일이야."

"……."

“그만 가서 상처나 돌봐. 치료도 수련이다.”

“…예.”

현조는 ‘당신에게 당한 상처가 더 심하다고요’ 라는 말이 목젖까지 올라왔으나 더 심하게 혼날까 봐 아무 말 없이 연무장을 벗어났다.

이각의 투덜대는 듯한 중얼거림이 현조의 예민한 귀를 파고들었다.

“그들이 원하는 사냥개는 되지 마. 호랑이까진 못 되어도 늑대새끼는 되줘야 할 것 아니냐. 그래야 크게 한 방 먹여주지.”

까칠한 말투지만 정이 녹아 있다. 현조는 문득 구 노인이 떠올랐다.

“쳇.”

*　　　　*　　　　*

“그래, 잘 해결했다지?”

“생각 외로 고전하긴 했습니다만, 첫 실전에 대한 긴장감이 큰 요인인 듯했습니다. 앞으로 경험만 쌓인다면 파검 정도야 우습겠지요.”

“첩혈도가 아이를 잘 가르쳤나 보군.”

“녹슬고 무딘 검도 그자의 손을 거치면 천하 명검으로 변

합니다.”

“그렇군. 그나저나 준비는 잘돼가는가?”

“예, 용검당 부당주를 끝장냈으니 그 엉덩이 무거운 당주를 끌어내는 것은 일도 아닐 것입니다. 더불어 육검문도……..”

“단서는?”

“여기저기 흘려뒀습니다.”

“늘 그렇듯 사냥개를 키울 땐 사냥을 많이 시켜봐야지. 용검당을 쓸어버리는 일에 그 아이를 투입하도록.”

“용검당주는 아직 그 아이가 감당할 그릇이 아닙니다. 파검과는 비교도 못할 고수임을 잘 아시지 않습니까. 게다가 덩치만 곰과 같지 그 심계는 여우와 같은지라…….”

“사냥이 쉬운 법은 없지. 그게 곰 사냥이든 여우 사냥이든.”

“이번엔 진짜 죽을지도 모릅니다.”

“어차피 그 아일 미끼로 쓰려고 단서를 흘렸지 않나. 죽는다 해도 사냥개의 용도는 거기서 끝일 뿐. 아쉽긴 하겠지만 미련을 가질 필요는 없겠지. 개야 또 키우면 되고.”

“…알겠습니다, 장주.”

야심한 밤 목자량의 처소에서 오고 간 대화였다.

*　　　*　　　*

육검문(六劍門).

무림맹(武林盟)이 신강(新疆)에까지 그 세를 넓히기 위해 물심양면으로 지원하고 있는 문파이다. 여러 민족이 모여 사는 신강은 무림 문파 역시 다양한 문파가 서로 대립하고 있는 중이었는데, 그들 대부분은 중원에서 자리 잡지 못하거나 사파로 취급당해 쫓겨난 이들이었다.

쫓겨난 이들이 사는 곳에 뭐 그리 먹을 게 많겠는가.

하지만 이 척박하기 그지없는 땅을 무림맹이 신경 쓰는 것은 이곳에 터를 잡은 문파들의 저력이 만만치 않기 때문이었다.

무림맹 입장에서 신강은 오래전부터 문제가 많은 지역이었다. 지금은 자취를 감춘 마교를 시작으로 수많은 마도 사파의 무리가 수시로 궐기했던 지역이 바로 이곳 신강.

서로 섞이지 못할 땐 좋지만 혹시라도 걸출한 인물이 나서서 통합하면 호시탐탐 중원을 노리기 일쑤였다.

더구나 도존 목자량이 그곳에 장원을 세울 줄 누가 알았겠는가. 십존구마 중에 스스로 문파를 일구거나 특정 단체에 몸을 의탁한 인물은 얼마 되지 않지만 그것만으로도 무림맹은 골치가 아팠다. 한데 그 목록에 도존을 추가할 경우 무림맹 입장에선 골칫거리가 더 늘어날 수밖에 없는 일.

특히나 신강에는 정사를 막론하고 도존을 견제할 인물이

나 세력이 하나도 없으니 무림맹 입장에선 속이 탈 수밖에 없었다.

혹시나 성질 지랄 맞기로 자타가 공인하는 목자량이 신강을 일통하여 제이(第二)의 마교, 그러니까 마교에 버금가는 세력을 일으키지는 않을까 걱정하게 된 것이다.

그래서 밀어주기로 한 것이 바로 육검문.

이백 년 전쯤엔 천하십대고수 중 한 명을 배출하기도 한 명문이었으나 그동안은 이렇다 할 기회가 없었달까?

뛰어난 무공을 보유한 덕에 인재는 끊이지 않았으나 항상 가난하니 그 세를 키울 수가 없었다.

그러나 무림맹의 지원 덕에 육검문은 그 세를 쉽게 일으킬 수 있었다. 무림맹에서 돈과 함께 가장 먼저 지원한 것은 바로 인력.

육검문의 인재가 제법 뛰어나긴 했으나 중소 문파답게 그 수가 많은 것이 아니었다. 당연히 고수가 적을 수밖에 없는 노릇이라 무림맹에선 고수를 지원해 주었다.

하나 그때부터 육검문은 변질되고 말았다.

문파라 함은 대대로 내려오는 문파 고유의 무공을 계승, 발전시키는 것이 주된 목적이라 할 수 있다.

주로 스승과 제자, 즉 사승 관계로 유지되는 것이 기본인데, 타파의 고수를 받아들이고 그 목적이 세력을 키우는 것과 같은 이익을 위한 것이 되어버렸다.

덕분에 예전처럼 사숭 관계를 통해 무공의 정통을 이어가는 육검문은 없었다. 정파란 허울만 뒤집어썼을 뿐, 이익을 위해 움직이는 상명하복(上命下服) 형식의 무림방파가 되어버린 것이다.

이제 육검문에서 순수하게 제자를 가르쳐 육검문의 정통을 잇는 곳은 육당 중 하나인 구검당(求劍堂)뿐. 사실상 육검문은 무림맹의 신강지부가 되어버리고 말았다.

용검당은 패검당(覇劍堂), 정검당(正劍堂), 신검당(神劍堂), 구검당(求劍堂), 천검당(千劍堂)과 함께 육검문을 대표하는 육당(六堂) 중 하나이다.

용검당주 채석문은 남소림(南少林:소림 속가 문파) 출신의 뛰어난 권사(拳士)로, 무림맹에 있을 적엔 적룡대(赤龍隊) 부대주 직위를 가지고 있던 자다.

적룡대라 함은 무림맹 최대의 숙적인 혈교의 혈검대(血劍隊)와 함께 중원무림이 자랑하는 이대무력부대 중 하나로, 구성원 개개인의 무공 수위가 절정에 달한 맹 내(內) 최고의 부대였다.

그런 곳의 부대주 직위였다면 앞날이 보장된 탄탄대로였을 텐데 그런 그가 신강까지 온 이유는 아무도 모른다.

서류에나 남을 표면적인 이유로는 '무림맹에서 신강에 자리 잡은 도존을 상당히 의식하고 있기 때문에 실력있는 그를 그곳으로 파견 보냈다' 정도랄까?

무림맹은 곧 중원의 모든 정파를 대표하는 상징.

그 상징과 같은 곳에서 하나의 문파를 작정하고 밀어줬으니 성장하지 않을 리가 없다. 육검문의 육당 중 구검당을 제외한 나머지 오당의 팔 할의 무인이 무림맹과 구파일방 출신으로 채워졌다. 그 결과 천하의 목자량이라 해도 육검문을 제치고 신강을 장악하는 것은 힘든 일이 되고 말았다.

목가장은 스스로를 정파라 자처하는 곳이었다.

도존 목자량은 홀로 강호를 떠돌 무렵에는 정사에 구애받지 않던 정사지간의 인물이었으나 자신이 세운 목가장만큼은 정파임을 고집했다. 그것은 바로 목자량의 멸문해 버린 본가(本家)인 천산목가가 정파였기 때문이다.

목가장의 성향을 사파로 정한다면 천산목가를 재건하려는 목적에 위배된다는 걸 목자량은 잘 알고 있었다.

그는 어릴 때부터 자신의 것을 잃는 것을 아주 싫어했고, 어떤 식으로든 잃은 만큼 보충하는 것이 버릇이 있었다.

그 같은 점은 강박증에 가까울 정도였다.

평소 나이답지 않은 변덕으로 사람들을 당황케 하는 그였지만 강박증에 가까운 버릇만큼은 전혀 변하지 않았다.

그는 어릴 때 사라진 가문을 완벽하게 재건하고 싶어했다.

그 규모며 세력까지.

그런 그에게 있어서 육검문이란 눈엣가시나 마찬가지였
다.

무림맹의 지부나 마찬가지인 육검문에서 가장 핵심적인
인물은 육검문주도 아닌, 바로 용검당주 채석문.

하나 같은 정파끼리 함부로 시빗거리를 만들 수도 없는 노
릇이었다.

잘못했다간 목가장 대 육검문이 아닌 목가장 대 무림맹의
싸움으로 번질 수도 있었기 때문이다.

해서 명분을 얻으려 채국성을 노렸다.

목자량은 공들여 훈련시킨 사냥개를 투입했고, 결과는 만
족스러웠다. 이제 그들은 목자량에게 사냥개를 내놓기를 종
용할 것이다. 하지만 목자량은 그에 응하지 않을 생각이었다.

분쟁의 원인이 무엇이든 간에 먼저 수그려선 안 된다.

상대방에게 확실한 물증이 없는 한 결코 사실을 인정해서
도 안 된다. 각 문파의 자존심이 달린 일이기 때문이다.

특히 그것이 도존(刀尊)의 이름값과 관련된 일이라면 더욱
더 양보할 수 없는 것이다. 증거를 코밑에 들이대도 끝까지
부정하는 것이 옳다.

먼저 고개를 숙이면 명성의 하락과 이어진다는 것을 잘 알
고 있기 때문이다. 게다가 사냥개는 아직 쓸 일이 많았다.

가장 좋은 방법은 무인답게 힘으로 해결하는 것.

그동안은 목가장의 세가 육검문에 미치지 못해 미뤄왔지

만 적어도 전면전으로 붙으면 양패구상(兩敗俱傷)할 정도의
힘은 모아두었다.

그렇다고 전면전은 곤란했다.

그리 되면 애써 사냥개를 투입하고 물밑 작업을 한 보람이
없다. 굳이 이런 수고를 하는 이유는 목가장의 세를 온전히
보존하며 육검문을 무너뜨리기 위함이다.

그래야 천산목가의 성세를 회복하는 시기가 앞당겨지기
때문이었다.

이번 분쟁은 사냥개 한 마리 가지곤 부족한 일.

필시 숨겨놨던 힘을 풀어놓을 상황이 올 것이다.

목자량은 자신이 원하는 대로 판이 짜여가는 것을 느낄 수
있었다. 그리고 그 판에는 자신이 키운 사냥개가 큰 역할을
하리라는 것도 알 수 있었다.

"피가 꽤나 흐르겠구나. 그나저나 녀석의 증오가 얼마만큼
여물었는지 보고 싶군. 증오라는 달콤한 열매를 머금은 녀석
의 표정은 어떨까. 나만큼 잔혹할까? 나만큼 무서울까? 아아,
파검과의 혈투를 봤어야 하는데. 큭큭."

상념에 빠져 있던 목자량의 얼굴에 진한 미소가 떠올랐다.

늦은 밤 어둠 속에서 홀로 피어오른 그의 미소는 몹시도 서
늘해 보였다.

*　　　　*　　　　*

“제길!!”

이불을 뒤집어쓰고 있던 현조는 잠이 안 오는지 발광을 했다. 베개로 얼굴을 가려보기도 하고 엎드린 채 이마로 침상 끝에 박치기를 해보기도 했다.

하지만 도무지 지워지지가 않았다, 그녀의 얼굴이.

이름은 기억나지 않았다.

하지만 눈처럼 하얀 피부에 사슴처럼 큰 눈망울이 아름다웠다. 금을 타던 고운 손도, 연한 푸른색의 하늘하늘하던 옷도… 모든 게 다 예뻤다. 아! 금을 탈 때 버릇인지 한쪽으로 고개를 살짝 돌리는 듯했는데, 그때 보인 길고 하얀 목덜미도.

“젠장! 이젠 별게 다 떠오르네.”

그녀의 목덜미가 떠오르자 고개를 흔든 현조는 결국 침상을 빠져나와 나락을 손에 쥐었다.

아무래도 한바탕 땀을 흘려주어야 잠이 잘 올 것 같다는 판단 때문이었다.

휙휙.

칼끝에 힘이 실리지 않아 허공을 춤추듯 유영한다.

역시나 잡념이 끼어들어 초식이 부서진다.

어두운 밤하늘에 떠 있는 달덩이도 그녀요, 칼끝에 서린 서리도 그녀였다.

"뭐냐! 왜 자꾸 생각나는 거냐고!!"

파파파팍!!

갑자기 울컥하는 마음에 내력을 끌어올려 정원의 나뭇가지를 상하게 했다.

혼자 지내는 별채이긴 해도 매일 정원을 손보러 오는 하인이 있는데 아침엔 고생을 좀 할 듯싶었다.

나무 한그루의 가지가 모조리 잘게 쳐져 버렸으니 치우는 데만도 한 시진은 걸리리라.

현조는 기녀인 어미와 자란 터라 어지간한 미녀가 아닌 이상 여인에게 외형적으로 끌리지 않는다.

적어도 여자의 얼굴을 보고 넘어갈 만큼 어수룩하진 않은 것이다. 금을 타던 그 여인은 어린 시절 흔히 봐왔던 엄청난 미녀들도 아니었고 그저 자신이 죽인 사내가 즐겨 찾던 예기(藝妓 : 시서금화 같은 예능을 익혀 손님을 접대하는 기생)에 불과했다.

한데 생각하면 할수록 심장이 두근거리고 얼굴은 빨개졌다. 그리고 그녀가 마지막에 보여준 그 동정 어린 눈빛.

뇌리에 깊숙이 박혀 시도 때도 없이 떠오르는 그 눈빛이 다시 한 번 보고 싶었다. 그리고 묻고 싶었다. 피비린내를 잔뜩 풍기는 자신의 어디가 불쌍해 보였냐고. 어디가 그리 불쌍해 보였기에 그런 눈빛을 보낸 것이냐고.

"칫!"

심한 훈련을 한 것도 아닌데 심장이 벌렁대다니, 주화입마에라도 빠진 걸까? 하지만 듣던 것과는 달리 그리 나쁜 기분은 아니었다.

"야밤에 웬 지랄이냐."

"헙!!"

익숙한 목소리가 등 뒤에서 들려왔다.

동시에 뒤통수에서 격통이 밀려왔다.

퍽!

"내가 여기까지 접근하는데도 못 느끼다니, 동굴에 또 갇히고 싶나 보지?"

"……."

이각은 현조의 머리를 한 대 더 후려갈기려다 말고 의아한 얼굴로 물어왔다.

"얼레? 너 얼굴이 왜 이리 홍시처럼 붉은색이냐?"

"아, 아닙니다, 아무것도."

"부상당하면 쉬는 것도 훈련이랬잖아! 너, 여태까지 칼 휘둘렀지?!"

"아, 글쎄, 아닙니다!! 아니라니까요!!"

현조는 화난 듯 크게 소리치며 집 안으로 들어가 버렸다.

이각은 그런 현조의 뒤통수를 바라보다 자신의 손바닥을 한 번 쳐다보며 중얼거렸다.

"너무 세게 때려서 화났나?"

　　　　　*　　　　*　　　　*

　육검문, 용검당주 집무실.

　무늬만 중소 문파인 육검문에서 육당 한 곳 한 곳이 지니고 있는 힘이란 신강 일대의 평균적인 중소 문파 한 곳과 맞먹는다.

　육당의 힘이 한데 모이면 어지간한 대문파 못지않다는 뜻도 되었다. 하지만 그러한 육당 중 한 곳을 책임지고 있는 용검당주의 집무실치고는 지독하게 검소하다.

　유일하게 사치를 부린 자단목(紫檀木) 탁자는 얼마 전 부서져 내버린 지 오래였고, 한쪽 벽은 박살이 나서 장정 한 명이 드나들 만큼 큰 구멍이 뚫려 있었는데, 그나마 나무판으로 대충 막아놔 바람이 솔솔 들어오고 있었다.

　집무실 한쪽의 의자에는 곰처럼 커다란 덩치에 범과 같이 부리부리한 눈매를 가진 중년인이 솥뚜껑처럼 커다란 주먹으로 턱을 받친 채 부하가 가지고 온 보고를 듣고 있었다.

　"…이상이 조사한 내용입니다."

　커다란 덩치의 중년 사내 채석문은 실로 오랜만에 웃었다. 자신의 예상이 들어맞았기 때문이기도 했지만, 동생의 원수를 쉽게 찾아 기쁜 마음에 웃게 된 것이다.

　만약 이름 모를 고수에게 당했다면 원수를 갚기란 정말 어려운 일이었을 테니까.

하지만 이제 원수가 누군지 밝혀졌으니 빚을 갚아주는 일만 남았다.

채석문은 조용히 일어나 밖으로 나갔다.

허수아비일지라도 문주는 문주인지라 용검당을 움직이려면 허락을 받아야 한다. 물론 자신의 힘이라면 사후 허가도 가능하지만 그는 문주가 자신을 지지해 줄 것을 알고 있었다.

희끗한 반백의 머리가 노년으로 접어들었음을 짐작하게 해주는 사내는 실은 중년의 나이였다.

그저 지난 세월 마음고생이 심해서인지 동년배들보다 일찍 흰머리가 났을 뿐이다. 하지만 그 자신은 머리가 벗겨진 게 아니니 그나마 다행이라 여기고 있었다.

사내는 다소 가라앉은 음색으로 대꾸했다.

"목가장이란 말인가?"

"그렇습니다, 문주님."

"하지만 그곳은……."

쾅!

문주가 말을 끝내기도 전에 갑자기 탁자가 들썩거리며 큰소리가 문주의 거처 가득 울려 퍼졌다.

마주 앉아 있던 채석문이 탁자를 거칠게 후려친 것이다.

다행히도 그의 집무실 안에 있던 자단목처럼 박살 나진 않았으나 그 소리가 하도 커서 육검문주 조일현(條日現)의 몸을 움츠러들게 하기에 충분했다.

"혹시 지금 부당주의 복수를 하지 말자는 것입니까?"

"그, 그것이 아니라… 아무래도 목가장은… 자량이……."

"지금 도존이 두려워 그러시는 겁니까?"

"아무래도 그렇지 않겠는가. 자초지종을 잘 설명하면 그곳에서 알아서 할 테지. 일단 내가 가서……."

쾅!

다시 터진 굉음에 이번엔 탁자에 금이 갔다.

채석문의 목소리가 차가워졌다.

"…쥐꼬리만 한 중소 문파를 이렇게까지 키워놓은 게 누구라고 생각하십니까, 문주?"

"그, 그거야 당연히……."

"비참히 죽은 국성이, 아니, 용검당 부당주 채국성의 공이 얼마나 큰지 잘 아실 것 아닙니까."

"휴, 그렇지. 채국성 부당주 덕이 컸지. 자네 마음대로 하게나."

"감사합니다, 문주."

채석문은 원하는 대답을 얻자 성큼성큼 문주의 거처를 빠져나갔다. 홀로 남은 조일현은 다시 한숨을 내쉬었다.

이렇게 힘이 없는 것이 한스러울 수가 없었다.

"하아, 그래, 너희들이 키운 것이니 말아먹든 찢어 먹든 알아서 해라."

목자량과 동년배인 조일현은 목자량이 도존이라는 별호를 얻기 전부터 잘 알던 사이이다.

어린 시절엔 서당에서 함께 동문수학하기도 했다.

그러던 것이 목자량이 하루아침에 가문을 잃고 실종된 이후 수년 동안 보지 못했다.

그러나 그가 다시 돌아왔을 때, 그러니까 강호에 제법 높은 명성을 떨친 신진 고수로서 금의환향했을 때다.

그는 왜 어린 시절 동무에게 악귀(惡鬼)나 야차(夜叉) 같은 별호가 달렸을까 의아해했다.

하지만 그 이유는 금세 알 수 있었다.

목자량은 고향에 돌아오자마자 당시 신강에서 가장 유명하던 사파의 고수이자 흑룡회(黑龍會)의 회주이기도 한 금마(金魔) 장호열의 목을 불과 십 초 만에 베고, 그 목을 장대에 꽂아 자신이 살던 집 마당에 사흘 동안 매달아두었다.

그사이 나머지 흑룡회의 고수들이 목을 찾기 위해 차례대로 찾아왔으나 오는 족족 목을 베어 장대의 숫자를 늘려가기까지 했다.

불과 사흘이었다, 당시 신강 최강의 사파가 해체된 것은.

사파의 괴수를 처단한 일 자체는 칭송받아 마땅한 일이었다. 하지만 그의 손속은 너무나 잔혹했다.

그의 집 마당엔 수십 개의 장대가 두 달이 넘게 걸려 있었으니까.

그 일 이후로 조일현은 그가 왜 악귀나 야차라 불리는지 잘 알 수 있었다. 그리고 다짐했다. 죽을 때 죽더라도 결코 목자량과 적이 되지는 말자고. 죽고 싶으면 차라리 자살하면 된다. 굳이 목자량의 손에 죽을 필요는 없는 것이다.

그는 목자량이 적에게 얼마나 잔혹하고 끈질긴지를 두 눈으로 직접 목격했고, 그의 귀신같던 신위도 수십 년이 지난 지금까지 잘 기억하고 있었다.

그가 비록 허수아비에 불과하지만 그래도 한때 천하십대 고수를 배출한 적이 있는 명문 문파의 문주였다. 육검문이 무림맹에게 장악당하기 전까진 뚝심있는 고수로 불리었던 그이기에 용검당주의 행동이 얼마나 바보 같은 것인지 잘 알고 있었다.

용검당주 둘이 덤벼도 젊은 시절의 목자량 하나를 막지 못할 것이다. 하물며 현재 최전성기를 구가하는 중인 목자량, 그러니까 십존구마의 하나인 도존 목자량은 가히 괴물이라 불러도 이상하지 않은, 아니, 괴물이란 표현도 많이 부족한 절대무적의 초고수였다.

광기 어린 성정과 달리 심계가 깊고 조심성이 많은 편이라 육검문의 뒤에 있는 무림맹을 의식하여 참고 있는 것이지, 만일 목자량이 피를 각오하고 전면전을 펼친다면 육검문은 이틀을 넘기기 힘들 것이다.

그러한 목자량에게 겨우 용검당주 따위가 대들겠다니…….

도존이라는 별호를 우습게 봤음이 틀림없었다.

무인답지 않게 피를 싫어했던 조일현으로서는 그동안 작은 힘이라도 최선을 다해 목가장과의 충돌을 막아왔었다.

어린 시절의 인연 덕에 가끔 목자량과 바둑도 두며 비위를 살살 맞추던 중이었는데 이젠 그 방법도 더 이상 통하지 않을 것이다. 목자량은 자신을 건드린 이를 결코 용서하는 법이 없었으니까.

그나마 작은 희망이 있다면 그동인 혼신을 다한―아부가 가득 담긴―노력의 성과가 빛을 보기만을 바랄 뿐이다. 다른 오당은 다 쓸어도 구검당 하나만큼은 남겨줬으면 하는 거랄까?

구검당은 육검문의 진짜 제자들로만 이루어진 곳이라 다른 오당이 쓸리더라도 구검당만 남아 있다면 육검문의 정통을 이어나갈 수 있을 테니 말이다.

*　　　*　　　*

"우리 사냥개는 좀 어떤가?"

그렇게 묻던 목자량은 입안에 죽엽청을 털어 넣었다. 마주 앉아 있던 죽 총관이 살짝 굳은 얼굴로 대답했다.

"지금 성장 속도로 봐서는… 혹 사냥개가 아닌 호랑이를 키우는 게 아닌지 걱정일 정도입니다. 파검과의 생사결이 유효했던 모양입니다.”

“호랑이? 총관의 눈도 이젠 썩었군. 늑대라면 몰라도.”

“비유일 뿐입니다. 호랑이든 늑대든 적어도 꼬리 살랑살랑 흔드는 사냥개로 남을 녀석은 아니지요.”

“뭐, 상관없네. 그건 그것대로 맛이 있을 테니까. 어차피 사냥개로 쓰는 건 공적인 것. 난 녀석의 사적인 부분을 원할 뿐이네.”

“수라도 때문입니까?”

목자량은 대답 대신 죽엽청을 입안으로 한 번 더 털어 넣으며 창밖을 바라보았다.

“날씨가 좋군. 피 흘리기엔 참 좋은 날씨야.”

＊　　　＊　　　＊

채석문의 넓은 등판 위로 식은땀이 흘러내렸다.

오랜만에 느껴본 두려움.

자신이 가장 두려워하던 적룡대주를 눈앞에 둔 듯했다.

하지만 눈앞에 있는 이는 적룡대주 정도는 안중에도 두지 않을 자였다.

‘이것이… 도존인가?’

그의 눈앞에 조용히 앉아 차를 들이켜는 청수한 외모의 중년인은 길거리에서 봤다면 아마 그냥 지나쳤을지도 몰랐다.

어느 마을 서당에서 마을 아이들 모아놓고 글이나 가르칠 법한 외모랄까? 그러나 그 기세만큼은 가공스러워 숨을 쉬기도 어려웠다.

채석문은 손이 덜덜 떨리는 것을 감추기 위해 일부러 차를 빨리 마시고 탁자 아래로 손을 내려 감추었다.

"그래, 내 아들놈을 내놓으라고?"

"네. 도존의 양자인 목현조라는 아이에게 조사할 것이 있습니다."

"목현조라……."

목자량의 얼굴에서 기이한 미소가 떠올랐다.

양자로 받아들여 놓고 이름도 제대로 지어주지 않았음이 떠오른 것이리라.

현조의 현(炫)은 죽은 어미의 성이지 이름이 아니었다.

정확히 했다면 현조가 아닌 목조라 불러야 맞을 것이나 채석문은 그런 세세한 사정까진 모르고 있었으니 목현조라 부르는 것이 당연했다.

목자량은 잠시 그녀가 떠오르자 고개를 작게 저으며 다시 차를 마셨다. 사냥개의 이름 따위, 지어줘도 그만 안 지어줘도 그만 아니던가. 그녀를 떠올리는 것은 별로 좋은 생각이 아니다.

"그 조사라는 게 혹시 파검과 관련된 일이던가?"

“알고 계셨습니까?”

“설마 어린애들이 하는 일을 일일이 신경 쓰고 있겠나. 뒤늦게 알았네.”

“그렇다면 얘기하기 편하겠습니다. 그 아이는 죄를 지었으니 벌을 받아야 합니다.”

“그래?”

순간 거대한 살기가 해일이 되어 채석문을 덮쳤다.

“크윽!”

목자량은 아주 진한 미소와 함께 말했다.

“감히… 내 앞에서 내 식구를 문책하겠다고 내뱉는 건가? 그 오만방자한 혀를 잘라주고 싶군.”

“하, 하지만 당신은 정파입니다. 정당한 이유없이 이러한 일방적인 살인에 대한 저희 요구를 거절할 명분이 없을 겁니다. 혹시 당신의 힘으로 사건을 덮으려 하신다면 저희로선 무림맹에 보고하는 수밖에 없습니다!”

채석문의 말이 끝나기가 무섭게 살기는 씻은 듯이 사라지고 없었다.

“양자이긴 해도 일단 내 식구가 저지른 일이라 조사를 하긴 해보았네. 한데 알고 보니 그 파검이란 자는 그동안 습격을 무수히도 당했다 하던데, 만약 현조가 아니라 다른 이들에 의해 파검이 죽었다면 어찌하려 했는가.”

“그들에겐 파검과 풀어야 할 정당한 은원이 있었습니다.

하지만 현조라는 아이에겐 파검과 어떠한 접점도 없습니다.
그 아이와 제 아우가 정말 은원 관계가 있었다면 이렇게 목가
장까지 찾아오지도 않았을 겁니다. 결국 이는 단순한 살인.
저희 용검당은 그저 정당한 복수를 원할 뿐이지요.”

“오호라, 용검당? 그렇다면 다른 당은 간섭하지 않는다는
뜻인가?”

“그리된다면 육검문 전체의 의지가 됩니다. 저는 도존께
싸움을 걸 만한 바보가 아닙니다.”

“흠…….”

목자량은 손가락으로 무릎을 두드리며 생각에 잠겼다.

둘 사이에 잠시 정적이 찾아들었다.

채석문은 목자량의 태도를 보고 이 자리에서 자신이 죽지
않으리란 확신이 들었다.

천하의 도존도 무림맹만큼은 신경 쓰이는 것이 분명하리
라.

누군가를 배경으로 압박하는 짓을 즐기는 것은 아니었다.
하지만 그 협상의 대상이 도존이라면 이야기가 다르다.

동원할 수 있는 패는 모두 동원하는 것이 조금이라도 목숨
을 부지할 가능성을 높일 수 있는 것이다.

정적을 깬 것은 역시 목자량이었다.

“이렇게 하세.”

그는 찻잔에 천천히 잔을 채우며 말을 이었다.

"어차피 이제 그대들 용검당과 내 양아들 사이에는 씻을
수 없는 은원이 생겼겠지?"

"그렇습니다."

"파검이란 자는 죽기 전까지 은원에 얽혀 걸어오는 대결을
결코 피하는 법이 없었다 하던데, 맞나?"

"그렇… 습니다."

채석문의 눈썹이 꿈틀거렸다.

협상이 자신이 원하는 방향으로 흘러가지 않자 당황한 것
이다. 하지만 인상을 쓰지는 않았다.

누구 앞이라고 인상을 쓰겠는가.

목자량의 말이 계속 이어졌다.

"무인이라면 역시 힘으로 말하는 법이지. 어떻게 할지 상
관은 하지 않겠네. 암살을 하든 천라지망(天羅地網)을 깔든 내
가 전혀 상관치 않겠단 말일세. 원한다면 육당의 다른 당의
손을 빌려도 좋네."

육당의 손을 빌려도 좋다는 대목에서 채석문의 표정이 조
금 풀어졌다. 원하는 결과를 얻어가진 못했지만 어쩌면 더 좋
을 수도 있었다.

어찌 됐든 도존의 양보는 얻어낸 것 아니던가.

이 넓은 중원 천하에 누가 있어 십존구마의 양보를 얻어낼
수 있단 말인가.

현조라는 아이가 장원 밖으로 나오지 않으면 손쓸 방법이

없겠지만 그래도 이 정도면 도존이 충분히 양보한 것임을 잘 알고 있었다. 게다가 육검문이 정식으로 목가장을 감시할 명분을 얻어낸 거나 다름없었다.

조금만 생각해 보면 얻은 것이 제법 있었다.

그것은 바로 명예와 명분.

도존과 담판 지어 양보를 얻어낸 것은 자신의 명예가 될 것이고, 도존의 허락 아래 정식으로 원수를 갚을 수 있게 된 것은 바로 명분이 될 것이다.

모 아니면 도라는 식으로 거의 전면전을 각오하고 왔는데 의외로 큰 수확이었다.

"석 달 주겠네. 그 안에 은원을 해결 못한다면 자네도 그 일을 그냥 덮게나. 물론 나도 이름값이 있으니 잔머리를 쓰거나 하지는 않겠네. 아이는 자주 밖에 나갈 것이야. 단, 자네가 다른 육당의 손을 빌린다면 현조 역시 다른 이들의 손을 빌리게 될 것이네."

천하의 도존에게서 양보를 얻어냈다는 기쁨에 판단력이 흐려진 채석문은 알아채지 못하고 있었지만 목자량이 내민 세부 조건의 내용은 무슨 놀이 규칙과도 같았다.

결코 양자를 사지로 내모는 아비의 얼굴이 아니었다.

마치 놀이를 즐기는 천진난만한 소년 같다고나 할까?

정상적인 상황이었다면 그의 표정을 읽고 소름이라도 돋아야 했다. 그러나 채석문은 연신 고개를 끄덕이며 만족하기에 정신없었다.

"한데, 그 아이가 도움을 받을 자들은 누구입니까?"

"그런 정보는 스스로 알아내게. 지금의 이 협상은 아들을 사지로 내모는 것이나 마찬가진데 그런 정보까지 알려준다면… 너무……."

'재미없지 않겠나' 라는 말이 이어졌어야 하지만 목자량은 참았다. 너무 틈을 보이면 저 눈치 빠른 곰탱이가 경계할지도 모르기 때문이었다.

"하지만 이곳의 죽 총관님이라시든지… 대공자가 나서시면……."

"걱정 말게. 어차피 그들도 현조를 좋아하는 편이 아니니까."

"그럼 그리 알고 일어나겠습니다. 약조는 꼭 지켜주시기 바랍니다."

"내 이름을 걸고 한 약속일세. 먹칠할 생각은 없으니 마음껏 해보시게. 결코 나나 우리 장원에서 직접 나서는 일은 없을 것이고, 그 아이가 큰 부상을 입지 않은 이상 자주 밖으로 돌리겠네. 하지만 자네도 알아두게. 석 달이네. 석 달 후에도 그 아이를 핍박한다면 그땐 나도 좌시하지 않을 테니."

"예, 알겠습니다. 석 달이 지나도 복수에 성공하지 못한다면 깨끗이 잊겠습니다."

"보통 애가 아니니 주의하게나. 그래 봬도 내게 직접 칼질을 배웠다네.”

일어서서 등을 돌리려던 채석문의 어깨가 잠시 흠칫했다. 의외의 정보였기 때문이다.

그는 그제야 비로소 깨달을 수 있었다.

사촌 아우인 채국성이 겨우 약관도 안 된 애송이에게 왜 당했는지.

'도존에게 직접 사사했단 말인가? 하긴… 그렇지 않았다면 국성이가 당했을 리가 없지. 한데 이상하군. 이자는 어찌 그러한 사실을 알려주는 것인가? 그런 정보는 감춰야 그놈이 살아날 가능성이 높을 텐데… 정이 없나? 아니면 양자의 실력에 자신이 있는 건가?

여러 의문이 들었지만 그건 나중에 생각할 일. 급히 포권을 취한 채석문은 방을 빠져나갔다.

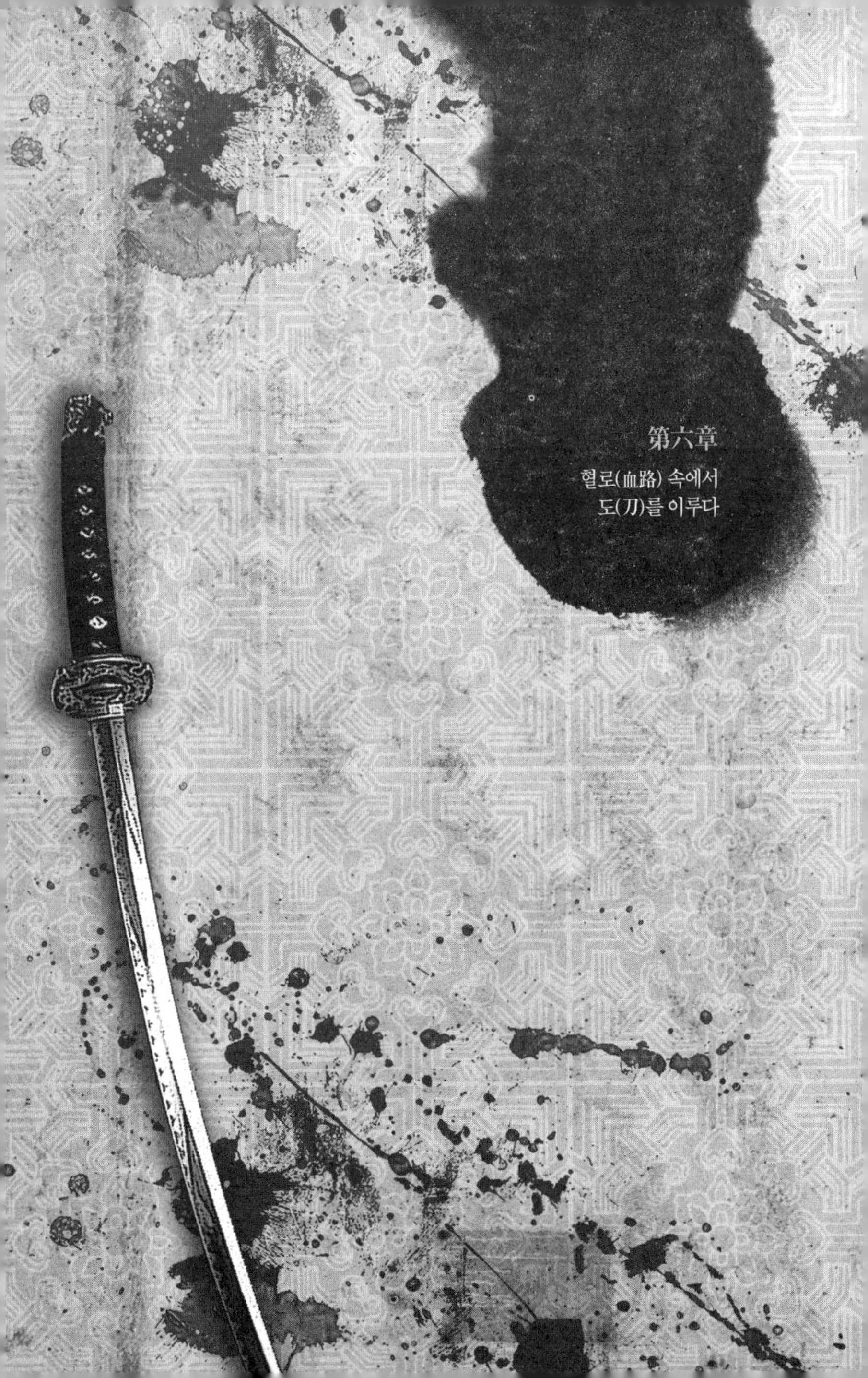

第六章
혈로(血路) 속에서
도(刀)를 이루다

"**기**상!!"

이틀 동안 잠을 못 이루다 사흘째 되던 밤 피곤에 지쳐 겨우 잠든 현조의 얼굴에 차가운 물을 퍼부은 이각이 크게 외쳤다.

"어푸푸!! 이게 무슨 짓입니까!!"

"정신 좀 들라고 뿌렸다."

"제가 뭘 어쨌게요!"

"요새 네놈 정신 상태가 아주 글러먹었어! 수련도 하는 둥 마는 둥! 겨우 실전 한 번 치렀다고 벌써 해이해진 거냐!"

현조는 인상을 구기며 소리쳤다.

“글쎄, 그런 거 아니라니까요!!”

“자꾸 헛소리할래! 사흘 전부터 무슨 상사병 걸린 삼돌이 마냥 잠도 안 자고 한숨만 쉬어댄 놈은 대체 어디 사는 누구냐! 앙!”

“헉!”

정곡을 찌른 이각의 말에 현조가 깜짝 놀라 숨을 들이켰다.

이각은 이 의외의 반응에 현조의 양 볼을 두 손으로 붙잡고 물었다.

“에? 네놈, 설마… 정말 상사병이냐?”

“구, 구거시…….”

“앙!! 똑바로 말하란 말이다, 똑바로! 언제, 어디서, 누구를!”

“이거 놔죠야 똑바오 말하져.”

“음…….”

이각은 흥분을 멈추고 현조의 볼에서 손을 떼었다.

현조는 턱이 아팠는지 아래턱을 몇 번 움직여 보고 나서야 비로소 대답했다.

“전에 그 화향루요.”

“뭐라? 혹시 그 파검 앞에서 금 타던 애?”

“…….”

이각은 조금 실망한 얼굴로 말했다.

“뭐야? 너, 눈이 겨우 그 정도였냐?”

“뭐가 어때서 그래요? 예… 예쁘기만 하더만.”

예쁘다는 말을 할 때 현조의 볼이 붉어졌다.

그 순진한 모습에 이각이 피식 웃으며 말했다.

“뭐, 귀엽기는 하더라만… 화향루라면 그래도 신강에서 제일 알아주는 기루인데… 그 정도 얼굴이면 오히려 좀 모자란 감이 있지. 쩝, 그런데 왜 그때 그 아이 말고도 다른 기녀들이 몇 있던데 걔네는 눈에 안 들어오든? 참고로 난 옆에서 비파를 타던 초선이가…….”

“그만!! 절 좀 내버려 두세요! 아까도 겨우 잠들었다고요!”

이각의 말을 끊어버린 현조가 그의 등을 밀치며 방 밖으로 내쫓았다.

“저 사람도 원랜 저런 성격이 아니었는데…….”

이불에 묻은 물을 대충 털어낸 현조는 다시 몸을 뉘어 잠을 청했다. 하지만 이미 한번 깨어버린 잠은 쉽게 찾아오지 않았다.

다시 뒤척거리며 잠들기 위한 노력하고 있을 때 침상과 가까운 창문 밖에서 이각의 목소리가 들려왔다.

“너도 알고 있겠지? 네가 정을 주면 그 아이는 불행해진다.”

“…….”

일부러 떠올리려는 것도 아닌데 목자량의 비웃음 가득한 얼굴이 머릿속에 떠올랐다. 그리고 구 노인의 마지막 모습도.

약간의 침묵 후 현조는 조용히 대답했다.

"알고 있습니다. 단지⋯⋯."

"⋯⋯."

다시 약간의 침묵이 흐른 후에 현조가 입을 열었다.

"단지 그녀의 금이⋯ 금음이⋯ 어머니의 금 소리와 닮았습니다."

이는 방금 안 사실이었다.

이제야 알았다.

왜 그녀에게 끌렸던 것인지.

마지막의 그 동정 어린 눈빛도, 그녀의 곱디고운 손도 문제가 아니었다. 정말 중요했던 건 바로 그녀의 금음이었다.

잊어서는 안 될 것을 잊고 있었다.

현조의 눈에서 눈물이 흘러내려 베개를 적시었다.

어린 시절, 소월은 어린 현조를 무릎에 앉히고 자주 금을 탔었다. 그러나 지금의 현조는 금음을 들어본 것이 칠 년여 만에 처음이었다. 아마 어머니가 아픈 이후로 한 번도 들어본 적이 없는 것 같았다.

관 속에 금을 넣어 갈 만큼 금 타는 걸 좋아했던 어머니가 아니던가.

"흑, 크흑⋯⋯."

어머니 무덤 앞에서 했던, 더 이상 울지 않겠다던 맹세가 깨진 것은 순식간이었다. 어떤 것도 그 맹세를 쉽게 깨진 못했다. 목자량의 비웃음도 이각의 지옥 같은 수련도 그 맹세를 깨지 못했다.

혈육과도 같았던 구 노인의 죽음만이 그 맹세를 깨뜨렸었다. 한데 겨우 금음이, 그것도 사흘 전에 들었던 금음이 생각나 맹세가 깨졌다.

왠지 바보 같다는 생각이 들었지만 어쩔 수 없었다.

오늘만큼은 마음껏 눈물을 쏟고 싶었다.

밖에선 더 이상 이각의 기척이 들리지 않았다.

아마도 이 분위기를 깨고 싶지 않아 사라진 것이리라.

문득 현조는 그녀가 보고 싶었다.

아니, 그녀가 타는 금이 다시 한 번 듣고 싶었다.

벌떡 일어난 현조는 옷을 갈아입었다.

생각한 이상 행동으로 옮긴다.

이각에게서 배운 바였지만 자신의 성격과는 맞지 않다 여기던 행위다. 하지만 오늘만큼은 이각의 교육도 제법 훌륭하단 생각이 들었다.

*   *   *

벌컥!!

집무실 문이 거칠게 열리며 약간 소심해 보이는 인상의 사내가 들어섰다. 그는 꽤나 상기된 얼굴로 외치듯 말했다.

“당주님!! 유곽에 놈이 떴습니다!”

“놈이?”

“예. 목가장을 지켜보던 수하가 놈이 나오는 것을 보고 미행하였는데, 분명 유곽으로 들어서는 것을 봤답니다.”

“지금 동원할 수 있는 애들은 몇이야?”

“새벽이긴 해도 서른 정도는 됩니다.”

“좋군. 다 불러. 기습을 하든 어쩌든 수단과 방법을 가리지 말고 놈의 목을 잘라와. 내 직접 소금에 절여 국성이의 묘에 바치겠다.”

“예, 당주님!!”

사내 곽가열은 고개를 숙여 예를 취하고는 급히 밖으로 뛰어나갔다. 한시가 급한 일이므로 무사들을 모으려면 빨리 움직여야 했다.

홀로 남은 채석문이 주먹을 움켜쥐며 중얼거렸다.

“이제 시작이다. 그나저나 도존은 참 엉뚱하군. 합의 본 지 네 시진도 안 되어 녀석을 내보내다니…….”

*   *   *

산을 내려와 마을의 유곽에 들어선 현조는 화향루를 찾았다. 낮부터 와서 채국성을 기다리던 때와는 그 분위기가 매우 달라 헤맬 수밖에 없었다. 축시임에도 불야성을 이루며 사람들이 인산인해를 이루고 있었으니까.

하지만 이런 분위기는 익숙했다.

어차피 자신이 자란 곳도 유곽이 아니었던가.

기녀들 심부름하며 용돈 벌던 몸인데 촌놈처럼 굴 일은 없었다.

현조는 호객 행위를 하는 소년들이나 기녀들의 손짓을 가볍게 뿌리치며 앞으로 나갔다.

다행히 화향루는 이 유곽에서도 가장 유명한 기루.

약간 헤맨다 해서 못 찾을 곳은 아니었다.

워낙 인기가 많은 곳이라서 그런가?

화향루 앞에는 그 흔한 호객꾼도 없었다.

기루 안에 들어서자 현조를 알아보는 사람이 많았다.

사흘 전의 사건은 그만큼 충격적이었을 것이다.

파검 채국성을 죽인 이가 약관도 안 된 청년인데 어느 누가 놀라지 않겠는가.

그래도 기루는 장사하는 곳이라 현조에게도 사람이 붙었다.

약간 통통한 외모의 중년 여인이었는데, 이곳 기녀들 사이에선 대모로 통했고, 화향루의 여주인이기도 했다.

"소협, 반갑군요. 술을 드시러 오셨나요? 그렇다면 어여쁜 아이들이 대기 중입니다."

"아니오. 금을… 들으러 왔소."

오랜만이라 그런지 여자를 대하는 게 조금은 어색했다.

사실 이각을 제외하고 대화를 나누는 이가 별로 없어서 굳이 기녀가 아닐지라도 누구와 얘길 하든 어눌해 보일 것이다.

"금(琴)이요? 호호호, 알고 보니 풍류공자셨네. 기루에서 금을 찾는 건 모래밭에서 모래 찾는 거나 같답니다. 당연히 들으실 수 있죠. 그렇지 않아도 얼마 전에 새로 들어온 매월이란 아이가 금 하나는 기가 막히게 잘 탄답니다. 아주 마음에 드실 거예요."

"아니, 난… 휴, 아니오. 어디로 가면 되오?"

'그때 그녀의 금이 듣고 싶단 말이오' 라고 말하고 싶었지만 솔직히 이름도 모르는데 어찌 청한단 말인가.

아니, 어쩌면 잘된 일인지도 몰랐다.

이름을 알고 청한다면 목자량의 귀에까지 들어갈지도 모르니 차라리 이 여주인을 통해 고르는 게 나을 것 같았다.

금을 듣다 계속 인상을 찌푸리면 기녀를 바꿔주겠거니 생각했다. 하지만 다행히 현조는 운이 좋았다.

"뭐야? 매월이가 추 대인 앞에서 금을 타는 중이라고? 그럼 누구누구 남았어?"

"청향이, 매향이도 악사들과 합주 중이고… 초선이랑 소향이는 남았는데……."

여주인보다 약간 젊어 보이는 여인이 인상을 찡그리며 대답하자 여주인은 할 수 없다는 듯 현조를 향해 말했다.

그녀로서는 파검을 쓰러뜨린 젊은 고수의 비위를 잘 맞추고 싶었지만 이 년에 한 번씩 들르는 요녕상련의 행수인 추대인을 실망시킬 수는 없는 노릇이었다.

"소협, 비파도 괜찮으신지요. 초선이란 아이가 비파 하나는……."

"난 금음을 좋아하오."

"…예."

여주인은 다소 껄끄러운 얼굴로 말했다.

"그럼 소향이라는 아이를 들여보내지요."

솔직히 그녀는 소향이와 현조가 만나는 것을 꺼렸다.

자세한 사정까지는 알 수 없어도 죽은 파검이 꽤나 아끼는 기녀였던 것이다.

그것도 수년간 손가락 하나 안 대고 금음만 듣고 갈 정도로. 그러나 그러한 껄끄러움도 잠시였다.

이미 파검이 죽고 없는데 무슨 상관이겠는가.

기루의 뒤를 봐주는 육검문이 좀 걸리지만 그저 금음 몇 소절 들려주는 게 뭐 힘든 일이겠냐는 생각이 들었다.

그녀가 들어오자 현조는 하마터면 의자에서 벌떡 일어날 뻔했다. 그녀가 바로 들어올 줄은 몰랐기 때문이다.

조금 붉어진 얼굴로 볼을 긁적거린 현조는 그녀가 방 한쪽 구석에 마련된 악사들이 앉는 단 위에 올라서는 것을 조용히 바라보았다.

그녀의 자태는 고왔다.

수줍은 듯 고개를 살짝 숙이고 바닥을 지그시 바라보는 행위는 기녀로서 배운바 습관이겠으나 그 모습이 너무도 귀여워 보여 현조는 자기도 모르게 그녀의 얼굴에 손을 가져다 델 뻔하였다.

하지만 단 위의 그녀와 그의 거리는 일 장여.

손을 뻗는다 해서 닿을 수 있는 거리가 아니니 괜히 무안해진 손을 슬며시 내리는 현조였다.

그녀는 그가 누구인지 잘 알고 있었다.

사실 지인이나 마찬가지였던 단골손님의 목에 손가락을 가져다 대며 맥을 확인하던 사람을 쉽게 잊을 수 있을 리가 없다.

근 칠 년여를 단골이었던 사람이라 평소에 아저씨라 부르며 친근했던 이가 죽었으니 슬프기도 하건만 왠지 눈앞의 사내가 밉지 않았다. 또래의 소녀들과 달리 죽음이란 것에 익숙한 환경 때문이었으리라.

'이름이 소향이었구나.'

현조는 결코 잊지 않겠다는 듯이 몇 번이고 그녀의 이름을 되뇌었다.

단위에 앉은 그녀는 들고 온 금을 무릎 어림에 놓고 서서히 금을 타기 시작했다. 딱히 인사가 있었던 것도 아니다.

그도 그녀를, 그녀도 그를 잘 기억하고 있었으니까.

일다경도 안 되는 잠깐의 만남이었으나 서로에 대한 인상이 너무도 강렬하여 잊을 수 없었다.

현조는 눈을 감았다.

사실 기루란 곳은 조용한 곳이 아니다.

사방팔방에서 벽을 뚫고 소음이 들려오는 곳이 바로 기루인데 금음에 집중이나 할 수 있겠는가? 게다가 지금은 기루를 막 개시하는 초저녁이 아닌, 한참 손님으로 들끓고 분위기가 고조되어 있는 축시 무렵이다.

아무리 감각이 예민한 현조라도 음에 집중하기란 어려운 일이다. 그래서 눈을 감았다.

하지만 의외로 그녀의 금음은 쉽게 잡아낼 수 있었다.

그녀의 음은 모든 소음을 뚫고 오직 현조에게만 들렸다.

음에 그리 큰 조예가 없는 현조조차 그녀의 금음에 취했다. 물론 그가 그만큼 소향의 금음을 그리워했기 때문에 있을 수 있는 일이었다.

현조는 조용히 눈을 떴다.

어느새 연주가 멈추어져 있었기 때문.

"한 곡… 더 부탁할 수 있습니까?"

여전히 고개를 살짝 숙인 채 눈을 마주하지 않는 그녀는 예기로서의 법도를 충실히 따르고 있었다. 하나 이상하게도 약간 젖어 있는 듯한 그의 목소리를 듣고 나니 그녀의 가슴 한

구석이 아려오는 것 같았다.

왜일까? 자신의 지인이나 마찬가지이던 손님을 죽인 자인데 왜 가슴 한구석이 아려오는 걸까.

그녀의 긴 속눈썹이 파르르 떨렸다.

문득 금을 탈 때 항상 감정을 실어서 연주하는 것이 버릇인지라 그 여운이 남아서 그러리라는 생각이 들었다.

방금 전에도 꽤나 슬픈 곡이 아니었던가.

자신의 금에 자신이 취해서 그리된 것이다.

눈앞의 사내는 손님일 뿐, 그 이상도 이하도 아니다.

소향은 그렇게 자기 감정을 합리화시켰다.

기녀가 손님마다 정을 주면 오래 버티지 못하는 법이다.

그것이 재주를 파는 예기이든 몸을 파는 창기이든지 간에.

소향은 겨우 열여섯의 어린 소녀였지만, 열여섯의 소녀와 열여섯의 기녀는 인생의 깊이라는 면에서 상당한 차이가 있는 법이다. 그리고 그만큼 자기합리화에 익숙해져 있었다.

그녀는 다시 금을 탔다.

이번엔 감정을 최대한 배제했다.

당연히 제 실력이 나오기 힘들었다.

하지만 눈앞의 손님은 뭐가 그리 좋은지 눈을 감고 음정을 즐기고 있었다.

'…대체 뭐람.'

마치 금음을 처음 듣는 사람처럼 행동하니 이상할 수밖에

없었다. 그래도 자신의 음을 이렇게 진지하게 들어주는 사람
은 오랜만이었다.

파검이라 불리던 손님 빼고는 다들 그저 기루의 장식물 중
하나로 여겼다. 그나마 좀 듣던 이들도 자신을 어찌 해보려
하는 경우였지, 정말로 진지하게 듣는 것은 아니었다.

*　　　　*　　　　*

곽가열은 긴장으로 떨리는 마음을 애써 진정시키며 수하
에게 물었다.

"놈은 뭘 하고 있느냐?"

"금을 듣고 있습니다."

"금(琴)? 혹시… 금 타주는 기녀 이름도 알아왔느냐?"

"따로 알아볼 필요도 없었습니다. 파검 어르신께서 자주
불러내던……."

"젠장!!"

곽가열은 습관처럼 엄지손톱을 깨물었다.

수하는 눈치없이 물었다.

"놈이 금음에 취해 방심 중입니다. 이대로 쳐들어가서……."

퍽!

"큭!!"

곽가열은 수하의 배에 주먹을 한 방 날려 말을 끊었다.

겨우 화를 삭인 그가 말했다.

"놈이 기루에서 벗어난 후에 결행한다."

수하들은 아무 말 없이 조용히 무기를 손질했다.

용검당의 곽가열. 당주의 심복이지만 꽤나 소심한 자로 알려져 있으나 그것은 어디까지나 당주의 앞에서일 뿐이다.

그는 수하들 앞에서는 야차로 돌변하는 무서운 상관인 것이다.

물론 무섭기만 한 상관은 아니다.

모든 것에 솔선수범.

돌격조의 조장답게 모든 전투에서 항상 선봉에 서길 주저하지 않으며 머리 회전 역시 빨라 수하들이 그만큼 덜 다친다.

그는 신뢰받는 상관이었다.

해서 수하들은 모두 다 그를 믿고 따른다. 방금 전 배를 맞고 쓰러진 수하까지도.

*　　　*　　　*

벌써 한 시진이나 흘렀다.

술을 마실 줄 아는 것도 아닌지라 그저 음악만 계속 청하였는데 어느새 금을 타던 그녀가 지칠 정도의 시간이 지나 버렸다.

“내가 너무 눈치가 없었군요.”

“심려치 마시길… 저도 오랜만에 이렇게 오래 연주해 봐서 좋았답니다.”

실은 밤새 연주한 적도 있었다.

단지 지금처럼 쉬지 않고 연주한 적이 너무도 오랜만이라 그리 말한 것뿐이었다.

“…….”

“…….”

두 남녀는 아무 말이 없었다.

그녀로서는 그를 대하는 게 약간 편해지긴 했으나 말 그대로 약간이지 아직 현조에 대해 마음이 열리진 않았다.

하나 있다면 안쓰러움? 그를 볼 때마다 상처 입고 쓰러진 짐승의 눈을 보는 듯했기 때문이다.

“내일… 내일 다시 와도 될까요?”

현조가 약간 얼굴을 붉히며 말했다.

소향은 자기도 모르게 고개를 끄덕이며 대답했다.

“그럼요. 그런데 그런 일에 제 허락을 구할 필요가 있을까요? 누구도 소협께서 여기 오시는 걸 막지 않는답니다.”

“아, 그렇군요.”

당연한 대답이었지만 현조로선 왠지 서운했다.

그녀와 자신 사이에 보이지 않는 벽, 손님과 기녀로서의 벽이 느껴졌기 때문이다.

홀로 그녀를 생각하고 그리워한 시간이 창피하게 느껴지기도 했다.

현조는 그녀의 얼굴을 다시 볼 생각도 하지 못하고 대충 고개 숙여 인사한 후 급히 방을 빠져나갔다.

"어머, 소협. 벌써 가시게요?"

마침 통통한 여주인이 복도를 지나다 현조를 발견하고 알은척을 해왔다. 하지만 이미 창피함에 얼굴이 붉어질 대로 붉어진 터라 인사를 받는 둥 마는 둥 밖으로 나갔다.

여주인은 현조가 있던 방으로 들어가 금을 정리하는 소향에게 물었다.

"소협이 왜 저러시느냐? 혹 뭔가 실수라도 하였어?"

소향은 영문을 모르겠다는 표정으로 그녀를 향해 고개를 저었다. 여주인은 고개를 갸웃거리며 현조가 사라진 방향을 보며 중얼거렸다.

"그렇게 숙맥으론 안 보였는데 말이야."

＊　　　＊　　　＊

"놈이 나옵니다!"

"나도 봐서 알아."

"취했는지 얼굴이 붉습니다."

"그렇군. 좋아, 기회다. 따로 진을 짤 것도 없다. 사방에서 순식간에 몰아친다."

"예!"

　기루에서 나오니 밖은 벌써 인시(새벽 3~5시)였다.

　주변엔 취해 비틀거리거나 토하기에 바쁜 사내들이 몇 있긴 했지만 얼마 되지 않아 거리가 조용한 편이었다.

　아무리 유곽이라지만 이 시간이면 내일을 기약하고 장사를 접을 시간. 거리가 조용한 것은 당연했다.

　그런데,

　'너무 인위적이군.'

　조용할 시간이 분명하긴 한데 모든 게 만들어진 것 같았다. 술 취해 비틀거리는 사내들이며, 골목 구석에서 토악질을 하는 사내, 추운데 길바닥에 누워서 자는 사내하며…….

　진짜 같긴 한데 어딘지 모르게 위화감이 들었다.

　일단 마음에 의문이 생기자 곧바로 기척이 느껴졌다.

　'우측 기루 지붕에 다섯, 좌측 골목에 둘, 전면에 여덟, 뒤편에 일곱, 술 취한 척하는 놈들까지 합하면 대충 서른 정도인가?

　저벅저벅.

　'포위당할 정도로 방심하다니. 혼날지도 모르겠군.'

　이각의 서슬 퍼런 얼굴이 떠오른 현조는 몸을 부르르 떨었다. 유곽의 대로 중심에 선 현조는 도파에 손을 얹은 채 말했다.

"나와라."

그리 크지도 작지도 않은 목소리였으나 그를 포위한 이들은 용검당의 고수들. 못 알아들을 리 없었다.

짧은 순간, 서른 명의 인원이 현조의 주위를 둘러쌌다.

그 빠르고 간결한 움직임에 현조의 눈빛이 이채를 띠었다.

도파를 쥔 현조의 손안에 땀이 찼다.

"네가 목가장의 현조냐?"

"그렇다."

"용검당 부당주 파검을 네가 죽였느냐?"

"알고 찾아온 것 아닌가?"

"그렇담 굳이 설명은 필요없겠군. 넌 오늘 죽는다."

곽가열은 그리 말하며 수하들에게 신호를 보냈다.

서른에 달하는 용검당 무인들이 일제히 현조를 향해 달려들었다.

챙!!

파하학!!

현조의 나락이 순식간에 발도(拔刀)되어 정면에서 달려오던 무인의 허리를 베었다. 첫 희생양이 된 용검당의 무인은 오른쪽 허리부터 왼쪽 어깨까지 그대로 잘려 나가 절명했다.

현조의 얼굴 위로 뜨거운 피가 튀었다.

"우아아아!!"

현조의 입에서 고함이 터졌다.

한 명을 말 그대로 절단 낸 그는 앞으로 튀어나가며 어깨로 누군가의 콧잔등을 들이받고 팔로 목을 감으며 뒤로 돌았다. 그리고 그를 방패 삼아 엎드리며 쏟아지는 칼날을 막았다.

파파파파팍!

순식간에 동료 한 명을 어육으로 만든 용검당원들은 당황했다. 수년간 함께해 온 동료를 죽였으니 그럴 수밖에.

순간 한쪽 무릎을 땅에 대고 상체를 숙이고 있던 현조의 얼굴에 회심의 미소가 떠올랐다.

아주 잠깐 손이 멈춘 그들의 다리를 향해 반원을 그리며 회색의 칼날이 돌았다. 순식간에 다섯 쌍의 발목이 잘려 나가자 그제야 정신을 차린 무인들은 대열을 정리하며 다시 포위진을 짰다.

"두 호흡 만에 벌써 일곱이 전투 불능. 두 명이 죽고 다섯의 발목이 잘려 나갔다. 으득, 역시 보통 꼬마가 아니로군. 이봐, 다들 방심하지 마라! 부당주를 죽인 놈이다!"

곽가열의 외침에 용검당원들의 눈빛에 더욱 힘이 들어갔다. 나이가 어린 터라 약간 경시하던 마음은 어느새 사라지고 없었다.

적의 피로 세수를 한 듯 얼굴에 핏물이 가득한 현조가 귀기를 뿌리며 웃었다.

유곽을 밝히는 불그스름한 등불에 비친 그 웃음은 섬뜩하기 그지없어 보는 이의 가슴에 공포심을 심어주기엔 충분했다.

파검과 대결할 때의 현조가 무인으로서 현조였다면 지금 이 순간의 그는 구 노인을 잃었을 무렵의 현조였다.

이는 무(武)를 통한 겨룸이나 생사결이 아닌, 그저 살아남기 위한 싸움.

이것저것 생각할 필요가 없는, 원한과 복수만이 회오리치는 더러운 진흙탕이다.

남는 것은 결국 광기와 시체뿐.

혈향에 취해 몹시 흥분한 현조가 웃으며 말했다.

"큭큭, 복수라 이거냐? 장주도 이런 더러운 기분일까? 큭, 날 보고 이런 기분을 즐기는 건가, 도존이란 놈은?"

"뭐라 지껄이는 거냐! 잔말 말고 칼을 받아라!"

현조는 엄지로 아랫입술에 묻은 피를 닦으며 말했다.

"얼마든지."

새벽은 아직 끝나지 않았다.

자신은 아침까지 칼춤을 출 것이다.

피와 비명이 악기를 대신해 음을 내겠지.

문득 그녀가 떠올라 눈동자를 굴렸다.

이 정도 소란이니 다들 기루의 창문을 걸어 잠근 건 당연지사.

그녀가 보일 리 없었지만 왠지 이런 자신의 모습을 보여주고 싶지 않았다.

하지만 그럴수록 도파를 쥔 손목에 힘이 들어갔다.

현조는 곽가열을 향해, 아니, 용검당원들을 향해 외쳤다.

"와라!!"

파파팡!!

권장이 난무하고 도검이 춤을 춘다.

핏물이 흩뿌려지며 달빛을 물들인다.

용검당원들의 살기가 현조의 광기를 부채질한다.

눈이 핏빛으로 물들고 칼끝에 기가 실렸다.

순간 팔다리 여섯 개가 허공에 떠오르며 피가 분수처럼 뿜어진다. 반 시진이 넘는 격전 끝에 이제 남은 것은 아홉.

현조는 덜덜 떨리는 다리를 겨우 지탱하며 호흡을 가다듬었다. 이마에서 흘러내리는 핏물이 왼쪽 눈을 지나치자 순간 눈꺼풀이 감겼다.

그에 맞춰 왼편의 사각에서 현조를 향해 또 하나의 무인이 덤벼들었다.

챙강!

촤아아아!

현조는 보지도 않고 칼을 휘둘러 무인의 칼과 함께 목을 잘랐다. 그의 머리 위로 피 비가 내렸다.

"이제 여덟."

현조의 입에서 흘러나온 목소리였다.

언제부턴가 현조는 한자리에 머물며 더 이상 움직이지 않았다. 지쳤기 때문이리라.

하지만 그가 서 있는 곳으로부터 사방 반 장여의 공간은 그의 것. 어느 누구라도 그 선을 넘어오면 목이 잘리거나 손발이 잘린다. 동굴에 갇혀 소리를 읽을 때보다 더 예민한 감각이 피부를 자극한다.

이렇게 지쳐 있음에도 칼은 착 감기듯 손에 들려 있었고, 손끝부터 칼끝까지 의식이 미치지 않는 곳이 없다.

마치 칼이 금속이 아니라 자신의 몸의 한 부분 같달까? 칼을 배운 이후로 이런 느낌은 처음이었다.

이젠 동이 틀 시간.

조금씩 해가 떠오를수록 처참한 주변 광경이 확연히 드러났다.

길 구석구석이 피로 얼룩져 있고 조각난 시신들이 여기저기 뒹군다.

곽가열은 분노했다.

서른을 데리고 왔건만 자신까지 이제 여덟이 남았다.

부상당해 빠진 이들을 제외하고도 열넷이나 되는 수하가 죽었다.

그는 이제 결정해야 한다.

이곳에서 양패구상하든가, 아니면 남은 수하들이라도 추슬러 데리고 돌아가든가.

그는 수하들을 돌아보았다.

눈에 살기가 가득한 것이 돌아갈 생각들은 없는 듯 보였다. 물론 자신이 명령하면 따를 것이나 이미 한솥밥 먹던 동료들이 떼로 죽은 마당이라 포기하기도 힘들 것이다.

거기다 이대로 밀리면 용검당의 권위는 땅에 떨어지고 만다. 죽을 때 죽더라도 도망치는 꼴을 보여선 안 된다는 것이 그들의 결심.

곽가열은 들고 있던 검을 바로 잡고 외쳤다.

"전원 돌격이다! 반드시 놈의 목을 따서 그 피로 목을 축이리라!"

현조의 얼굴에 미소가 떠올랐다.

바라던 바다.

지금은 서 있는 것 자체가 체력을 갉아먹고 있다.

한 명 한 명씩 상대하다간 언제 쓰러질지 모를 만큼 위태로웠다.

솔직히 이대로 가만히 대치하기만 해도 자신은 지쳐 쓰러질 것이다.

팔방에서 여덟이 동시에 짓쳐들어왔다.

마지막 한가닥 남겨두었던 힘.

그 힘을 쓸 때였다.

수라도(修羅刀).

야차팔대식(夜叉八大式) 제팔식(第八式).

귀신의 춤[鬼神舞].

백귀(百鬼).

나락의 암회색 칼날이 연꽃잎처럼 화려하게 새벽하늘을 장식한다. 백 개로 늘어난 칼날은 꽃잎이 바람에 휘날리듯 춤을 추고 현조의 다리는 취선의 몸놀림처럼 흐느적거리나 어딘지 모르게 흥에 겨워 보이는 듯하다.

칼은 칼대로, 발은 발대로, 몸은 몸대로 시원하게 추는 춤 사이로 검날이 틀어박히고 권각이 휘둘러지나 어느 것 하나 스치지도 못한다.

알 수 없는 박자에 현조의 팔이 흔들릴 때마다 하나의 목숨이 사라지거나 팔다리가 잘려 나갔다.

이것은 귀신무(鬼神舞), 잔혹한 귀신의 춤사위.

이윽고 춤이 멎었을 때 길 위에 서 있는 이는 오직 현조뿐이었다. 그의 앞엔 왼팔을 잃은 곽가열이 무릎을 꿇은 채 피눈물을 흘리고 있었다.

"이제 너와 우리는 되돌아올 수 없는 강을 건너 버렸다. 오늘 이후 용검당은 네놈을 더욱더 조일 것이다. 우리가 죽든

네놈이 죽든 둘 중 하나는 숨통이 끊겨야 끝이 날 것임을 명
심해라.”
　찰칵.
　현조는 도갑에 칼을 집어넣으며 대답했다.
　“좋을 대로 해.”

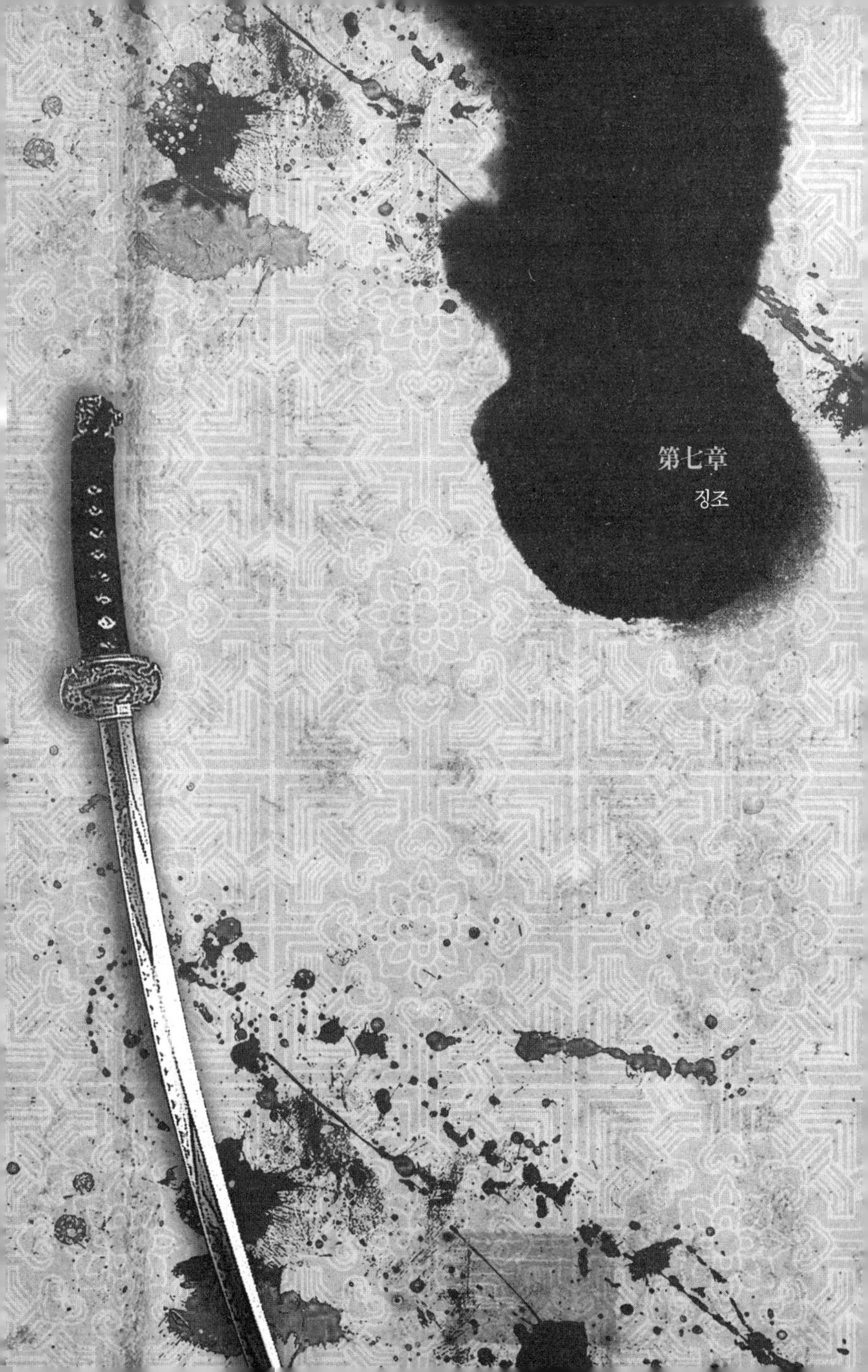

第七章
징조

칼 한 자루가 피바람을 몰고 왔다.

지난 두 달간 육검문 인근의 유곽에서 벌어진 일에 대한 사람들의 평가다. 육검문의 용검당과 목가장의 젊은 도객 현조 간에 벌어진 피의 항쟁은 사람들의 간담을 서늘하게 만들기에 충분했다.

현조는 그가 처음으로 죽인 파검처럼 유곽에 자주 들렀는데, 파검이 걸은 길을 그대로 답습하듯 모든 습격과 도전을 담담히 받아들였다.

그가 왔다 간 날에는 유곽 대로(大路)에 용검당 무인들의 시체와 피로 가득했다.

온몸에 수많은 상처를 입은 채 비틀거리며 돌아가는 현조의 모습을 목격한 사람들 역시 한둘이 아닌지라 그에 대한 소문은 신강 전역에 진동했다.

―목가에서 또다시 걸출한 후기지수가 나타났다.
―강호제일의 후기지수를 뜻하는 칠룡삼봉. 그중 협룡(俠龍)의 칭호를 받은 목강을 배출한 것도 모자라 새로운 젊은 피가 나타난 것이다. 물론 중원 전체에 그 이름이 알려진 대공자 목강보다는 아직 명성이 낮다. 그러나 현조라는 이름은 멀지않은 미래에 목강과 어깨를 나란히 하게 될 것이다.

신강무림의 모든 문파가 용검당과 현조의 항쟁에 주목했다. 용검당은 명실상부한 신강 최고의 문파라 할 수 있는 육검문의 기둥과 다름없었으니 당연했다.

그러한 용검당이 약관도 안 된 열여덟 청년에게 패하기라도 한다면 육검문의 체면은 바닥에 떨어지게 된다. 그리고 그것은 그동안 그들이 힘으로 눌러왔던 문파들에게 얕보이는 계기가 될 것이다.

현조는 반쯤 피에 젖은 차림에도 불구하고 소향을 찾았다. 소향은 여리기만 한 소녀가 아니었다.

그녀는 기녀 생활을 해오며 인생의 비참함과 죽음을 많이 보아왔다. 물론 그녀의 아비인 파검이 원한 바는 아니었겠으나, 적어도 파검을 만나기 전까지의 그녀는 피에 익숙했다.

언제부터인가 그녀는 현조 앞에서 금을 타지 않았다.

그저 지친 몰골로 앉아 있는 그의 머리를 가볍게 쓰다듬어 줄 뿐이었다. 그도 그녀도 이렇게 가까워지기까지 꽤 시간이 걸렸다.

처음 현조는 결코 그녀에게 가까이 다가갈 생각이 없었다. 그저 금음을 듣는 것만으로도 충분했으니까.

하나 그녀는 달랐다.

그는 상처 입은 늑대처럼 그녀와 거리를 두었고, 그것은 선량한 그녀의 측은지심을 자극하는 일이었다.

소향은 두 달간 조금씩, 아주 조금씩 마음의 거리를 좁혀갔다. 상처 입은 늑대만큼 위험한 것은 없겠지만 그래도 왠지 그녀는 그를 두고 볼 수가 없었다.

그에게서 오래전 자신의 모습을 발견한 걸지도 몰랐다.

어린 나이임에도 세상을 알게 모르게 원망하고 살아야 할 이유를 찾지 못했다. 어미가 병으로 죽은 후에 정처없이 떠돌던 시기.

구걸하고 먹고, 다시 구걸하고…….

하루하루 사는 이유는 그저 굶지 않기 위함이었다.

진 적도 없는 빚을 졌다며 강제로 기녀로 팔려간 이후로도 마찬가지였다.

그저 시키는 대로 금을 연습하고 또 연습해야 했다.

아무 목적도, 의미도 없이.

지금 현조의 모습도 그러했다.

그가 싸우는 이유는 보이지 않았다.

무인으로서의 신념이 보이는 것도 아니었다. 죽고 죽이는 피의 굴레 속에서 진짜 목적을 잃어버린 것 같달까?

살인은 사람을 지치게 만들고 길을 잃게 하니 이해가 가기도 했다. 그리고 그럴 때일수록 그를 보살펴 주고 싶었다.

소향은 파검이 그녀를 구해줬던 것처럼 자신도 그를 구해주고 싶었다. 그래서 다가갔고 그의 마음을 조금이나마 여는 데 성공할 수 있었다.

현조는 자신의 머리를 쓰다듬는 소향에게 무뚝뚝한 얼굴로 말했다.

"피 때문에 옷이 더러워진다니까."

"내 무릎을 베고 누운 사람에게 듣고 싶은 소리는 아니네요."

"휴."

"오라버니, 좀 웃어요. 웃는 얼굴은 한 번도 못 본 것 같아요."

"반 시진 전에 사람을 죽이고 왔는데 웃으라니, 난 미친놈이 아니야."

다소 까칠한 대답이 들려오자 소향은 볼을 부풀리고 고개를 돌렸다. 하지만 그의 머리를 쓰다듬는 것을 멈추진 않았다.

'웃는다… 라…….'

실은 웃는 법을 잊어버렸다.

구 노인이 죽은 이후 어느 누구에게도 웃어주지 않았다.

또다시 누군가에게 정을 주면 '그'가 알아챌까 봐 자연스레 웃는 법을 잊어버렸다.

현조는 고개를 조금 틀어 소향의 얼굴을 올려다보았다.

뽀얀 얼굴이 그의 눈에 들어왔다.

손을 들어 손등으로 그녀의 볼을 살짝 쓰다듬으며 말했다.

"이제 그만 올까 봐."

마음에도 없는 소리.

그녀를 보지 못한다고 생각하면 칼을 들어 올릴 힘도 없을 것이다.

"또 그 소리. 한 번만 더 하면 백 번인 거 알아요?"

"아냐. 위험해. 그가 알아채면 지금의 난 막을 수 없어."

"저 같은 일개 기녀에게 누가 신경이나 쓰겠어요. 소문을 듣자 하니 도랑(刀狼)이 대범하게도 파검의 흉내를 낸다고 하던걸요?"

"그도 그렇게 생각해 주면 좋겠지만……."

그의 눈은 항상 자신을 주시하고 있다.

보이는 곳에서도, 보이지 않는 곳에서도.

결국 자신이 조금만 방심해도 소향은 죽는다.

소향에 대한 걱정이 커지자 현조는 그녀의 무릎에서 머리를 떼었다.

"가게요?"

소향이 말하자 현조는 살짝 고개를 끄덕였다.

"상처를 치료하고 올게. 사흘 정도면 될 거야."

"가는 길 조심해요."

그녀가 걱정 가득한 눈길로 말하자 현조는 고개를 살짝 끄덕이며 대답을 대신했다.

요즘 들어 수라도에 대해 의문이 생겼다.

분명 목자량은 증오가 수라도의 힘이 될 거라 했는데, 그를 증오할 때도, 지금처럼 소향에게 빠져 증오가 희석될 때도 아무런 변화가 없었다.

수련을 하면 한 만큼 강해지고 하지 않으면 하지 않은 만큼 약해지는 보통의 무공과 별다를 것이 없는 것이다.

물론 엄청난 무공인 건 확실하지만, 어딘지 모르게 뭔가 허전했다. 점점 강해지곤 있지만 마음 한구석에서 '이게 아닌데' 라는 생각이 든달까?

요즘 들어 점점 그러한 마음이 커지는 것이, 어쩌면 그 허전한 부분을 채울 비의가 바로 증오 아닐까 하고 생각하는 중이었다.

특히 비급의 끝에 적혀 있던 한 구절.

중오가 극에 이르면 귀화(鬼火)가 피어오른다.

하지만 그 귀화가 무엇인지는 도무지 알 수 없었다.

목자량에게 물어봐도 뜻 모를 미소만 지을 뿐, 가르쳐 주지 않았다.

놀라운 점도 있었다.

어머니가 돌아가시기 전에 남긴 유언.

유언의 말미에 분명 귀화에 대한 언급이 있었던 것이다.

돌아가시며 환각을 보는 거라 생각하고 흘려들었는데, 그때 어머니는 분명 귀화에 대해 언급했다.

"귀화(鬼火)가 피어오르면 칼[刀]은 눈물을 흘린다."

어머니의 마지막 한마디였다.

목자량과 어머니 사이의 깊은 인연을 따지자면 어머니가 수라도에 대해 알고는 있을 거라 생각했지만…….

어머니는 무공을 익힌 적이 없었다.

대체 왜 그런 말씀을 하신 것인가.

이해할 수 없었다.

샥!!

바람을 가르는 작은 소리.

현조의 귀가 예민하지 않았다면 결코 잡아낼 수 없었을 소리다.

팅!

반쯤 뽑힌 나락이 손가락만 한 비수를 막아내며 나는 소리였다.

"누구냐?"

어둠 속에서 세 명의 사내가 등장했다.

그들은 현조를 품(品) 자 형으로 포위한 채 입을 열었다.

"우리는 신강삼귀. 너의 목을 가지러 왔다."

"용검당인가?"

"아니다. 하지만 네가 죽인 용검당의 인물 중에 우리 형제의 친구가 있었지."

"그런가? 그렇다면 긴말은 필요없겠군."

스르릉.

현조가 칼을 빼 들자 그의 뒤쪽에 서 있던 낫을 든 사내가 화살처럼 파고들었다.

현조는 당황하지 않고 뒤로 돌아 칼을 반원형으로 휘둘렀다. 사내는 공중에 떠올라 가로로 휘둘러지는 칼을 피하고 현조의 머리를 향해 낫을 찍어 쳤다.

챙!!

불꽃이 튀며 사내가 뒤로 쭉 날아갔다.

하나 별다른 충격은 없어 보였다.

이 모든 것이 단 한 호흡 만에 벌어진 일.

그러나 그것이 신호라도 된 것처럼 나머지 두 사내가 움직이기 시작했다.

한 사내는 단창을 휘둘러 현조의 무릎을 노렸고, 나머지 한 사내는 좀 더 먼 거리에서 채찍을 휘둘러 현조의 목을 감으려 했다.

현조는 발을 들어 단창을 쳐냄과 동시에 칼을 자신의 목 앞으로 들어 올려 채찍이 자신의 목을 다 감지 못하게 하였다.

나락의 날카로운 칼날에 채찍이 잘려 나갈 듯하자 사내는 깜짝 놀라 채찍을 거두었다.

단창을 든 사내가 어느새 창끝으로 현조의 심장을 노렸다. 낫을 든 사내도 제자리를 찾아 등 뒤를 공격하고 있었다.

팍!! 파팍!

살이 찢어지며 피가 튀었다.

낫은 오른쪽 어깨에 반쯤 틀어박혔고,

심장을 노리던 단창이 왼팔을 스치고 날아갔다.

뒤이어 채찍 끝이 미간을 노리며 쏘아져 왔다.

쐐애애애애!!

채찍에 의해 바람이 비명을 지른다.

촤악!!

간신히 나락의 칼날로 채찍 끝을 쳐냈으나 제대로 쳐내지 못했다. 이마에 채찍이 닿으며 피부가 찢어졌다.

툭, 투툭.

이마에서 흘러내린 피가 내를 이루며 바닥에 떨어졌다.

설상가상으로 피가 한쪽 시야를 가리고 있었다.

"제길."

이자들의 합격술은 지금껏 겪은 어느 무인보다도 강했다. 태어날 때부터 호흡을 맞춰온 것이 아닌가 하는 생각이 들 정도였다.

이마와 왼팔의 부상은 별거 아니었다.

그러나 오른쪽 어깨는 낫에 제대로 찍혀 팔이 반도 올라가지 않으니 큰일이었다.

그들은 꽤 치명상을 입혀놓고도 섣불리 공격하지 않았다.

이런 일에는 익숙한 듯 그저 관찰하는 중이었다.

현조는 그들에게서 눈을 떼지 않고 옷을 찢어 어깨를 대충 감쌌다.

"당신들, 용검당에 친인이 있다는 거, 거짓이지?"

현조의 물음에 채찍을 든 사내가 대답했다.

"그래."

"그렇다면 왜?"

"의뢰다. 우리는 살수질도 부업으로 하고 있거든."

"살수라……. 그래, 그랬군."

누군지는 짐작이 갔다. 용검당이 뻔하다.

어깨를 감싼 천이 어느새 붉게 물들어 피가 겨드랑이 사이로 흘러내렸다. 문득 머리가 어지러워지는 것을 느꼈다.

불과 한두 시진 전쯤에도 생사결을 하지 않았던가.

그때도 이미 피를 꽤나 흘렸던 상태였다.

현조는 정신을 잃지 않기 위해 혀끝을 살짝 깨물었다.

그리고 양손으로 나락의 도파를 단단히 쥐었다.

팔이 끊어지더라도 칼을 휘둘러야 살아남는다.

위이잉!!

뒷골을 서늘하게 만드는 바람 소리.

낫이 그의 뒷목을 노리고 날아오고 있음이리라.

현조는 재빨리 고개를 앞으로 숙였다.

낫이 지나가며 머리카락이 몇 가닥 잘려 나가는 것을 느꼈다. 소름은 돋았으나 머리 가죽이 벗겨진 게 아니니 안도했다.

앞으로 숙이는 자세 그대로 왼손으로 땅을 짚고 물구나무 서듯 양다리를 뒤편 허공의 어딘가로 올려 쳤다.

팍! 우득!

"윽!"

낫을 든 사내의 갈비뼈가 부러지며 나는 소리였다.

뼈 부러지는 감촉을 느낀 현조는 발이 땅에 닿자마자 앞으로 튀어나가 단창을 든 사내의 명치를 머리로 들이받았다.

하지만 사내는 경험이 많은지라 단창을 들어 머리를 막으려 했다. 그러나 그것은 현조가 준비한 함정.

나락의 칼날은 이미 그의 발등을 꿰뚫고 있었다.

쿡!!

"크악!!"

고통으로 인해 고개를 숙인 그의 관자놀이에 현조의 무릎이 파고들었다.

빠각!

관자놀이가 함몰되며 즉사.

이제 둘 남았다.

"둘째야!!"

채찍을 든 사내의 절규가 왼편에서 들렸다.

이마에서 흐르던 피 때문에 시야가 좁은 상태라 본능처럼 칼을 왼손으로 바꿔 잡고 위에서 아래로 휘두를 수밖에 없었다.

모 아니면 도라는 생각에 휘두른 칼이었으나 칼끝에 흐르는 감각은 익숙한 것이었다.

파아아아악!!

사내의 몸이 오른편 쇄골부터 사타구니까지 비스듬하게 양단되며 피가 뿌려졌다. 이제 남은 것은 하나.

낫을 든 사내뿐이다.

"죽어라!!"

또다시 뒤편에서 목소리가 들렸다.

낫을 든 사내는 합격술을 펼칠 때도 뒤편에서 공격하였는데, 아마 그것이 그의 자리인 듯했다.

현조는 온몸에 힘이 빠지는 것을 느꼈다.

그렇다고 서 있지 못할 정도는 아니었다.

피부가 따끔거리는 것이 사내의 살기 어린 낫이 지척인 듯했다.

무의식중에 몸을 반쯤 돌려 칼을 반월형으로 휘둘렀다.

이번엔 허공을 벤 듯 아무것도 느껴지지 않았다.

'끝인가?'

실패했으니 죽는다고 생각했다.

그러나…….

촤하학!!

대량의 피가 현조의 상체를 적셨다.

툭, 데구르르르.

깔끔하게 동강난 사내의 목이 현조의 다리에 부딪쳤다.

사내의 낫 끝은 현조의 목을 단 한 치 남겨두고 멈춰 있었다.

"칼끝에 아무런 느낌도 없었는데……."

그 한마디와 함께 현조는 선 채로 기절했다.

*　　　*　　　*

"정신 좀 차렸냐?"

종이에 먹물이 번지는 것처럼 모든 사물이 흐렸다.

뒤이어 누군가의 목소리가 환청과도 같이 들려왔으나 곧 모든 것이 뚜렷해졌다.

"제길……."

지독한 두통에 입에서 절로 욕이 나왔다.

"신강삼귀면 실력이 제법 괜찮은 놈들인데 잘 처리했더구나."

이각이 자신의 낭아도를 닦으며 말했다. 그러자 현조가 몸을 반쯤 일으키며 대꾸했다.

"사람 자고 있는데 옆에서 꼭 칼을 닦아야 합니까?"

"남이야 칼을 닦든 얼굴을 닦든."

"……."

이각은 계속 말을 이었다.

"채찍 든 놈의 상처는 좀 거칠더구나. 한데……."

이각은 낭아도를 닦는 것을 멈추고 현조에게 고개를 돌리며 씩 웃었다.

"낫을 든 놈의 상처는 두부 자른 것처럼 깔끔하더란 말이지."

확실히 칼날에 아무런 감각이 없었던 걸 깨달았다.

살이 베이는 감촉도, 뼈가 잘리는 감촉도 느껴지지 않았다. 현조는 자신의 양손을 펼쳐 조용히 바라보았다.

그 와중에 이각이 다시 말했다.

“마치 형체가 없는 바람을 가른 듯했지? 죽을지 살지 모르는 절체절명의 순간에 엿보았던 거다, 아직은 멀고 먼 경지를.”

“……”

현조는 대꾸도 없이 침상 위에 비스듬히 세워진 나락을 쥐고 일어서려 했다.

“크윽!”

하지만 전신의 근육통이 그런 그를 막아 세웠다.

이각이 말했다.

“쩝, 몸이 만신창이야. 의각의 의원 말로는 몇 시진만 늦게 발견했어도 염라전 앞이었을 거라더군.”

“합격술이 예상외였습니다.”

“하긴 용검당 놈들의 합격술보다는 그놈들이 백배 낫지. 그거 알아? 신강삼귀 그놈들, 개개인은 용검당원들보다 못한 거.”

어느 정도 짐작은 하고 있었다. 확실히 실력은 있었지만 자신의 반격에 너무 쉽게 당했다는 것이 이상했으니까.

“만약 용검당에 그놈들만큼 합격술에 능한 녀석들이 있었다면 넌 이미 죽은 목숨이었을 거다.”

현조는 고개를 끄덕이며 나락을 쥐었던 손을 놓았다.

지금은 치료에 전념해야 할 때였다.

“칼질의 새로운 경지를 엿본 소감이 어때?”

이각의 물음에 현조는 한숨을 푹 쉬었다.

"아직 멀었다는 생각뿐입니다."

"그래도 한 가진 알아둬. 열여덟 살 애송이가 엿볼 수 있는 길은 아니었다는 걸. 네 나이 때 그 경지를 잠깐이나마 엿봤다는 건 엄청난 일이다. 도존조차 네 나이 땐 이 정도가 아니었을 거다."

이각의 말에 현조가 고개를 저었다.

"아니, 아니오. 난 그를 알아요. 그는 분명 제 나이 때 그 경지를 뛰어넘었을 겁니다. 그리고… 전 아직 그가 말하는 바를 깨닫지 못했습니다. 그는 그것을 스물에 깨달았다 하더군요."

"중오 말이냐?"

"예."

"흠, 예전부터 생각했던 거지만 중오로 무공이 강해진다는 건 솔직히 믿기 힘들더군. 그런 경우가 아주 간혹 가다 있긴 하지만 대개는 상대방과 동귀어진하려는 수법 때문에 강해 보이는 거지 실상은 아니거든. 또 너무 중오에 휩싸이다 보면 주화입마에 빠지기도 쉽고… 게다가 넌 지금 차근차근 계단 밟듯 잘 올라가고 있다. 이대로 꾸준히 성장한다면 도존의 나이가 됐을 때 십존구마의 서열이 바뀌어 있을걸."

현조는 내심 놀랐다. 칭찬에 인색한 이각이 오늘따라 왜 이러는 걸까.

"혹시 뭐 잘못 먹었어요?"

"그건 아니고…….."

"그건 아니면 뭡니까?"

"혹시 화향루 비파 타는 초선이랑 어떻게… 연결 좀…….."

스르릉.

갑자기 칼날이 도갑을 스치는 소리가 방 안에 울려 퍼졌다.

당황한 이각의 목소리가 뒤따랐다.

"얼레? 너 아프지 않냐? 칼은 왜 빼 들어? 어? 너 지금 그거 휘두르려고? 이봐, 진정해, 진정."

"당장 나가요!!"

채채채채채챙!!

"크엑!! 방금 그거 백귀(百鬼)냐!! 크악!! 이 미친놈, 사부한테 백귀를 쓰다니!! 죽일 셈이냐!!"

"누가 사붑니까!! 형이라고 부르라면서요!!"

"부르지도 않잖아!!"

채채채채챙!!

현조가 머무는 별채는 그날 밤 밤새 칼 부딪치는 소리가 멈추지 않았다.

현조는 나흘 만에 일어나 다시 칼을 잡았다.

그 모습에 이각이 휘파람을 불며 감탄했다.

"괜찮나 보다?"

"근육통은 이제 없습니다."

"정말 강골이군."

칼을 몇 번 휘둘러 본 현조는 고개를 갸웃했다.

아무리 애써도 그때의 그 칼질이 나오지 않아 이상했던 것이다. 이각이 그의 마음을 짐작했다는 듯이 피식 웃으며 얘기했다.

"한 번 나왔다고 그게 그리 쉽게 나오겠냐? 최대한 그때의 느낌을 살려봐."

현조는 고개를 끄덕이고 눈을 지그시 감았다.

하지만 날 듯 날 듯하면서 떠오르지 않았다.

이각이 고개를 흔들며 다시 말했다.

"역시 좀 더 시간이 필요하나 보군. 당시의 네 경지는 순간적으로 칼과 한 몸이 된 거다. 지금 네 수준으론 그 경지를 엿본 것만으로도 대단한 거지. 그나저나 어쩌면 좋냐. 앞으로 꽤 괴로울 거야. 그 감각이 양귀비 같아서 한 번 맛보면 계속 맛보고 싶어지거든."

현조는 자신을 놀리는 이각을 향해 한심하단 눈빛을 보냈다. 하지만 그의 말에 수긍하고 있었다.

확실히 그 몽롱한 상태에서 벌어진 일은 아무런 손맛이 없었음에도 불구하고 생각할 때마다 심장을 두근거리게 한다.

바로 지금처럼.

하지만 아무리 칼을 휘둘러도 그때의 감각이 돌아오진 않았다. 조금 화가 나기 시작했다.

왜 잡힐 듯 잡히지 않는 것인가.

그때 갑자기 현조의 눈에서 붉은빛이 떠올랐다.

그 빛은 찰나의 순간 떠올랐던 거라 곁에 있던 이각도 알아채지 못했다.

눈에서 붉은빛이 떠오른 순간 아주 가볍게 휘두른 도날이 바람을 갈랐다.

샤아악!

"응?"

섬뜩한 감각에 이각의 피부가 곤두섰다.

"방금… 뭐였냐?"

그가 묻자 현조가 무슨 헛소리냐는 듯 되물었다.

"뭐가 말입니까?"

"아니, 아니다. 내가 잘못 봤나 보군."

"싱겁게……."

'분명… 바람이 잘린 것 같았는데…….'

이각은 괜한 생각이라며 고개를 저었다.

'설마… 아니겠지. 벌써 그 수준이었다면 신강삼귀에게 저처럼 혼이 나지도 않았을 테니까.'

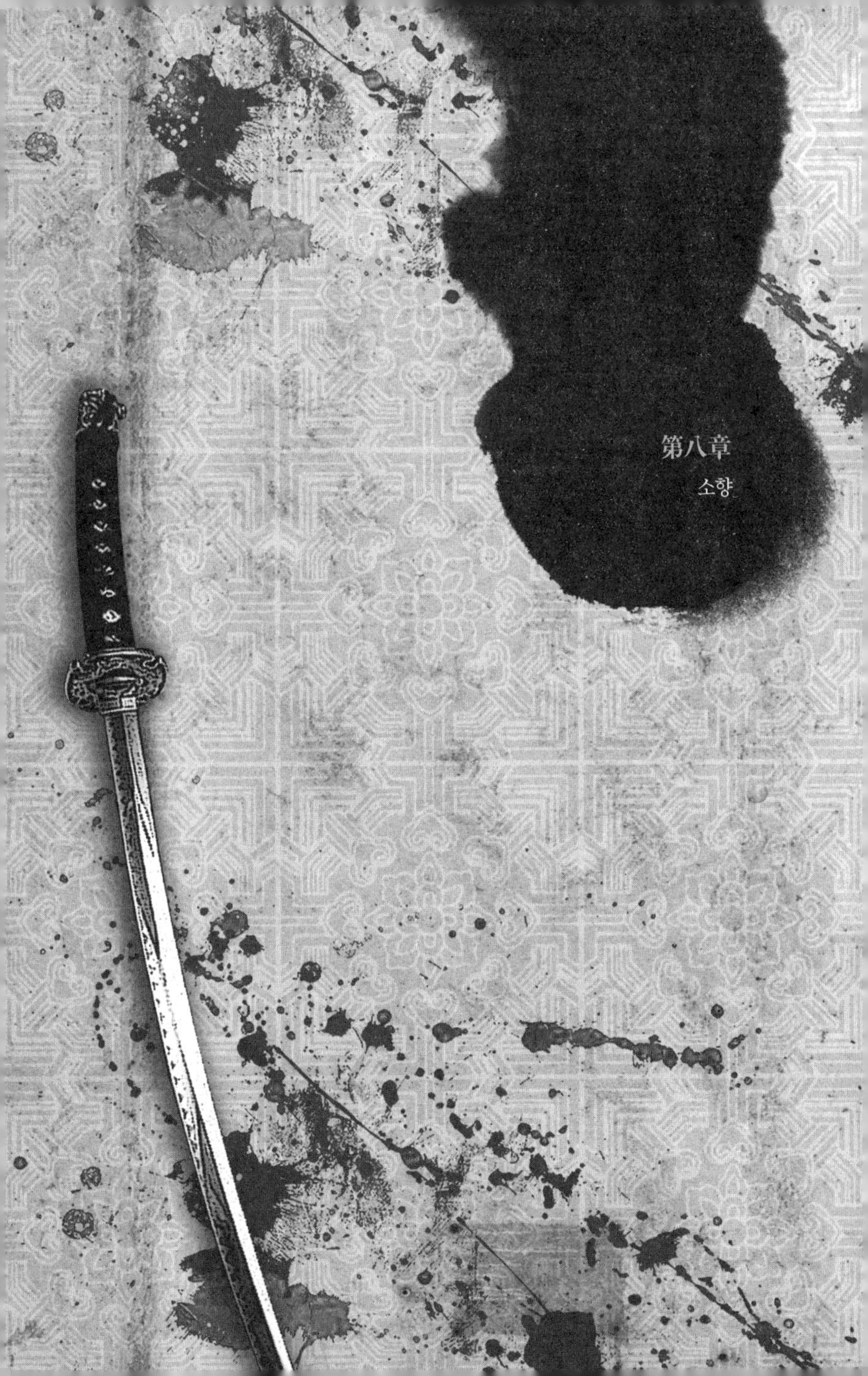
第八章
소향

귀도 풍운

鬼刀風雲

소향이 그에게 말했다.

"달님에게 빌면 소원이 이루어진대요."

그가 툴툴댔다.

"누가 그래?"

"손님이요."

"흥."

"지금 질투하는 거예요?"

"그따위 걸 내가 왜 하겠어?"

소향을 배시시 웃으며 현조에게 어깨를 기댔다.

밤하늘의 달빛이 그녀의 눈을 즐겁게 했다.

현조가 그녀에게 슬며시 물었다.

"…그 말을 진짜 믿는 거야?"

"네."

"유치하긴. 애도 아니고."

"그래두요."

"무슨 소원 빌었는데?"

"그냥… 이것저것."

그리 말하는 그녀의 볼은 홍시마냥 붉었다. 하지만 눈치없는 현조는 그저 '간이 안 좋나 보구나' 하고 생각할 뿐이었다.

"뭔데? 말해봐."

소향이 진지한 얼굴로 입술에 검지를 갖다 대며 말했다.

"비밀이에요. 말하면 달님이 안 들어줄지도 몰라요."

"쳇."

유치하다 생각하면서도 현조는 달에서 시선을 떼지 않았다.

소향이 말했다.

"눈을 감고 빌어야죠."

"소, 소원 따위 없어."

"그래요."

"정말 없다고."

"알았다니까요. 호호."

팟—

새파랗게 날이 선 검에 콧등을 베였다.

코가 잘리지 않은 게 기적이었다.

문득 그 순간에도 코가 잘렸으면 소향이 자신을 미워하지 않을까 생각해 보았다.

따당.

도날과 검날이 만나 불꽃을 만들었다.

검을 들이댄 자도 꽤 괜찮은 실력을 가지고 있었지만 나락의 도날이 만들어내는 기파에 자신의 검이 갈라지는 것을 보며 채 놀라기도 전에 죽음을 맞이해야 했다.

한숨 돌리나 싶었는데 이번엔 어디선가 화살이 날아왔다.

팅—

나락의 도면에 맞은 화살이 부러져 나갔다.

뒤이어 약간의 시간 차로 날아온 화살이 볼을 스치고 지나가며 피가 튀었다.

상처가 늘어갈 때마다 현조는 소향을 생각했다.

소향은 항상 자신을 걱정해 주었다.

그리고 그만큼 상처를 달고 오는 것을 싫어했다.

아니, 슬퍼했다.

현조는 그녀가 슬퍼하는 모습이 싫었다.

"요즘, 녀석을 만난다지?"

금을 타던 도중 손님이 물어온 말이다.

소향은 손가락을 멈추었다.

곁에서 함께 적(笛:피리)을 불던 악사가 갑자기 멈춰 버린 금음에 어리둥절해했다.

그러다 손님의 살벌한 눈짓을 받고 서둘러 자리를 피했다.

그녀는 자신에게 질문을 던진 손님에게 말했다.

"용검당 분이신가요?"

질문을 받은 채석문이 피식 웃으며 답했다.

"그렇다면?"

"절 위협하실 셈인가요?"

"그럴 리가 있나."

'하나뿐인 질녀에게……'

채석문은 자신도 모르게 터져 나오려는 진실을 속으로 애써 집어삼켰다.

죽은 채국성이 결코 원하지 않던 일이기 때문이다.

평소 수많은 원수에게 시달리던 채국성은 훗날이라도 딸이 고생할까 봐 자신이 죽더라도 진실을 알리지 않길 원했다.

채석문이 아무리 안하무인의 성격이라 해도 아우의 유언마저 지키지 않을 위인은 아니었다. 그러나 질녀가 자신의 아비를 죽인 놈과 알콩달콩 지내는 것만큼은 참기 힘들었다.

"후회하기 전에 놈과 거리를 두는 것이 좋을 것이다."

“…손님께 그런 소릴 들어야 할 이유가 있던가요?”

채석문의 입 끝이 묘하게 비틀렸다.

웃는 것도, 우는 것도 아닌 표정.

소향은 문득 그가 무척이나 슬퍼하고 있음을 느꼈다.

“없지. 그러나 언젠가 놈으로 인해 피눈물을 흘릴 날이 올 게야. 분명. 그러니 그렇게 되기 전에 관계를 정리하는 게 좋을 거라고 얘기하러 찾은 거다.”

“경고… 군요.”

“아니, 진심 어린 충고다.”

채석문은 그 말을 끝으로 방에서 나가 버렸다.

홀로 남은 소향은 생각에 빠졌다.

그녀는 바보가 아니었다.

용검당의 사람이 자신에 대해 알고 있다.

그런데도 자신을 이용하지 않고 여태 봐줬다는 건 분명 뭔가 있다는 뜻이다.

어쩌면 죽은 아저씨와의 인연 때문에 건드리지 않는 것일지도 모른다. 하지만 그것치곤 너무나 과하다.

용검당은 거의 괴멸 위기에 빠져 있으니 지푸라기라도 잡아야 한다. 한낱 기녀에 불과한 자신을 이용한다 해도 정에 약한 현조는 분명 흔들릴 것이다. 한데 와서 한다는 소리가 위협도 아닌 충고.

진실을 알지 못하는 소향은 혼란스러워졌다.

그녀는 현조가 보고 싶어졌다.

"이거 흉 지겠는데. 소향이에게 혼나겠다."

개울가에서 얼굴을 씻던 현조가 낮은 목소리로 중얼거렸다.

손가락으로 콧등을 살짝 만져 보았는데 상처는 작았다. 그래도 검상이라 흉터가 생길 게 뻔했다.

화살이 지나간 볼의 상처도 엄지 길이만 한 흉터가 생길 듯했다. 두 달이 넘는 항쟁 끝에 얼굴에 흉터가 생길 정도로 큰 상처가 난 건 처음이었다.

무인으로서 얼굴에 흉 좀 진 거야 별거 아니지만 그저 소향이 슬퍼하는 얼굴이 떠올라 걱정이었다.

예전보다 자신을 노리는 자들의 숫자는 줄었지만 그 수준은 점점 높아지고 있다. 어쩌면 앞으로는 얼굴에 흉 좀 지는 정도가 아니라 손가락이나 팔이 잘릴지도 몰랐다.

무섭진 않았다. 무인의 삶이란 그런 거니까.

그저 내가 당하기 전에 상대방을 그렇게 만들어줄 뿐이다.

그럼 소향이 슬퍼할 일도 적어지겠지.

아직도 백여 명 정도가 남아 있다고 들었는데 어떻게 대처해야 할지 막막했다.

그나마 한꺼번에 공격해 오지 않는 게 다행이랄까?

아니, 실은 한꺼번에 공격해 오긴 한다.

하지만 진령에게 배운 소리를 읽는 법 덕분에 한 번도 포위당한 적이 없었다. 항상 포위당하기 전에 그들의 소리를 읽고 먼저 도망가기 때문이다.

도망가면서 자신을 쫓느라 흩어진 자들을 각개격파하는 것이 여태까지 그가 자주 써왔던 방법이다.

물론 전문적으로 은신을 배운 자들이 나타난다면 곤란하다. 그런 자들은 소리를 지우는 법부터 배운다고 들었다.

다행히 용검당이 속한 육검문은 정파를 표방하는 문파라 은신을 전문으로 하는 살수는 없다.

신강삼귀의 경우처럼 고용할 수도 있겠으나 그들은 정식으로 대결을 원했지, 은신하여 살수를 날리진 않았다.

만약 그랬다면 육검문은 엄청난 비난의 대상이 되었을 것이다. 정파에서 살수를 고용하는 것만큼 더러운 일도 없으니까. 게다가 명분도 확실했다. 신강삼귀는 용검당의 누군가와의 친분 때문에 나선 거라고 했다. 평소 살수로 이름 날리던 신강삼귀의 그 같은 발언을 믿을 사람은 아무도 없을 것이나 설사 믿는다 해도 이젠 신강삼귀는 이 세상에 없다.

용검당과의 연관성을 증명할 수는 없는 것이다. 하지만 그 이후로 그들이 현조에게 살수를 보낸 적이 단 한 번도 없다.

하긴 복수를 남에게 맡긴다는 자체가 수치스러운 일이었을 것이다. 그것은 자신들의 나약함을 떠벌리고 다니는 일이나 마찬가지였으니까.

하지만 그들이 나약해서 신강삼귀를 보낸 것은 아니었다.

그 일은 일종의 실험이었던 듯.

이후로 용검당은 신강삼귀처럼 합격술로 공격해 왔다.

그것도 꽤나 수련을 쌓은 듯 처음엔 어설프기 그지없던 자들이 시간이 지날수록 신강삼귀에 못지않은 합격술을 가지고 나타나는 것이다.

그들 중 대부분은 현조의 손에 이승을 하직했으나 살아남은 자들은 더욱더 강력한 합격술을 가지고 나타났다.

좀 전에도 궁술과 검법에 능한 자들에게 당할 뻔했으니 그들의 수련이 아주 효과가 없진 않은 듯했다.

합격술이란 아군과의 호흡이 가장 중요한 것.

수련을 오래할수록 정밀해지기 마련이다.

경우에 따라서 두 배, 세 배의 효과로 돌아온다.

하지만 현조도 그만큼 성장했다.

무엇보다 가장 중요한 경험이 쌓였다.

그도 그럴 것이, 사흘이 멀다 하고 생사결을 펼치는데 강해지지 않으면 그게 더 이상한 일이다.

그러나 아무리 경험이 쌓이고 무공이 늘었어도 소향의 눈물만큼은 감당하기 힘들었다.

"흑… 흑."

그녀의 눈에서 눈물이 뚝뚝 떨어질 때마다 가슴이 아려온

다. 겉으론 별다른 내색을 않지만 속으론 몹시 당황하는 중이
다. 동생인 목진령에게 냉정히 대할 때도 느껴보지 못한 감정
이었다. 물론 목진령에겐 미안해하고 있다. 그로 인해 안쓰러
운 마음도 든다. 하지만 지금 눈앞에서 울고 있는 소향에게
느끼는 감정처럼 가슴이 아려오는 정도는 아니었다.

"…그만 울어."

"얼굴에 상처가 너무 심해요."

"날 뭐라고 생각한 거야. 난 무인이라고. 게다가 여기에 무
인들도 많이 오잖아. 다들 흉터 하나씩은 훈장처럼 달고 다니
는데 오늘따라 너무 유별나잖아."

"흑, 하지만 현 가가의 본모습을 전 알잖아요."

"……."

"처음부터 이런 모습이었다면 모를까, 겨우 며칠 사이에
이런 흉터를 달고 오는데 어찌 슬퍼하지 않겠어요."

"얼굴에 생긴 작은 흉터 가지고 이 정도로 호들갑이니, 다
른 부위를 보면 기절하겠네."

현조의 말에 그녀가 놀랐는지 눈을 크게 뜨고 되물었다. 어
느새 울음은 멈춰 있었다.

"다른 부위요?"

"응, 다른 부위."

"어, 어딘데요?"

현조는 장난기 다분한 얼굴로 그녀에게 다가갔다.

“어딘지 몰라?”

“왜, 왜 이래요?”

“어딘지 모르면 한번 보여줄까?”

“아니, 아니, 안 볼래요. 무섭게 왜 이래요, 정말.”

“후후후.”

현조의 손이 바지를 향해 다가가고 있었다. 그러자 그녀가 양손으로 얼굴을 가리며 비명을 질렀다.

“꺄악!!”

“…손가락 정도는 붙이고 얼굴을 가려. 틈으로 다 보이겠네.”

“…….”

소향은 손가락 사이로 뜨인 눈을 질끈 감고 손가락으로 완전히 덮었다. 기녀치고 순진한 이 반응은 그녀가 몸을 파는 창기가 아닌 노래와 음을 파는 예기이기 때문에 가능한 것이리라. 물론 그녀 역시 기녀는 기녀인지라 예기와 창기의 차이를 잘 알고 있고, 하는 일 역시 잘 알고 있다.

하지만 아무래도 아직은 열여섯 소녀이다 보니 현조의 장난에 얼굴이 붉어지는 것은 어쩔 수 없었다.

현조는 눈을 질끈 감은 그녀의 이마에 꿀밤을 먹이며 손을 치웠다. 그녀의 동그란 얼굴이 드러나자 그는 자연스레 손을 들어 그녀의 하얀 볼을 쓰다듬었다.

소향의 눈이 울 듯 말 듯 일렁이고 있었다.

그녀의 연분홍빛 입술이 그의 눈에 들어왔다.

현조는 문득 목이 타는 듯한 갈증을 느꼈다.

그때 그녀가 눈을 감았다.

바싹 탄 그의 입술이 샘물을 찾듯 그녀의 입술에 닿았다.

조금은 미숙한, 하지만 따듯한 두 연인의 입맞춤은 그렇게 한참 동안 지속되었다.

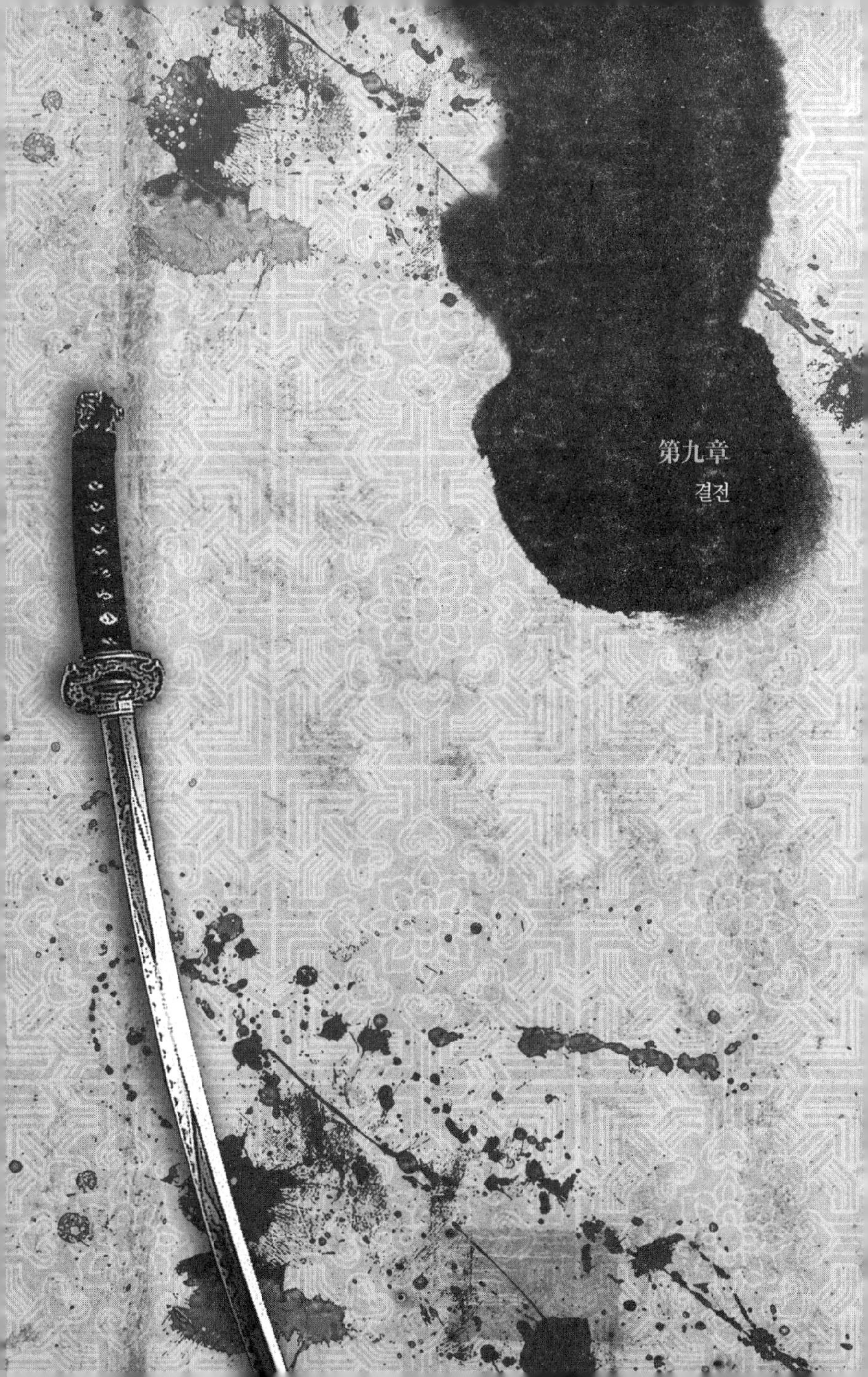

第九章
결전

남소림(南少林).

이름을 들어 짐작하겠지만 소림의 속가 문파다.

소림 속가 출신의 인물이 문파를 세운 경우는 많다. 하지만 소림 속가 출신의 인물들만 모여 문파를 세운 경우는 남소림 이 최초였다.

속가제자는 알다시피 제대로 된 비전을 배우기가 어렵다.

배우더라도 그것을 공유하는 경우는 더더욱 없었다.

소림사에 들어가 하나의 절기를 배우기 위해선 무척 많은 투자와 노력을 해야 했기 때문이다.

심한 경우엔 자기 자식에게도 가르치지 않을 정도였다.

그러나 언젠가부터 뜻있는 속가제자들이 하나의 모임을 만들어 그들이 배운 무공을 모으기 시작했다.

다른 문파와는 달리 속가제자에 대해 너무도 엄격한 잣대를 가지고 있던 소림에 불만이 많은 자들이었다.

소림 무공을 조금은 더 편하게 전수하기 위해 모인 그들은 서두르지 않았다. 어차피 그들이 배운 것은 대부분 반쪽짜리 무공.

진산절기는 본산의 제자가 아니면 구경도 못하는 것이니 일단은 여러 속가제자들의 무공을 모으고 연구하는 것부터 시작한 것이다.

이는 상당히 오랜 시간 아주 은밀히 진행된 일이었다.

처음엔 문파라는 개념이 아니었다. 때문에 본산에서도 그저 속가제자들 간의 친목회 정도로 여겨졌다.

소림에서도 그러한 연구를 알고 있었으나 일단은 속가로 넘어간 반쪽자리 무공은 크게 신경 쓰지 않는 게 원칙이라 눈 감아주었다. 오히려 얼마나 잘하나 보자고 우습게 여길 정도였다.

지금도 그렇지만 당시에도 속가제자들은 각각 문파를 만드는 일이 다반사였고, 자식이나 후손들에게 물려주는 과정에서 이런저런 변형이 이루어지는 일도 많았기 때문이다.

그러니 속가제자들의 모임도 그러한 일들의 연장선에 불과하다고 여겼다.

반쪽짜리 무공이 본산 무공에 못지않은 위력을 내게 하기 위해, 혹은 뛰어넘는 위력을 갖게 하기 위해 많은 분석과 연구가 뒤따랐다.

어떤 때는 운 좋게 본산의 절기 중 하나를 고스란히 배운 속가제자가 가입하기도 해서 연구가 한참은 더 앞서 나가는 시기도 있었고, 전혀 성과없이 십 년을 허송세월한 적도 있었다. 하지만 지성이면 감천이랬다고, 두세 세대쯤 흐르고 나니 그들의 노력은 빛을 발하기 시작했다.

모인 지 백 년에 가까운 시간이 흐르고 나서 그들은 자신있게 강호에 나섰다.

그 결과 소림은 물론이고, 전 무림이 경악할 만한 일이 벌어졌다. 소림 속가 출신 제자 천여 명이 모여 남소림이란 문파의 개파를 선언한 것이다.

그 정도였다면 놀라긴 할지언정 소림 장로 몇이 뒷목을 잡고 쓰러질 일은 아니었다. 속가제자들이 만든 문파야 무척이나 많았으니까.

하지만 문제는 그게 아니었다.

그 남소림이라는 곳에 소림칠십이종 절예 중 스물두 가지가 존재했다는 것.

게다가 남소림의 제자들 대부분이 큰 결격 사유 없이 그러한 무공들을 마음껏 익힐 수 있게 된 것이다.

본산의 제자들도 배우기에 앞서 상당한 교육을 받는 게 당연한 절예들이 쉽게 공개되니 소림의 입장에선 놀랄 수밖에 없었다.

물론 남소림에서도 절예들을 함부로 가르치는 것은 아니었다. 어디까지나 인성을 가장 중요시했고, 남소림에 충성을 다할 자들에게만 공개한 것이다.

그리고 본사인 소림사에 반항하지 않는 게 가장 중요했다.

제아무리 머릿수가 많다 해도 본산의 제자들에 비하면 아직 모자라기 그지없는 수준. 명문은 괜히 만들어진 것이 아니다. 불과 백여 년 정도의 연구로는 따라잡지 못하는, 수준 차라는 것이 있는 것이다.

소림은 본래 속가들을 무시하던 바가 있었던 터라 이러지도 저러지도 못하다가 결국 남소림과의 협상으로 그들을 정식 속가 문파로 인정하기에 이르렀다.

대신 스물두 가지 절예 중 한 가지만을 일반 제자들에게 가르치고 다른 스물한 가지는 내제자가 아니면 익히지 못하게 하였다.

채석문이 바로 그 내제자 중 하나였다.

그의 아비는 남소림의 열세 장로 중 하나였으니 그가 내제자가 되는 것은 당연했다. 그는 스물두 가지의 절예 중 무려 다섯 가지나 익히고 있었는데, 그중 가장 성취가 높은 것이 바로 대력금강장, 천하오대장법으로 이름 높은 절세의 무공이었다.

　그는 젊은 시절 남소림을 대표하여 무림맹에 파견되었는
데, 불과 칠 년 만에 적룡대 부대주의 자리를 꿰어 찰 만큼 엄
청난 실력자이기도 했다.

　사실 소림에서도 남소림의 무림맹 참여 덕에 그들의 입지
가 커졌다며 좋아하는 터라 그의 적룡대 부대주 자리는 정치
적인 보상 차원 격이 컸다.

　하지만 누구도 그것이 단순한 정치적 보상이라 생각지 않
았다. 그는 분명 그럴 만한 실력을 가지고 있었기 때문이다.

　"하아……!"

　숨을 내뱉자 갑옷과도 같은 두꺼운 근육 위로 뜨거운 김이
아지랑이처럼 피어오른다. 저 두꺼운 근육은 소림 무공 특유
의 외공 단련의 특징.

　저 갑옷 같은 근육은 날카로운 창도 뚫지 못한다.

　그가 익힌 금종조(金鐘爪)는 본산에서도 그 비결을 청할 정
도로 뛰어난 절기.

　물론 본산의 금종조에 비하면 손색은 있을지 모르나 그 효
율 면에서는 본산 제자들도 감탄할 정도가 아니던가.

　본산의 어느 누구도 금종조의 호흡을 유지한 채 대력금강
장을 펼칠 수는 없으니 말이다. 만약 그런 자가 있다면 전설
의 금강불괴를 이루었음이 분명했다. 그렇다고 채석문이 금
강불괴를 이루었다는 뜻은 아니다. 어디까지나 그는 그러한

일을 가능케 한 자신만의 비법을 가지고 있을 뿐이다.

몸을 천천히 움직이며 힘을 끌어모으는 그를 향해 왼팔이 없는 사내가 다가왔다.

곽가열이었다.

"준비되었습니다."

"그래? 어디 있나?"

"역시 그곳이었습니다."

"그런가. 오늘 밤은 무척 길어지겠군."

"다른 당이 끼어드는데… 괜찮을까요?"

"녀석이 오늘 밤 살아남는다면 문제가 되겠지. 도존이 말하기를, 만약 우리 외에 다른 당이 끼어든다면 놈을 도울 조력자들이 몇 놈 붙을 거라던데… 아마 그가 보통 자들을 준비해 두진 않았겠지. 최소한 현조라는 녀석 수준이라 보면 될 거다. 한 놈에게도 여태 애먹었는데 그런 놈이 몇 놈 더 합류한다면 큰일일 터. 하지만 오늘 밤 우리가 녀석을 없애면 조력자가 끼어들 여지는 없을 테니 너무 걱정은 말거라."

"알겠습니다."

"너는 안 가도 괜찮다."

"아닙니다. 수하들의 비명이 아직도 눈에 선합니다. 반드시 오늘 끝장내고 말겠습니다. 제 목숨과 바꿔서라도."

"…그래."

채석문은 주먹을 펴 장의 형태로 만들었다. 그리고 벽에 가만히 갖다 댔다.

지지직.

먼지가 피어오르며 벽이 움푹 들어가기 시작했다.

후려친 것도 아니고 그저 살포시 벽에 대었을 뿐인데 벽이 함몰되다니……. 이것은 그의 내공이 진일보했음을 뜻했다.

"오늘 밤 네놈은 반드시 죽는다, 현조."

어둠 속에서 현조의 눈이 스르르 열렸다.

경계 가득한 눈동자를 조용히 좌우로 굴려본 그는 자신의 팔을 베개 삼아 누워 있는 소향의 머리를 조심스레 치웠다.

그녀가 입을 다시며 뒤척거렸지만 깨지는 않았다.

문득 아까의 입맞춤이 생각나 얼굴이 붉어지는 현조였다. 하지만 지금은 그런 달콤한 기억에 젖어 있을 때가 아니었다.

그의 눈이 매서워졌다.

살기. 지독한 살기가 사방에서 그를 짓누르는 듯했다.

목자량에게서 느껴지는 몸을 압박하는 살기는 아니다.

그것은 무공이나 다름없다. 마음만 먹으면 사람 하나 죽이는 것은 일도 아닐 만큼 압축된 살기를 내뿜는 거니까.

하지만 이 살기는 무공이 아닌 의지, 살의(殺意)다.

그러니 위협을 느낄지언정 몸이 불편하진 않았다.

끼이익.

조심히 문을 여는데도 어두운 밤인지라 소리가 크다.

놀라 뒤를 돌아보았지만 다행히도 그녀는 깰 생각을 하지 않았다.

안도의 한숨을 내쉰 현조는 복도가 조용한 것을 느꼈다.

현조가 깨어난 이유이기도 했다.

이 시각의 기루가 조용하다?

말도 안 되는 일이다.

사람의 기척이 단 하나도 느껴지지 않는 것은 누군가가 대피시켰음을 뜻했다.

복도의 창문을 열고 창틀을 밟아 건너편 전각으로 뛰어올랐다. 극상의 뇌영보로 지붕 위에 살포시 올라선 그는 곧 자신을 둘러싼 살의의 정체를 알 수 있었다.

"용검당……."

아니, 용검당뿐만이 아닌 듯했다. 용검당의 숫자는 얼핏 알고 있다. 자신이 죽인 자들을 제외한다면 백 명이 채 못 되는 숫자만이 남아 있을 뿐이다. 한데 유곽의 대로를 빼곡하게 채운 무인들은 얼핏 봐도 구백은 넘어 보인다.

아마 육검문의 문도가 거의 다 나온 것이리라.

넓은 유곽 자체가 고요했다. 붉고 노란 등불만이 거리를, 그리고 거리를 가득 메운 무인들의 몸을 밝혀주고 있었다.

그들의 가장 앞에 서 있는 자는 현조도 아는 자였다.

그자는 바로 곽가열. 자신에 의해 팔을 잘린 용검당원이었다.

그자가 말했다. 작지 않은 소리였으나 그렇다고 외치는 수준은 아니었다. 비록 멀리 떨어져 있었지만 현조는 그가 무슨 말을 하는지 알 수 있었다.

"그녀를 다치게 하고 싶지 않겠지?"

"……."

"조용히 따라와라."

현조가 싫어하는 위협이었다.

그는 자신의 주변 사람이 다치는 것을 극도로 싫어했다.

아니, 두려워했다.

그동안은 그들도 그녀를 건드리지 않기에 파검과의 인연 때문인가 생각하고 안심하는 중이었다. 하지만 저들도 오늘 만큼은 선을 넘기로 작정한 듯 말 한마디 한마디에 살기가 가득했다.

현조는 다시 경공을 펼쳐 다른 지붕으로 뛰었다. 무서워서 피하는 것이 아니라 어디까지나 소향의 안전을 위해서였다. 다행히도 자리 옮기는 걸 종용한 것으로 보아 딱히 그녀를 건드릴 생각은 없어 보였다. 자신이 먼저 움직이자 밑에 있던 육검문도들도 저마다 움직이기 시작했다.

구백이 넘는 대인원이 움직였지만 발소리는 그리 크지 않았다. 각각이 다들 뛰어난 무인이란 소리다.

확실히 그동안 겪어온 육검문도―정확히는 용검당원―중에 고수 아닌 자는 없었다. 그저 자신보다 약했을 뿐이다.

　몇몇이 현조를 따라 지붕 위로 올라왔지만 열정적으로 따라붙지는 않았다. 이곳을 벗어나게 하려는 것이 목적인 듯했다. 유곽을 넘어 주거지에 들어섰지만 그때도 그들은 공격해 오지 않았다.

　늦은 밤이라 그런 건지 아니면 유곽에서처럼 일부러 치워진 건지 사람 하나 보이지 않았다. 저 멀리 마을 입구를 보니 그곳에도 한 무리의 무인들이 보였다. 아마 동쪽과 남쪽에 있는 나머지 두 개의 입구에도 무인들이 자리 잡고 있을 것이다.

　현조는 확신했다.

　이 마을은 저들에 의해 완전히 고립됐다.

　그는 천천히 나락을 빼 들었다.

　스르릉—

　"못 볼지도 모르겠다, 소향."

＊　　　＊　　　＊

　"움직였다고?"

　목자량의 물음에 죽 총관이 고개를 숙이며 대답했다.

　"구검당을 제외한 오당이 뭉쳤습니다. 기회입니다."

　"그렇지. 기회지. 하지만 알다시피 우리는 전력을 아껴야 해."

"그래서 그 아이가 미끼가 된 것이죠."

목자량이 고개를 끄덕였다.

"미끼를 쫓는 들개 무리의 뒤꽁무니를 건드리는 건 역시 사냥개가 좋겠지?"

"그 아이들을 쓰실 생각입니까?"

"그러기 위해 키우지 않았던가?"

"…하지만 아직 불안정합니다."

"그만 됐어. 하라는 대로 하게."

"…예."

"잘되지 않았나? 자네의 가르침과 이각의 수련법. 드디어 우열을 가릴 수 있게 되었으니."

"현조를 제게 맡기지 않으신 건 이 때문이었습니까?"

"물론 아니지. 하지만 재미는 있을 것 같다고 생각했다네."

자신과 이각의 은밀한 경쟁마저도 이자에겐 겨우 유희거리 정도밖에 안 되었단 말인가?

그리 자문하고 있을 때 목자량이 한마디 덧붙였다.

"자군이도 데려가게."

"그분을… 말입니까?"

"다른 사냥개들은 현조만큼 경험이 없지. 그러니 그것들을 이끌어줄 사냥꾼 하나는 필요하지 않겠나. 내 동생이라서가 아니라 자군이는 정말 훌륭하고 똑똑한 사냥꾼이지. 그리고 강해. 애써 기른 사냥개들을 허망하게 잃지 않을 것이야.”

“알겠습니다.”

                    *   *   *

목자군의 별호는 천리투광.

‘싸움을 너무도 좋아해 천 리를 멀다 않고 싸움판에 끼어
드는 미친놈’, 그걸 네 자로 줄인 별호였다.

그의 형 목자량이 십존구마의 하나로 이름을 올리며 유명
해진 후로 조금 가려진 바가 있지만, 목자량이 도존이 되기
전만 해도 그가 더 유명했다.

게다가 그는 강했다.

어느 정도 강하냐 하면, 십존구마에 근접하다고 소문난 얼
마 안 되는 무인 중 하나였다.

도존조차도 오백 초 이내로는 목자군과의 승부를 장담할
수 없다고 말한 적이 있을 정도랄까? 그러나 아무도 그의 말
을 믿지 않았다. 오히려 친동생이라 띄워주는 것이 아니냐는
소문마저 돌았다.

하지만 천리투광이 구마(九魔) 중 하나인 철마(鐵魔) 혁리
광과 사백 초 넘게 손을 섞고도 승부를 가려내지 못하자 사람
들은 도존의 칭찬이 결코 자기 식구 챙기기가 아님을 깨달았
다.

물론 철마와 사백 초를 겨뤘다고 해서 그가 십존구마와 동
급이라는 것은 아니었다. 실제로 그는 사백 초를 겨루는 동안
몸이 만신창이가 되어 두 달을 정양해야 했으니까.

반면 철마 혁리광은 아무런 상처도 없이 멀쩡했다.

그는 목자량의 체면을 생각해서 목자군의 목숨을 거두지
않은 것이다. 아무래도 같은 십존구마끼리 척을 지게 되면 꿈
자리가 사납기 마련이었으니까. 이 같은 점은 목자량도 마찬
가지인지라 동생이 다쳤어도 크게 역정을 내거나 하진 않았
다.

게다가 이 일로 인해 천리투광 목자군의 명성이 꽤 높아진
것은 물론이고, 목가장에 대한 세인들의 관심도 커졌다.

무림맹이 육검문에 지원을 빙자한—사실상의—지부를 설
립한 것도 천리투광과 철마 간의 대결이 어느 정도 영향을 미
쳤다.

그러한 천리투광이 신강으로 돌아왔다.

저 멀리 강소성 인근에서 혈교의 신관 중 하나가 크게 일을
벌였는데, 역마살이 심한 그는 그 일을 빌미로 한동안 목가장
을 떠나 있었다.

이유야 어쨌든 싸움이 벌어지면 천 리를 마다않고 쫓아간
다는 그의 별호와 잘 어울리는 일이었다.

혈교도들과 싸움질에 한창 열중하고 있어야 할 그가 모든
것을 접고 삼 년 만에 돌아온 것은 그의 형인 목자량이 서찰

을 한 통 보내왔기 때문이다.

그는 싸움을 좋아하는 만큼 형을 끔찍이도 생각했는데, 그 것은 그의 형인 목자량이 가문의 멸문 이후 세 살배기 어린 목자군을 손수 업어 키우다시피 했기 때문이다.

목자량은 처자식도 완전히 믿지 않을 만큼 의심이 많았다. 하지만 그런 그일지라도 어렵던 시절 손수 업어 키운 목자군 에 대한 마음만은 각별하여 세상에서 유일하게 믿음을 주고 있었다.

그런 그의 요청은 목자군이 아무리 싸움을 좋아한다고 해 도 쉽게 거부할 수 있는 것이 아니었다. 아니, 거부라는 단어 는 떠오르지도 않았다. 당연히 해야 할 일을 한다는 느낌이랄 까? 형에 대한 목자군의 우애와 충심은 그만큼 강했다.

그가 죽 총관을 향해 물었다.

"이것들입니까?"

"그렇다네. 마음에 드는가?"

"성에는 안 차지만 그럭저럭 괜찮아 보이기는 합니다. 다 만… 좀 껄렁해 보이는 것이 문제군요."

"자네만 하려고. 저 나이 땐 다 저 정도 하네. 자넨 더했 어."

"쩝, 이런 것들보다 현조를 붙여줬다면 좋았을 텐데."

그가 그리 말하자 주변의 공기가 일순 변했다.

그의 눈앞에 서 있던 어떤 것들이 일으킨 살기 때문이었다.

목자군은 그제야 만족한다는 듯 미소를 띠었다.

"그래, 그 정도는 되어야 데리고 다닐 맛이 나지."

죽 총관은 못 말리겠다는 표정을 지우지 않은 채로 말했다.

"그럼 잘 다녀오게. 되도록 최대한 눈에 띄지 말게나. 아직은 알려져선 곤란해."

"그러니까 이것들보다 내가 돋보이면 된다, 이거지요, 총관?"

"그렇지. 자네나 현조도 모자라서 저 아이들마저 드러나면 무림맹에서 본격적으로 간섭하려 할 거니까."

"지금도 견제가 심한데……."

"육검문으로 견제하는 것이야 별거 아니지. 문제는 무림맹이 대놓고 진짜 지부를 설치하려 하는 걸세. 그리되면 앞으로의 행보에 큰 문제가 생길 것이야."

"천산목가 부활은 안녕이겠군요."

"한참 뒤로 밀리겠지."

목자군은 또다시 고개를 저었다. 마음에 안 드는 일이 있을 때 고개를 젓는 것은 그의 버릇이었다.

천산목가의 부활은 그의 형인 목자량의 소망이기 이전에 그의 소망이기도 했다.

그 일이 늦어서는 곤란했다.

"그럼 가보겠습니다, 총관."

"수고하게나."

“헉!! 헉!!”

현조는 쉬지 않고 달렸다.

입안에서 단내가 나도록 경공을 펼쳤지만 육검문도들의 공세는 멈출 줄을 몰랐다.

미로처럼 복잡하게 이어진 마을의 골목이 아니었다면 진작 포위당해 낭패를 보았을지도 몰랐다.

좁은 골목 안에 세 명의 사내가 나타나 현조의 앞을 가로막았다. 벽을 박차고 뛰어올라 지붕 위에 오르려 했지만 그마저도 귀를 살짝 스치는 검날에 포기해야 했다.

적은 지붕 위에 더 많았다. 현조는 귓불이 베여 피가 흐르는 볼을 살짝 닦았다. 별 의미 없는 동작이었지만 그것을 틈으로 봤는지 골목을 가로막고 있던 무인 중 하나가 달려들었다.

파팡!!

권압에 얼굴이 따가워짐을 느끼자마자 피했으나, 그 압력에 코 안의 실핏줄이 터져 코피가 흘러나오는 것까지는 어쩔 수 없었다.

“육검문(六劍門)이라며!! 검을 써야지 왜 주먹이냐!!”

뭔가 억울한 듯 외쳤지만 대답 대신 주먹이 날아왔다.

현조는 급히 나락의 도면으로 주먹을 막고 왼손 손바닥으로 상대의 턱을 밀어 쳤다. 하지만 권법의 고수가 그러한 어설픈 손짓에 나가떨어질 리는 없는 법. 고개를 숙여 현조의 손바닥을 피했다. 그러나 갑자기 현조의 손바닥이 고개 숙인 그의 뒤통수를 잡아챌 줄은 그도 예상하지 못한 것 같다.

파각!

현조의 무릎이 그의 코뼈를 으스러뜨렸다.

"커헉."

코를 부여잡은 채 앞으로 꼬꾸라지는 그의 뒤통수를 밟고 몸을 날린 현조는 동료의 부상에 당황 중이던 육검문도의 머리를 넘어 다시 도망쳤다. 하지만 지붕 위에서 대기 중이던 또 다른 육검문도의 검날이 그의 뒤통수를 향해 쇄도했다.

"헉!"

따당!

어두운 골목길 안에서 하얀 불꽃이 튀었다.

바람 갈리는 소리가 현조의 귀를 자극했다. 급히 수라도의 귀선패(鬼旋牌)라는 방어 초식을 펼쳐 검날을 막았지만 팔뚝이 베어져 나가고 선지피가 쏟아지는 것까지 막을 수는 없었다.

기기긱!

도검이 엉켰다. 실제로 엉킨 것이 아니라 도객과 검객 두 무인의 힘과 힘이 겨루고 있는 것이다. 밀리는 쪽은 수세에 몰린다.

펑!

노란 불꽃이 하늘을 장식한다. 불꽃 덕분에 어두운 골목길의 그림자가 요란히 춤을 춘다.

현조는 다급해졌다. 누군가 동료들을 모으는 신호를 보냈다. 더 지체했다간 수백의 무인이 몰려들 게 분명했다.

불꽃 덕분에 자신과 칼을 맞댄 검객의 얼굴이 보였다.

표정을 보아하니 자신만만해 보였다. 동료들이 올 거라는 확신 때문이리라.

현조는 그 표정을 보고 오기가 솟는 것을 느꼈다.

이를 부서질 듯 악물었다.

쾅!!

현조의 칼에서 뿜어진 순간적인 경력에 검객의 입에서 피가 튀어나오더니 그의 검이 조각조각 박살 나 사방으로 비산했다.

쓰러진 검객이 꿈틀대자 현조는 칼을 휘둘러 그의 목을 베어버렸다. 비명도 없이 하나의 목숨이 스러졌다.

얼마나 세게 앙다물었는지 잇몸에서 피가 새어 나오는 게 느껴졌다. 비릿한 피의 맛이 별로 좋지 않았다.

"퉤!"

대충 피를 뱉어낸 현조는 뒤쪽에서 들려오는 수많은 발소리에 황급히 자리를 피했다.

"찾았냐?"

“아직이다. 너는?”

“몰라. 한데 좀 전에 들으니 저쪽 골목에서 강환이 당했다
더군.”

“강환이? 이 애송이 놈, 정말 도망치는 데는 선수구나.”

“그래 봤자 애송이야. 이 일에 자그마치 천 명이 동원되었
다. 도망칠 수 있을 리가 없어.”

지붕 위에 올라 육검문 무사들의 대화를 조용히 듣고 있던
천리투광 목자군이 중얼거렸다. 그의 뒤편에는 달빛이 만들
어낸 어둠에 가려진 일곱의 크고 작은 인영들이 서 있었다.

“대단하군. 한 놈 잡으려고 천 명이나 동원되었다면 이미
애송이라 부르기는 힘들지.”

뒤쪽에서 누군가의 콧방귀가 들려왔지만 목자군은 개의치
않고 계속 말했다.

“너희들, 임무는 잘 알고 있겠지?”

“그래.”

어딘가 배배 꼬인 것 같은 까칠한 목소리. 하지만 아직 소
년티를 벗지 못한 듯한 목소리였다.

목자군이 씩 웃으며 말했다.

“나는 드러나도 되지만 너희들은 안 돼. 너희를 목격한 자
는 반드시 죽여라.”

“양민도?”

이번엔 살짝 어린 소녀의 목소리가 겹쳐 들려왔다. 두 명의 소녀가 동시에 말한 것이다.

"무인은 무인끼리만 투탁거리면 된다. 그러니 양민은 건드리지 마. 너희들 무공을 알아보거나 기억할 가능성이 있는 놈들만 죽여라."

"알았어. 히히히."

이번에도 두 소녀의 목소리가 겹쳐서 들려왔다. 호흡 하나 흐트러지지 않고 동시에 말하는 터라 제대로 듣지 않으면 한 사람의 목소리로 들릴 정도였다.

목자군이 먼저 뛰어내렸다. 지붕 위에서 골목까진 꽤 높은 거리임에도 옷이 펄럭이는 소리조차 들리지 않았다.

그의 뒤에 서 있던 일곱의 인영도 뒤따라 뛰어내렸다.

그리고 그들은 하나씩 흩어져 골목 사이사이로 사라졌다.

제일 먼저 뛰어내렸다가 가장 마지막까지 제자리에 남은 목자군의 입술이 움직였다.

"자, 살육의 밤이다, 머저리들아."

"죽겠군."

가슴에서 흘러내리는 피를 틀어막으며 중얼거리는 현조였다. 정말 죽을 것 같아서가 아니라 죽을 만큼 힘들어서 하는 소리였다.

"으아악!"

한참 상처를 지혈하던 현조는 예민한 청력에 잡힌 희미한 비명 소리에 의아해했다.

자신이 지금 여기 있는데 왜 비명 소리가 들린단 말인가?

내분이라도 일어난 것인가?

아니, 그럴 가능성은 없었다.

이는 분명 제삼자가 관여한 것이 틀림없었다.

이러한 확신 속에 현조의 뇌리로 떠오르는 건 오직 한 사람뿐이었다.

"그가 보낸 건가?"

하긴, 목자량이 아니라면 도와줄 만한 사람도 없을 것이다. 자신과 용검당, 아니, 육검문의 항쟁이 어떤 의미를 가지고 있는지는 현조 역시 대강이나마 짐작하고 있다.

생각보다 거창한 의미는 없다.

자신은 그저 미끼에 불과할 뿐이니까.

용검당주와 목자량 간의 합의 내용도 알고 있었으니 그 짐작은 더욱더 확실했다.

아마도 자신을 찾느라 신경이 쓰인 이들을 뒤에서 치겠다는 계략일 테지. 그리 생각한 현조는 옷을 대충 털고 다시 나갈 차비를 했다.

목자량의 뜻대로 되어가는 것은 마음에 들지 않았다.

좀 더, 좀 더 날뛰어주겠다.

휙.

지붕 위로 올라간 현조는 숨을 한 번 크게 들이마시더니 곧이어 큰 소리로 외쳤다.

"현조가 여기 있다!!"

마을의 지붕이 숲처럼 펼쳐져 있는 터라 일단 누군가가 지붕 위로 올라오면 쉽게 알아볼 수 있었다. 현조의 외침이 끝나기도 전에 수십, 아니, 수백에 달하는 무인들이 지붕 위에 올라섰다. 마을이 작았다면 결코 불가능했을 일이다.

타타타타타.

지붕의 기와를 밟고 내달리는 무인들의 복잡한 걸음 소리가 현조의 귀를 쑤셨다.

"많이도 왔네!"

가장 먼저 들이닥친 무인을 향해 현조의 발이 움직였다. 정확히는 발에 걸려 있는 기와를 하나 차올려 무인의 시선을 가렸다. 무인은 당황하지 않고 기와를 검으로 쪼개며 앞으로 튀어나왔다. 하지만 그것은 현조가 바라던 상황.

그가 기와를 쪼개었을 땐 이미 현조의 칼날이 그의 미간을 한 치 앞두고 있었다.

푸학!

뒤통수로 빠져나온 암회색 칼날이 피와 뇌수로 물들어 있었다. 그 여새를 몰아 현조는 시신을 발로 밀어 차며 뒤따라오던 무인들을 향해 날려 보냈다.

몇몇은 동료의 시신을 받고 또 몇몇은 현조를 향해 분노의 검초를 날렸다. 현조는 피식 웃으며 그들의 검격을 모조리 흘려보냈다. 그러나 완벽하지 않아서 몇몇이 볼이나 어깨, 옆구리 등을 스쳤다. 그러나 무수한 검격의 한가운데서도 현조는 한 발 앞으로 나가 그들의 급소에 칼을 틀어박았다.

이를 악물고 미소 지은 채 한 무인의 가슴뼈를 비집고 들어간 칼을 후비는 현조의 머리를 노리고 또 다른 무인의 검격이 날아왔으나 현조는 머리를 살짝 비트는 것만으로 그의 검격을 피해냈다.

무인의 검은 현조의 뒤통수 대신 현조에 의해 심장이 조각나 죽은 동료의 목을 꿰뚫었고, 현조의 칼이 동료의 가슴을 빠져나와 자신의 목을 자르는 데 일조하게 만들었다.

순식간에 세 무인이 죽었다. 하지만 그 짧은 시간 이백에 달하는 무인들이 현조를 포위하는 데는 충분했다. 지붕 위뿐만 아니라 지붕 아래 골목 사이사이까지 무인들로 빼곡하게 차 있었다.

현조가 아랫입술을 깨물며 말했다.

"정말 더럽게도 많다."

온몸에 피 칠갑을 하고 이백의 무인에게 포위당한 이가 할 말은 아니다. 현조는 나락을 쥔 양손에 더욱더 힘을 주었다.

한계는 멀었다.

이각에 의해 상상도 못할 만한 수련을 쌓았다.

수련하다 죽고 싶다는 생각이 든 적도 한두 번이 아니었다.

적어도 지금 이 순간은 그때만큼 힘들지 않았다.

게다가 자신이 의도한 상황이 연출되었다. 저 끝에 서 있는 무인들 사이에서 작은 소란이 일어난 것이다.

소란은 사람을 타고 전해져 와 가장 앞에서 현조를 향해 검을 들이대고 있는 사내에게까지 이어졌다. 아마 그가 이쪽의 책임자인 듯 보였다.

"조력자가 있었나 보군."

그의 물음에 현조는 어깨를 으쓱하며 대답을 대신했다.

사내가 수하로 보이는 몇몇에게 지시를 내리자 현조를 포위 중인 자들의 삼 할 정도가 어디론가 사라졌다. 아마도 그 숨겨진 조력자를 쫓는 것이리라.

현조가 씩 웃으며 말했다.

"이 정도 가지고 될까?"

사내는 다시 검을 들어 올려 현조를 가리키며 말했다.

"차고 넘친다. 네놈은 이 패검당주 성균이 죽여주마."

"광패검(狂敗劍)?"

현조는 성균이라는 이름을 듣자, 아니, 패검당주라는 소리를 듣자마자 그의 별호를 자기도 모르게 중얼거렸다.

이각에게 들은 육검문의 여섯 당주 중 가장 조심해야 할 자가 바로 저 광패검 성균이 아니던가.

실력은 당주들 중 중간 정도지만 낭인 출신이라 실전 경험만큼은 가장 많은 자로 알고 있었다. 게다가 자신을 노리는

저 검, 보통의 검보다 좀 더 크고 무거워 보이는 저 검으로 펼
치는 검공이 아마…….

위이잉— 쾅!!

현조가 서 있던 지붕이 반파되며 기왓장이 허공으로 폭발
하듯 비산했다. 공중으로 튕기듯 떠올라 다른 지붕으로 이동
한 현조는 밑에서 공격해 오는 다른 무인들의 검날을 황급히
막아내며 다시 다른 지붕 쪽으로 뛰어올랐다.

성균이 펼친 것은…….

패도지검이라는 남궁가의 창궁검!

어떻게 낭인 출신인 성균이 저 같은 검공을 익혔는지 몰라
도 분명 남궁가의 패도지검임에 틀림없었다.

비록 눈으로 본 건 처음이지만 듣던 것과 별 차이는 없어
보인다. 그만큼 굉장한 파괴력이었다.

현조는 자신이 방금 전까지 서 있던 지붕 위를 바라보며 식
은땀이 흐르는 것을 느꼈다. 아니, 지붕이 반파되는 정도가
아니라 집 한 채가 그대로 무너지고 있는 중이었다.

다행히 집 안에는 사람이 없는 듯 비명이나 신음은 들리지
않았다.

성균이 다시 자신을 향해 검을 겨누며 말했다.

"재빠르구나."

"발이 빠른 편이지."

현조가 굳은 얼굴로 칼을 고쳐 쥐었다.

칼자루를 쥔 두 손을 어깨 부근까지 들어 올리고 칼끝은 성균을 바라보게끔 했다.

현조가 다시 말했다.

"와봐."

그의 작은 도발에도 성균은 동요하지 않았다.

그저 조용히 자신의 경력을 검에 불어넣고 있을 뿐이었다. 그가 입을 열었다.

"채 부당주… 는 내 친우였다."

"……"

"사내 나이 약관을 넘으면 마음을 터놓을 친우를 찾기 어렵다지만, 난 찾을 수 있었다."

성균의 검이 천천히 위로 들렸다.

아주 느릿한 동작이었지만 현조는 파고들 수가 없었다.

평소라면 파고들을 수 있었을 것이다.

하지만 지금은 사방에서 자신을 포위한 무인들을 견제하는 것도 상당히 힘에 부치는 상황. 그나마 그들이 공격에 소극적인 것을 감사해야 할 판이었다.

성균이 계속 말을 이었다.

"하지만 내 평생 유일하게 마음을 터놓았던 벗이 죽었다. 네놈은 그것을… 어떻게 보상할 테냐."

위이잉!

저 소리. 분명 파괴적인 경력이 공기를 부수기 전에 내는 소리였다. 현조의 몸이 허공으로 솟구쳤다.

쾅!!

또다시 집 한 채가 그대로 작살났다.

좀 전보다 더한 파괴력이었다.

이번엔 조금의 틈도 없이 바로 이어졌다.

위이잉, 쾅!!

"큭!!"

쾅!! 쾅!! 콰쾅!!

현조가 내려선 지붕마다 기와가 박살 나고 집이 무너져 내린다.

골목 사이에 서 있는 무인들은 자기들이 서 있는 지붕 위에 현조가 내려서면 그대로 자리를 피하고 있었다.

다행인 것은 이러한 성균의 공격 덕분에 포위망이 느슨해져서 현조가 도망갈 틈이 생기고 있는 것이다.

콰왕!!

그러나 언제까지 피할 수만은 없다는 걸 알고 있었다.

실전 경험이 많은 자답게 자신의 경공에 조금씩 익숙해져 가는 것이 몸으로 느껴졌다.

조금 전까지만 해도 스치는 것조차 못했는데 지금은 그의 경력에 스친 옷자락이 심하게 찢겨져 나가고 있었다.

이대로라면 죽을 것이 분명했다.

죽음을 생각하자 현조의 눈빛이 변했다.

이런 곳에서 죽기 위해 그 험한 수련을 이겨낸 것이 아니었다.

현조는 성균을 향해 달려들지 않았다.

그대로 뒤로 돌아 지붕 밑으로 내려가 그의 수하들을 도륙하기 시작했다. 좁은 골목에서 순식간에 다섯 쌍이 넘는 팔다리가 허공으로 튀어 올랐다.

처절한 비명이 뒤를 이었다.

깜짝 놀란 성균이 골목으로 내려와 현조를 향해 검을 휘둘렀다. 아무리 그일지라도 수하들이 밀집한 곳에 정통으로 경력을 남발할 수는 없는 바.

패도지검이 아닌 일반적인 검기가 뿌려졌다.

하지만 그곳에 이미 현조는 없었다.

매서운 검기만이 수하들의 시신을 파고들었다.

성균의 귓속으로 금속음과 함께 다시 비명이 틀어박혔다.

이번엔 지붕 위다.

지붕 위의 수하들이 내지른 비명인 것이다.

이를 악문 성균이 다시 지붕 위로 뛰어올랐다.

그러자 보이는 것은 자신의 얼굴을 향해 날아오는 수하의 시신. 급히 몸을 숙여 시신을 피하자 현조의 웃는 얼굴이 보였다.

"이… 이……."

아무리 경험 많고 냉정한 성균이라도 흔들리는 것은 어쩔 수 없었다.

약관도 안 된 새파란 어린놈에게 농락당하는 기분이 어찌 좋을 수 있겠는가.

그가 다시 현조의 뒤를 쫓았으나 현조는 다시 골목으로 내려서서 수하들을 도륙했다.

성균이 울분에 찬 고함을 질렀다.

"크아아아아!"

그가 다시 골목으로 내려섰을 때, 현조는 포위망을 뚫고 어두운 골목 안으로 도망친 후였다.

성균이 이를 갈며 말했다.

"몇이나 당했나?"

누군가가 대답했다.

"부상자까지 스물 조금 넘습니다."

"수정해야겠군. 놈은 어리지만 영악하다. 실전을 아는 놈이야. 일대일 대결을 벌일 생각은 추호도 없는 놈이다. 각 당주께 알려라. 보이거든 수하들을 총동원해서 곧바로 죽이라고."

"알겠습니다."

성균은 마지막 자신을 비웃던 현조의 표정이 머릿속에서 가시질 않았다.

수하들이 다시 사방으로 흩어져 사라졌다.

자신도 다시 움직여야 할 때다.

그가 몸을 돌렸다.

그때였다, 골목의 한쪽 벽을 뚫고 나온 암회색 칼날이 그의 단전을 후벼 판 것은.

푸욱!

"컥!!"

벽 너머에 있던 현조는 성균의 단전에 박힌 칼을 비틀어 올렸다. 성균의 입에서 피가 폭포수처럼 쏟아졌다. 단전에서 명치까지 칼이 올라왔으니 대라신선이 와도 살릴 수 없으리라. 아직까지 절명하지 않은 것만도 대단했다.

"어… 언제……."

그가 고통을 참으며 의문을 표하자 벽 너머에서 현조의 목소리가 들려왔다.

"도망가는 척하고 곧바로 돌아와서 이 집 안에 숨었는데 아무도 찾을 생각을 않더군."

도망친 현조가 다시 되돌아왔으리라곤 아무도 상상치 못했기 때문일 것이다.

성균의 입에서 흘러내린 피는 그의 상반신을 붉게 물들였다. 언뜻 보기에 내장 조각도 섞여 있는 듯했다. 그가 마지막 숨을 몰아쉬며 입을 열었다.

"정말… 영악하군."

현조는 대답하지 않고 칼을 뽑아냈다. 벽 너머의 성균이 쓰러지는 소리가 들렸다.

현조는 그대로 주저앉아 쉬고 싶었다.

하지만 그럴 수 없어서 벽에 등을 기대고 숨을 몰아쉴 뿐이었다. 하지만 그것도 오래가지 않았다.

자신이 좀 전에 저지른 일이 생각나 벽에서 등을 떼어야 했기 때문이다.

목자군은 양손에 두 무인의 목을 틀어쥐고 웃고 있었다. 아직은 둘 다 살아 있었다.

그 두 무인이 육검문의 육당 당주들인 것을 지금 그를 포위한 백여 명의 무인들은 잘 알고 있었다.

정검당주(正劍堂主) 유문열과 신검당주(神劍堂主) 규태.

육당의 세 번째, 네 번째 서열의 당주들이 사로잡힌 것이다. 그것도 단 삼 초 만에.

목자군의 입술 끝이 기이하게 올라갔다.

그 모습은 그의 형인 도존 목자량의 흉소와 몹시 닮아 있었다.

우드득.

그가 유문열과 규태의 목을 부러뜨리며 말했다.

"뭐 해, 어서 덤비지 않고?"

육검문의 무인들은 그 광기 어린 미소에 소름이 돋는 것을 느꼈다. 때문에 그들의 상관이 죽었음에도 복수할 생각조차

하지 못하고 있었다.

목자군이 다시 말했다.

"안 덤벼? 그럼 내가 간다."

불행하게도 가장 앞쪽에 있다 당한 무인의 얼굴이 수박 쪼개지듯 박살이 났다.

"으아아아아!!"

동료의 뇌수를 뒤집어쓴 채 공포에 질려 칼을 휘두르는 무인의 어깨를 부여잡은 목자군은 그대로 무릎을 들어 그의 명치에 틀어박았다.

목자군은 권각의 달인. 그 권각술을 토대로 뿜어져 나오는 박투술은 가히 가공, 그 자체였다.

"죽어!!"

빈틈을 노리고 옆구리를 찔러 들어오는 검날.

하지만 목자군은 코웃음을 칠 뿐이다.

"흥!"

그저 가볍게 휘두른 팔목에 검날이 부딪쳐 튕겨져 나갔다.

깡!

"겨, 경기공(硬氣功)?"

"그래, 철환마신체(鐵煥魔神體)라는 거다."

그리 대답한 목자군의 이마가 자신의 옆구리에 검날을 들이댄 무인의 인중 부근을 박살 냈다. 얼굴의 절반 이상이 함몰된 무인은 그대로 즉사했다.

이마에 묻은 피를 쓱 한 번 닦아낸 목자량이 먹이를 찾는 맹수처럼 무인들을 돌아보았다.

그 시선에 육검문도들은 모조리 한 걸음씩 뒤로 물러났다. 기세에서 밀린 것이다.

"뭐 하고 있나, 좀 더 즐겁게 해주지 않고?"

이것은 그의 본모습.

생사를 건 싸움판이라면 천리도 마다 않고 달려간다는 미친 사내, 천리투광(千里鬪狂) 목자군의 광기가 육검문도들을 덮쳐 갔다.

공포에 질린 비명이 골목 안을 가득 메아리 쳤다.

여우 가면을 쓴 늘씬한 몸매의 여인을 향해 봉두난발의 청년이 말했다.

"대장, 아직 많이 남았어."

뭐가 많이 남았다는 것일까?

여우 가면의 여인은 고개를 끄덕임으로 대답을 대신하였다.

청년이 다시 말했다. 그의 눈은 서산 너머로 기우는 달을 향해 있었다.

"직접 나설 거야? 시간이 얼마 없어."

"……"

가면의 여인은 대답 대신 허리 뒤쪽에 교차하여 찬, 초승달을 연상시키는 두 자루 곡도(曲刀)에 손을 가져갔다.

스르릉.

역수(逆手)로 쥔 칼날이 어둠 속에서 눈부시게 빛났다.

청년은 그 모습을 황홀한 듯 바라보다 곧 고개를 흔들며 정신을 차리고는 다시 말을 이었다.

“몸조심해, 대장.”

여우 가면의 여인은 이번에도 대답 대신 고개를 끄덕였다.

그녀가 먼저 골목 안쪽으로 사라지자 홀로 남은 청년은 한숨을 내쉬었다.

“흑흑…….”

머리 모양, 피부색, 생김새와 목소리, 그리고 복장까지 모든 것이 똑같은 두 소녀는 조용한 골목 한쪽에서 서럽게 울고 있었다.

야밤에 이름 모를 소녀 둘이서 곡을 한다면 꽤나 괴기스러운 상황이나 둘을 발견한 육검문의 무인들은 무서워하지 않았다.

그도 그럴 것이, 지금 이 마을엔 육검문도 천 명이 넘게 모여 있었고, 그들 대부분이 무림맹 본부의 파견 무사들이었다.

그리고 그들은 그들 자신의 무공에 크나큰 자부심을 가지고 있었다.

한 무인이 소녀들을 향해 다가가 물었다.

"마을 사람들은 대피시켰을 텐데, 어찌하여 남아 있는 게
냐?"

소녀들은 대답하지 않고 그저 울기만 했다.

답답한 마음에 나머지 네 무인도 다가왔다.

어린 소녀들을 달래어 마을 밖으로 내보내기 위해서였다.

푹—

"…컥."

목에 비수가 박힌 무인의 눈동자가 뒤로 까집어 돌아가 흰
자만 남았다. 일순 절명해 버린 동료의 시신에 어리둥절해진
무인들은 미처 대비하기도 전에 두 소녀가 던진 수십 개의 비
수에 의해 전신이 꿰뚫려 즉사하고 말았다.

두 소녀는 언제 울었냐는 듯 서로 손을 부여잡은 채 깡충깡
충 뛰며 기쁨을 표시했다.

"호호호호, 열 명째다, 열 명째!!"

"크어어어어!!"

거대한 철봉을 휘두르는 거인이 울부짖었다. 철봉에 닿는
모든 것이 파괴되고 있었다. 그것이 사람이든 아니든 거인의
주변 반경 십 장 이내에는 집터와 그 잔해들만이 남아 있었
고, 육검문도로 보이는 고깃덩어리들이 처참히 흩뿌려져 있
었다.

구 척에 달하는 거구의 사내는 눈과 코 부분만 드러나 있는

커다란 철가면을 쓰고 있었는데, 그 철가면 위에는 어린 소년
이 목마를 타고 앉아 낄낄거리며 웃고 있었다.

"잘했어, 우고(牛孤). 하지만 내기에선 우리가 질 게 분명
해. 네가 전부 고기 다지듯 다져 버리는 바람에 몇 명인지 셀
수가 없으니까."

"크르르……"

소년의 말에 거인은 짐승처럼 으르렁거렸다. 그러자 소년
이 그의 가면을 쓰다듬으며 달래었다.

"괜찮아, 괜찮아. 아직 죽일 놈은 많이 남았으니 우린 내기
에서 이길 수 있을 거야. 자, 다른 곳으로 가자."

"으르르……"

여인처럼 호리호리한 체구의 청년은 조용히 칼을 닦았다.
그의 칼은 날이 좁고 길이가 긴 것이 왜도(倭刀)와도 닮아 있
었다. 하지만 왜도 특유의 아름다운 곡선은 보이지 않는다.

얼굴의 한쪽을 다 가릴 만큼 긴 머리카락 사이로 보이는 차
분한 눈동자. 하지만 그러한 차분함 속에는 왠지 모를 아쉬움
이 가득하다.

까악.

늦은 밤임에도 까마귀들이 시신의 냄새를 맡고 몰려들었
다. 누군가에겐 이승과 작별하게 된 아쉬운 밤으로 남겠지만
저 까마귀들에겐 오랜만에 맛보는 성찬의 밤이 될 것이다.

그는 자신이 깔고 앉아 있는 시체 더미를 노리는 중인 까마귀들을 향해 품에 가지고 있던 육포를 하나 던져 주었다.

까마귀들은 육포 정도는 안중에도 없다는 듯 신경도 쓰지 않았다. 하기야 눈앞에 진수성찬이 펼쳐져 있는데 고작 육포 따위에 신경 쓸 이유가 없다.

그 모습을 바라보며 청년이 중얼거렸다.

"육검문도 이 정도인가? 차라리 현조라는 녀석과 붙어봤으면 좋았으련만……. 그랬다간 노인네가 또 난리를 칠 테지. 그래도 까마귀가 부럽기는 처음이로군."

목소리만큼 조용히 일어난 청년은 칼을 칼집에 넣고 천천히 길을 걸었다. 까마귀들이 이때다 싶었는지 그가 앉아 있던 시체 더미 위로 쏜살같이 날아들었다.

*　　　*　　　*

소향은 달을 보며 두 손 모아 빌었다.

이미 함께 일하는 기녀를 통해 소식을 들어 알고 있었다. 그가 또다시 육검문과 싸우는 중이라고.

마을 쪽에서는 칼이 부딪치는 소음과 비명 소리, 그리고 뜻 모를 함성이 아련히 들려오고 있었다.

소향은 차라리 저렇듯 소란스러운 것이 마음 편했다. 현조가 아직 잡히지 않았음을 뜻했으니까.

그래도 불안한 심정을 감추지 못하고 달을 향해 빌고 또 빌었다.

"부디 현 가가를 보호해 주세요."

달은 천천히 저물어갈 뿐, 아무런 대답도 주지 않았다.

*   *   *

캉, 캉, 카캉!

어둠 속에 가려진 나락의 칼날이 또다시 불똥을 만들어낸다.

여럿이서 내는 거친 숨소리와 차가운 금속의 떨림.

이어서 뼈가 끊어지고 피가 쏟아져 내리는 젖은 소리가 어둠 속을 가득 메운다.

잠시 후 다시 고요가 찾아왔을 때 어둠 속에서 빠져나온 이는 현조가 유일했다.

"헉, 헉, 헉!"

거친 숨소리.

그럴 만도 한 것이, 벌써 세 시진이 넘게 죽이고 또 죽였다. 야밤에 시작한 싸움은 저 멀리 밤의 장막이 서서히 걷혀지고 있는 중인데도 끝이 나지 않았다.

그나마 처음보다는 공격당하는 횟수가 줄어들어 도망치는 것이 편해졌다.

　골목 사이사이, 그리고 지붕 곳곳에는 육검문도들의 시신이 가득했다. 가끔 지나다 보면 자신이 저지르지 않은 살인의 형태도 보였는데, 아마도 장원에서 보내준 조력자들인 듯했다.

　문득 소름이 돋았다.

　장원에서 이렇게 빨리 대처할 수 있다는 것은 평소 자신을 감시하고 있었다는 뜻이다. 그것은 곧 자신과 소향과의 관계 역시 파악하고 있다는 걸 뜻했다.

　사실 자신이 기척을 느끼지 못할 만큼 뛰어난 감시자가 있음에 더 두려워해야 하건만 지금 현조는 소향에 대한 걱정으로 가득할 뿐이었다.

　누군가가 방금 전 자신이 죽인 무인들의 시신을 발견했는지 좌측의 골목이 소란스러워졌다.

　뒤이어 살기가 밀려왔다.

　현조는 새벽이 온 이상 어둠 속에 몸을 감추는 것은 무의미한 일이라 여겼다. 칼자루에 손을 가져간 현조는 비틀거리는 몸을 애써 다잡았다.

　그들의 소리는 점점 가까워졌다.

　나락을 쥔 현조의 손등에도 핏줄이 솟았다.

　그들이 저 골목을 돌아 모습을 드러내는 순간,

　나락의 칼날은 다시금 피를 머금게 될 것이다.

　그때였다.

서걱!!

"크아악!"

"캐핵!"

아주 깔끔한 절단음과 함께 몇 개의 비명이 뒤따랐다.

뒤이어 골목 사이로 대량의 피가 쏟아지고 사람 머리통이 굴러 지나갔다. 곧바로 골목 어귀에서 누군가가 모습을 드러 냈다.

제일 먼저 모습을 드러낸 것은 피로 얼룩진 여우 가면, 그 리고 피에 젖은 늘씬한 동체였다.

"여… 인?"

현조의 중얼거림에 여우 가면을 쓴 여인이 흠칫하며 거꾸 로 쥔 곡도를 그가 보이는 방향으로 거누었다.

하지만 현조인 것을 확인하자 칼을 거두었다.

그녀가 장원에서 보낸 조력자인 것은 쉽게 짐작할 수 있었 다. 그리고 그녀가 상당한 실력자라는 것을 보는 순간 깨달았 다. 그녀가 휘두르는 칼날이 바람에 스치는 소리를 들었는데, 자신도 저러한 소리는 자주 내지 못한다.

무기의 차이도 있겠지만 섬세한 면에서는 그녀가 자신보 다 위임이 분명해 보였다. 실력의 우위는 모르겠지만 분명 자 신보다 나은 부분이 보였다. 자신 역시 그녀보다 나은 부분이 있을 것이나 깊게 생각하진 않았다.

그는 그녀에게 좀 더 근본적인 질문을 던지기로 했다.

"누구지? 장원에서 본 적이 있던가?"

"……."

여우 가면의 여인은 고개를 저었다.

현조의 기억 속에도 없었다. 하긴 가면을 쓰고 있으니 알 수도 없다. 하지만 어딘가 낯익다는 생각은 지울 수 없었다.

"그래, 그대 같은 실력자라면 알아보지 못했을 리가 없겠지."

여인은 대답이 없었다.

그저 조용히 곡도를 허리 뒤춤의 칼집에 꽂아 넣고 어딘가로 걸음을 옮길 뿐이었다.

현조는 굳이 그녀를 쫓을 필요성을 느끼지 못했다. 하지만 근시일 내에 다시 만나게 될 것 같다는 예감이 들었다.

*　　　*　　　*

채석문은 손 안의 호두알을 굴리며 생각에 빠졌다.

그는 이미 일이 틀어진 것을 알고 있었다.

그럴 만도 한 것이, 천 명을 데리고 왔는데 벌써 오백이 넘게 당하고 말았다. 그 와중에 당주도 셋이나 당했다. 아니, 조금 전 천검당주까지 당했다는 보고가 들어왔으니 정확히는 넷이다.

구검당주가 본문에 남아 있는 것을 생각한다면 이제 이곳에 있는 당주는 자신뿐이었다.

보고에 따르자면 누군가가 목자군을 목격했다고 하니 처음 도존이 제시한 조건대로 목가장의 조력자가 등장했음이 분명했다.

최악이었다.

차라리 목가장의 대공자라는 놈이 나서는 게 훨씬 편했을 뻔했다. 살수 출신인 총관과 최고의 후기지수라는 대공자라는 놈만 나서지 않는다면 목가장엔 인물이 없다 여겼건만…….

목자군을 잊고 있었다.

무림맹에서는 맹의 무사가 강호상의 시비에 휘말리지 않도록 지침서를 발행한다.

강호무인록이라는 지침서인데, 강호를 떠돌 시에 주의하여야 할 무인들의 목록을 적어놓은 것이다.

강호 활동이 적은 십존구마나 주요 세력의 고수들을 제외한 무인 중에서 목자군은 능히 스무 번째 안에 드는 고수였다.

게다가 위험도로 따지면 다섯 손가락 안에 들 만큼 위험했다. 걸어오는 시비를 마다하지 않고 싸움은 부추기는 인간.

무공 실력도 무시무시해서 그 십존구마 중 가장 흉포하다는 철마와 수백 초를 겨루고도 살아남았다 하지 않던가.

그런 그가 이곳에 있다니…….

　분명 마지막 보고를 들었을 땐 저 멀리 강소성에 있다고 했는데……. 잠시 생각을 멈춘 채석문은 두통이 치밀어 오르는 것을 느끼며 이마를 짚었다.

　분명 조력자의 등장을 배제하기 위해 먼저 움직였건만 실패하고 말았다. 이는 자신의 실수라기보다 목자량의 계략임이 틀림없었다. 현조라는 놈이 양자라 신경을 안 쓴다고 생각했건만 알고 보니 이쪽의 동태를 낱낱이 파악하고 있었던 것이다.

　조건을 너무 쉽게 받아들인 것도 수상했다.

　그가 아는 목자량은 자기에게 대들거나 당당한 자를 그리 좋아하지 않는다. 하물며 자신의 양자를 바치라는 말도 안 되는 협상을 원하는 자는? 같은 십존구마가 아닌 이상 필히 죽였을 것이다.

　그런데다 지금 목가장의 세력은 그대로다.

　육검문의 구검당을 제외한 무림맹 출신의 오당이 모두 여기 모여 있다가 현조와 목자군, 그리고 그의 수하로 예상되는 이들에게 각개격파를 당하는 중인 것이다.

　만약 목가장 대 육검문의 싸움이었다면 동패구상까지는 아니었더라도 상당한 피해를 주었을진대…….

　이런 식으로 각개격파당하면 답이 안 나온다.

　모든 것이 아우의 복수에 눈이 멀어 앞을 내다보지 못한 자신의 잘못이었다.

“완벽히 당했군. 오늘 육검문의 전력이 사 할이나 박살 났으니 앞으로 이곳 신강에서 목가장을 당해낼 곳은 없을 것이다.”

채석문은 복잡한 머릿속이 정리가 끝나자 두통이 사라지는 것을 느꼈다. 그는 조용히 일어섰다. 곁에 서 있던 곽가열이 물어왔다.

“놈은 아직 살아 있습니다.”

놈이라…….

“그래, 전쟁에선 패했을지라도 적의 장수는 잡아야겠지. 아니군. 장수라기보다 쓰고 버릴 미끼였나? 목자량… 무서운 자다. 자신의 양자마저 미끼로 쓰다니.”

양아들을 이용해 채국성을 죽인 것도, 여기까지 일이 진행되도록 한 것도 다 그의 계산하에 이루어진 일이리라.

채석문은 패배감에 몸을 떨었다.

무공도 계략도 목자량의 승리다.

그런 그에게서 협상을 이끌어냈다고 으쓱해하던 꼴이라니.

쥐구멍에라도 숨고 싶은 심정이었다.

그의 손안에서 노닐던 호두는 가루가 되어 땅에 떨어지고 있었다. 그는 이 수치심을 풀 만한 상대가 필요했다.

“마음 같아선 목자군과 붙어보고 싶지만… 애송이를 그냥 둘 순 없는 노릇이지. 가세나.”

"예."

곽가열은 현조에게 팔이 잘린 후로 충격이 컸던지 평소에
보이던 소심한 면모는 사라지고 없었다.

그의 눈빛에는 비장함만이 엿보였다.

*   *   *

"달이 완전히 졌군. 또 빌어볼까 했는데…… 소원."

애처럼 소원이라니, 자기도 모르게 웃음이 흘러나왔다.

벌써 그녀에게 물들고 말았던가?

문득 그녀가 자고 있을 유곽 방향을 바라보았다.

보고 싶었다.

몸에서 나는 피비린내에 코가 마비될 정도였지만 별로 신
경 쓰이지 않았다. 그러한 자신일지라도 웃으며 반겨줄 그녀
임을 잘 알고 있었으니까.

"잘 자고 있겠지?"

나름 정파라는 것들이 어린 기녀를 건드리진 않을 것이다.

지금은 일단 살아남는 것이 중요하다.

현조는 쉬는 것을 멈추고 다시 칼자루를 쥐었다.

새벽 공기가 폐부를 가득 채웠다.

하지만 마을의 골목 가득 풍기는 시신의 비린내가 욕지기
를 일으켰다.

멀리서 칼 부딪치는 소리가 아련히 들려온다.

'그녀일까?

여우 가면의 여인이 떠오른 것이다.

생사가 오가는 판국에 무슨 바보 같은 생각인지…….

현조는 다시 한 번 피식 웃으며 고개를 흔들었다.

한동안 피해 다니며 육검문도들을 관찰한 결과 그들의 숫자가 꽤나 줄었다는 것을 알 수 있었다.

자신만 해도 날이 새도록 베고 또 베지 않았던가. 대충 짐작해 봐도 홀로 백 명은 넘게 죽였으리라.

장원에서 보내온 조력자들까지 합한다면 아무리 못해도 삼사백은 죽었을 터.

남은 인원으로 이 커다란 마을에 천라지망을 유지하기란 힘든 일이다. 자신이 책임자라면 동, 서, 남쪽의 마을 입구에 배치한 인원을 차출하여 불러들였을 테니 입구의 경비는 다소 느슨해졌을 것이다.

현조는 조심스레 지붕 위로 올라가 동쪽 입구를 관찰하였다.

과연 백여 명이 넘게 몰려 있던 입구의 인원이 반 정도밖에 보이지 않았다.

혹시 몰라 자리를 옮겨 서쪽과 남쪽도 살펴보았다.

역시 모든 입구의 인원이 줄어들어 있었다.

가장 빠져나갈 확률이 높은 곳은 가장 적은 인원이 지키고 있는 곳일 터.

현조는 서쪽의 입구로 정했다.

동쪽과 남쪽의 입구보다 지키는 인원이 적은 것도 이유라면 이유였지만, 가장 큰 이유는 서쪽의 입구가 목가장으로 통하는 가장 빠른 지름길이라는 데 있었다.

서쪽 입구에는 서른이 조금 넘는 인원이 지켜서 있었다.

어차피 이젠 해가 완전히 떠올라 새벽이라 부르기도 곤란할 지경. 속전속결로 저 인원을 뚫고 지나가야 한다.

현조는 지붕과 지붕 사이를 조심스레 넘었다. 확실히 인원이 줄어든 것이 느껴지는 게 보통 이 정도로 움직인다면 누군가 자신을 발견하고 공격을 해오거나 폭죽을 쏘아 올렸을 것이다. 그런데도 발각되지 않는다는 건 조력자들이 선전하고 있음을 뜻했다.

현조의 추측은 옳았다. 지금 현조를 찾느라 눈에 불을 켠 육검문도들은 조력자들을 현조로 알고 남은 인원 전부가 그들을 찾는 데 총동원되고 있다.

현조로선 최상의 기회였다.

남은 힘을 모조리 뽑아 쓰는 한이 있더라도 뚫고 지나가야 했다. 경공을 위한 힘을 남겨둔다는 것마저도 생각해서는 안 된다. 확실히 뚫지 못하면 힘을 남겨두는 것도 의미가 없기 때문이었다.

지금 자신이 있는 지붕으로부터 서쪽의 입구까지는 대략 오 장여. 경공을 펼친다면 세 걸음이면 가능한 거리다. 그러나 육검문도 수준의 고수라면 자신이 한 걸음 반을 내디딜 때 이미 칼을 뽑아 대비를 할 터.

저들의 시선을 돌릴 만한 뭔가 있어야 했다.

현조는 전에 육검문도의 시신을 뒤져 얻은 것을 꺼내었다.

그것은 바로 연락용 폭죽.

좀 떨어진 곳으로 이동한 후 곧바로 터뜨렸다.

그러자 입구의 인원 대부분이 그쪽으로 주의를 돌렸다.

몇몇은 폭죽이 터진 곳으로 향하고 있었지만 대부분은 자리를 고수했다.

현조는 지금이 기회라 여겼다.

휙!

한 걸음째.

어느 한 명이 기척을 느낀 듯 현조가 출발한 방향으로 고개를 돌렸다.

두 걸음째.

그에 전염이라도 되었는지 거의 모든 육검문도들이 현조가 달려오는 방향을 돌아보았다. 현조는 나락을 휘두를 태세를 했다.

세 걸음째.

육검문도들의 시선이 의문에서 경악으로 바뀌었다. 그들

은 무기를 빼 들려 했지만 이미 늦었다. 현조가 빛살처럼 달려들어 가장 선두에 있던 육검문도의 목을 베어가고 있던 것이다.

파학!!

동그란 머리통이 허공으로 튀어 올랐다.

동시에 현조가 외쳤다.

"단혼칠절(斷魂七絶)!! 야차혈인(夜叉血刃)!!"

순간 현조의 나락에서 붉은 기운이 피어올랐다.

콰콰콰콰콰!!

"크아아아악!!"

사람을 갈가리 찢어발기는 톱날과도 같은 도기(刀氣)가 폭풍처럼 쏟아져 나오자 수많은 비명이 교차하고 사방에서 피분수가 솟구쳤다. 아니, 뼈와 살점이 휘날렸다.

현조의 잔인한 한 수에 서문을 지키던 육검문도의 반수 이상이 목숨을 잃었다.

"커헉!!"

입에서 피가 쏟아졌다.

무리한 것이다.

수라도의 칠대절초, 아니, 단혼칠절(斷魂七絶)을 실전에서 제대로 펼치기에는 그의 역량이 턱없이 모자랐다.

평소의 수련 때 같았다면 탈진하는 정도로 그쳤을 것이나 지금은 생사를 넘나드는 긴박한 상황. 게다가 밤새 싸웠던 터

라 몸 상태마저 최악이었다. 그나마 주화입마에 빠지지 않은
것이 다행이랄까?

그래도 해냈다.

무리를 한 덕분에 힘은 거의 소진됐지만 겨우 도망칠 틈을
만든 것이다. 평소 죽기 직전까지 수련을 거듭한 성과였다.
소진한 체력도 도망치는 중에 회복할 것이다.

현조는 다시 경공에 집중하여 도망치려 했다.

이미 그를 막을 자는 없었다. 대부분의 무사들이 그의 잔인
한 한 수에 죽거나 기가 질려 물러나 있었기 때문이다.

이대로 십 리만 벗어나면 목가장이다.

현조는 안심했다.

순간,

쾅!!

"컥?!"

엄청난 굉음과 함께 현조의 몸이 붕 떠오르며 삼 장이나 굴
러 다시 마을 안쪽으로 튕겨 나갔다. 입에서는 피가 한 사발
이나 토해져 나왔다. 겨우 상체를 일으켜 고개를 숙여보니 오
른쪽 갈비뼈 부근의 옷자락이 가루가 되어 휘날리고 그렇게
드러난 피부에는 커다란 손바닥 자국이 하나 나 있었다.

갈비뼈도 세 대나 부러진 듯했다.

"제… 길."

팍.

나락의 칼끝이 땅에 박히며 그 주인이 일어서는 것을 도왔
다. 현조는 칼자루에 몸을 맡기며 떨리는 몸을 애써 일으켰
다. 이대로 쓰러지면 다신 일어나지 못할 것만 같은 예감이
들었기 때문이다.

쓰러지면 다시는 소향을 못 본다.

복수를 하지 못하는 것보다 그게 더 두려운 일이었다.

"역시 강단이 있는 놈이구나."

흐릿한 눈으로 목소리가 들려오는 곳을 돌아보니 그곳에
덩치 큰 사내가 한 명 서 있었다.

그가 누구인지는 현조도 잘 알고 있었다.

그도 그럴 것이, 지난 몇 달 동안 용검당과의 항쟁 중에 서
로 마주친 적도 몇 번 있었던 것이다. 비록 그때마다 꽁지 빠
지게 도망치느라 손속을 겨룰 일은 없었지만.

현조의 입에서 그의 이름이 흘러나왔다.

"채… 석문."

"네놈이 이곳으로 올 거란 걸 어렴풋이 짐작하고 있었지.
아니, 확신했다. 너 보라고 일부러 이곳의 인원을 줄였거든."

"함정… 이었나. 쿨럭!"

입을 열 때마다 피가 흘러나왔다.

기침을 하니 답답한 가슴은 편해졌지만 대신 몸에서 힘이
빠져나갔다. 그러나 이런 절체절명의 위기 속에서도 이각의
수련법이 대단함을 깨달았다. 아무리 고통스러워도 한줄기

의식을 잡아둘 수 있었기 때문이다.

한계를 넘는 지옥 같은 수련 속에서 '이게 끝이다! 마지막이다!' 싶은 순간에도 끝까지 의식을 잃지 못하게 하고 몇 번은 더 칼을 휘두르게끔 자신을 괴롭혀 준 이각 덕분에 정말 모든 것을 포기하고 싶은 순간에도 살아남을 수 있었다.

지금도 마찬가지다.

꼴은 엉망이었지만 죽을 만큼 힘들진 않았다. 대체 어디서 힘이 솟는 건지, 칼을 몇 번은 더 휘두를 수 있을 것 같은 자신감이 피어올랐다.

"내가 이 순간을 얼마나 기다려 왔는지 모를 거다."

"알고 싶지도 않아."

채석문이 피식 웃으며 손을 들었다. 그의 장심에 은은한 백광이 서리기 시작했다. 십성 공력의 대력금강장이 운용될 때 나오는 현상이었다.

"알고 싶게끔 만들어주마."

우웅!! 쾅!

현조가 서 있던 땅이 일 장이나 파이며 흙이 뒤집어졌다.

그러나 현조는 이미 거기에 없었다.

순간적으로 몸을 굴려 장력의 파괴 범위에서 벗어난 것이다.

부러진 갈비뼈가 쑤셔왔지만 살려면 어쩔 수 없었다.

뒤집어진 땅을 바라보며 현조가 중얼댔다.

"맞았다간 골로 가겠군."

쾅!!

이번에도 땅이 뒤집어졌다. 제대로 피했지만 워낙 장력이 거센 터라 충격파가 현조의 전신을 덮쳤다. 할 수 없이 나락의 도면을 쳐들어 충격파를 견뎌냈지만 땅 위로 두 줄기의 긴 선이 생겨났다.

"헉! 헉!!"

숨이 불규칙하고 거칠었다.

부러진 갈비뼈가 폐를 누르고 있기 때문이리라.

가장 중요한 호흡에 문제가 생긴 것이다.

하지만 채석문은 기다려 주지 않았다.

"뒈져라, 애송아!"

채석문이 큰 동작으로 장을 휘둘렀다.

꽈앙!!

벼락이라도 치는 것처럼 엄청난 굉음이 뒤따랐다.

처음 맞았던 그 장력.

현조는 갈비뼈가 아려오는 것을 느끼며 입을 악물었다.

까강!!

장력에 부딪친 나락이 비명을 지른다. 이번엔 뒤로 이 장이나 굴러 떨어졌다. 다행히 나락과 장력이 부딪치는 순간 충격의 진행 방향으로 몸을 날린 터라 내상을 최소화할 수 있었다.

하지만 대력금강장은 천하오대장력. 최소화한다고 다 막아낼 수 있는 것은 아니었다.

울컥!

대체 피를 얼마나 쏟는 거지? 무슨 폭포수 같군. 소향이 보았다면 기절할지도 모르겠어.

생사를 다투는 이 순간에도 현조는 그런 생각이 들었다.

소향을 생각하자 저절로 몸에 힘이 들어갔다.

아직은 움직인다.

벌써 세 번, 아니, 네 번이나 뒤로 물러났다.

다섯 번째에도 물러난다면 자신을 가르친 이각이 무척이나 화를 낼 것이다. 도망치는 법은 가르쳤어도 물러서는 법은 가르친 적이 없다며.

대체 그것과 그게 무슨 차이인지 모르겠지만.

하지만 한 가지는 맞다.

더 물러난다면 자신은 절대 살아남을 수 없는 것이다.

맞아 구르며 얼핏 보았는데 뒤쪽으로 다시 마을의 가택들이 보였다. 출발했던 지점으로 다시 되돌아가는 중인 거다.

마을 안에는 아직 육검문도들이 많이 남아 있고 자신의 체력도 다 떨어졌다. 때문에 반드시 채석문을 넘어서서 도망쳐야 했다.

다행인 것은 채석문이 자신을 곱게 죽이려 들지 않고 있다는 것이다. 저 가공할 장력에 몇 번 맞서다 보니 알 수 있었

다. 분명 저 정도 역량이라면 처음 기습적인 일격에 자신을
죽일 수 있었다. 한데도 일부러 빈틈을 보이며 고양이가 상처
입은 쥐를 가지고 놀 듯 즐기고 있다.

보통의 무인이라면 수치심을 느꼈겠지만 솔직히 말해 현
조는 이게 웬 떡이냐는 마음이었다.

되도록 더 비참한 꼴을 보여주어 더욱더 방심을 유도해야
겠다고 생각했다. 물론 좋은 꼴을 보여줄 만한 힘도 없었다.

지금은 상대에게서 칼날이 한 번 들어갈 정도의 빈틈을 만
들어내는 것과 그 빈틈에 칼날을 쑤셔 박을 만한 힘이 필요할
뿐이다. 현조는 서서히 힘을 모았다.

다시 생각하는 거지만 오늘만큼은 이각의 교육 방식에 완
전히 찬성하는 중이었다.

쾅, 콰쾅!!

다시 땅거죽이 뒤집혔다.

정말 무지막지한 장력.

내공이 바닥나길 기다리다간 먼저 죽을 판이다.

현조는 바닥을 짚는 척하면서 흙을 한 움큼 쥐었다.

그리고 지친 듯 바닥에 넘어지며 엉덩방아를 찧었다.

위험하지만 나락도 일부러 놓쳤다.

그러나 언제든 다시 쥘 수 있게 손과 가까운 곳에 떨어뜨렸
다. 채석문이 미소를 머금은 채로 다가왔다.

그의 장심에는 여전히 은은한 백광이 서려 있었다.

“그게 네놈의 한계냐?”

“…그래.”

“그럼 이제 죽어줘야겠구나. 구천에서 내 아우를 만나거든 무릎 꿇고 빌어라.”

채석문이 장심을 쳐들었다. 현조의 귓속으로 또다시 뇌성이 파고드는 듯했다. 하지만 그가 손을 치켜드는 바로 그 순간, 현조의 눈빛이 차갑게 변했다.

채석문이 일변한 현조의 눈빛에 의아함을 느낀 것도 잠시, 흙을 한 움큼이나 쥐고 있던 현조의 손은 채석문의 손이 완전히 올라간 그때에 앞으로 튀어나갔다.

거칠디거친 흙이 채석문의 눈을 향해 뻗어나갔다.

하지만 채석문 역시 산전수전 다 겪은 고수.

현조의 눈빛이 차가워진 것을 확인한 것은 찰나였으나, 그 짧은 순간에 채석문의 오랜 경험이 빛을 발했다. 그가 반대편 손으로 얼굴을 가리며 흙을 막아버린 것이다.

“잔머리는 이제 다…….”

팔을 내리며 ‘…굴렸느냐!!’ 라는 말이 뒤따라야 했건만 채석문은 뒷말을 이을 수 없었다.

팍!

짧은 절단음과 함께 허공에 떠오른 팔 하나.

어깨 부근까지 한 칼에 잘려 나감과 동시에 피가 분수처럼 뿜어졌다. 현조의 얼굴로 채석문의 핏물이 가득히 쏟아졌다.

"크아아악!!"

역설적이게도 오랜 동안 그의 목숨을 구해준 경험이 독(毒)이 되어 그의 팔을 앗아갔다. 손을 들어 흙을 막아내던 그 찰나의 순간, 아주 잠시 동안 시야가 가려졌고, 짧은 방심은 현조가 그의 팔을 잘라낼 수 있게끔 도왔다.

"네 이놈!! 네놈이, 네놈이 내 팔을!!"

채석문의 고통에 젖은 절규 따위는 귀에 들어오지 않았다.

현조는 그대로 나락의 칼등을 입에 물었다.

칼집에 넣을 만한 틈도, 손에 계속 쥐고 있을 힘도 없었기 때문이다. 그나마 다리에 힘이 남아 있는 것이 다행이었다.

빽!!

그대로 앞으로 돌진하며 채석문의 무릎을 밟고 올라 그의 얼굴을 무릎으로 가격했다.

채석문의 코가 부러지는 느낌이 무릎을 타고 생생히 전해졌다. 계획에는 조금 못 미쳤지만 여섯 번 물러서다 일곱 번째에 맞붙어 깨부쉈다.

성취감이 쾌감이 되어 전신을 덮었다.

그러나 그것이 힘이 되어주진 않았다.

다만 몸의 고통은 잊게 해주었다.

입구 쪽에서 채석문처럼 자신에 의해 한 팔이 잘린 곽가열이 남은 수하들을 이끌고 달려오는 것이 보였다.

속도로 봤을 때 거리는 단 네 호흡.

뒤편의 마을 쪽에서도 꽤 많은 인기척이 느껴진다.

마을 쪽의 무사들이 이곳의 사정을 알아낸 것이리라.

이젠 죽어라 도망치는 일만 남았다.

현조는 땅을 박차고 앞으로 튀어나갔다.

그들과의 거리가 순식간에 한 호흡으로 좁혀졌다.

대경실색한 곽가열의 얼굴이 눈앞으로 다가왔다. 몸을 잔뜩 숙이고 달려들어 나락을 입에 문 그대로 고개를 돌렸다.

곽가열의 허벅지가 베이며 피가 얼굴로 튀었다. 이미 채석문의 피로 세수를 한 상태라 별로 튄 것 같지도 않았다.

그대로 몸을 팅기듯 일으켜 곽가열의 턱을 받아버린 현조는 쓰러지는 곽가열을 방패 삼아 빠르게 전진했다.

얼마 안 되는 육검문도들이 좌우로 싸악 갈라졌다.

마을 입구를 완전히 벗어나는 순간이었다.

씩 웃던 현조가 곽가열을 대충 버리고 입에 문 나락을 손에 쥐었다. 어느새 손에는 힘이 돌아와 있었다.

물론 나락을 쥐고 겨우 놓치지 않을 정도의 작은 힘이었지만 현조는 또 한 번 자신에 대해 놀라야 했다.

뭘 했다고 벌써 회복되어 간단 말인가.

스스로에게 질릴 정도였다.

대체 이각이 자신을 어떤 괴물로 만들어 버린 건지 궁금해지는 현조였다.

현조가 칼을 쥐자 남은 무사 중 어느 누구도 그를 쫓으려

하지 않았다. 전의를 상실한 것이다.

　최고수인 채석문의 팔이 잘려 버리고 곽가열마저 비참하게 쓰러져 있는 마당에 뭘 어찌하겠는가.

　한참을 쉴 새 없이 달렸다. 실제로 어느 정도의 시간이 흘렀는지는 알 수 없으나 아직 오전인 것은 분명했다.

　멀리 익숙한 장원이 눈에 들어왔다.

　목가장이었다.

　이젠… 정말 살았다.

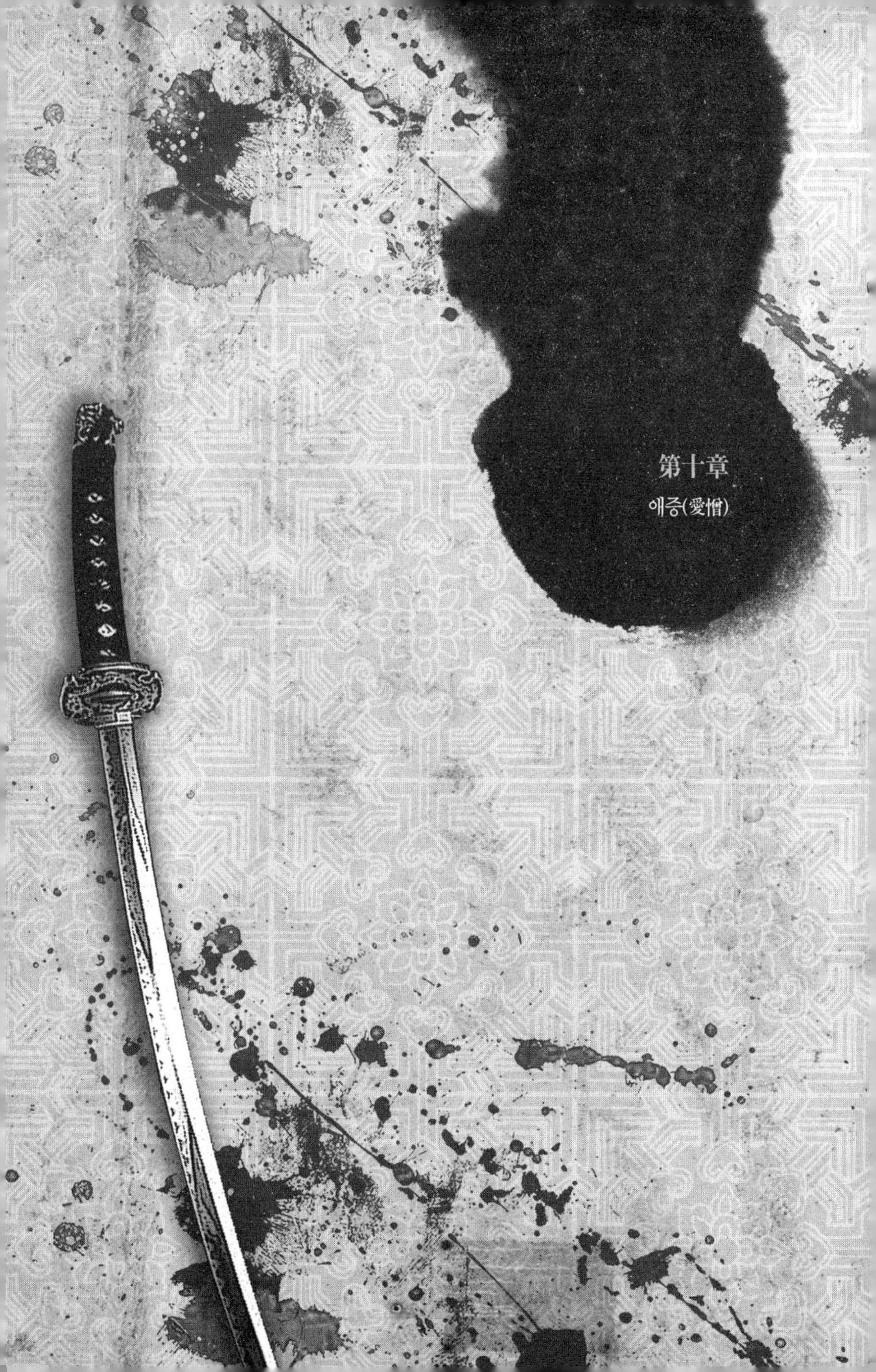

第十章
애증(愛憎)

키도
풍운
鬼刀

목명은 기분이 좋았다. 화산파에서 이 년간의 수행을 끝내고 집으로 돌아오는 중이었기 때문이다.

가문의 비전인 천뢰명광도법의 패도적인 기세 때문에 도끝이 많이 흔들리던 것을 화산의 섬세한 검술로 바로잡으려 화산파로 보내졌다.

물론 정식 제자가 아니었으므로 화산의 비전은 전수받지 못하였으나 적어도 명문인 화산파의 검술을 지도받으며 자신의 도법에 섬세함을 접목시킬 수 있었다.

그렇게 어느 정도 성과를 얻어 돌아가니 무서운 아버지에게 떳떳할 수 있어서 좋았다. 그러나 그보다 더 좋은 것은 역시 그녀를 볼 수 있다는 것.

그녀를 생각하자 등에 짊어진 길쭉한 모양의 짐이 의식되었다. 이것은 매화나무로 만든 칠현금(七絃琴).

그녀가 오래전부터 갖고 싶어했던 악기이다.

이것을 받고 좋아할 그녀의 얼굴을 상상했는지 목명의 얼굴에는 저절로 미소가 떠올랐다.

*　　　*　　　*

최근 들어 화향루에는 많은 일이 있었다.

파검이 칼에 맞아 죽었다든가, 용검당원 정예 서른이 화향루 앞에서 몰살을 당했다든가 하는 일들 말이다.

더군다나 그것이 이제 약관도 안 된 청년의 손에 의해 이루어진 일이고, 얼마 전 그 청년이 육검문 용검당주 채석문의 팔까지 자르며 육검문의 천라지망에서 벗어난 일은 신강 전역을 경악으로 물들였다.

물론 이 정도 소문은 일 년도 안 되어 조용해질 것이다.

강호란 게 원래 그런 거니까.

하지만 이런 때에 목명이 화향루를 찾은 것은 어쩌면 불행일지도 몰랐다.

목명은 화향루 근처를 서성이다 점심때가 되어 문이 열리자마자 들어섰다. 기루로서의 영업 개시는 저녁때 하더라도 점심때 식사 손님 정도는 받기 때문에 쉽게 들어설 수 있었다.

목가장의 셋째 아들 정도 되면 굳이 점심때까지 기다릴 필요도 없건만 그는 일부러 기다렸다.

그녀가 예의를 중시하는 사람이었기 때문이다.

만약 조금이라도 밉보이게 된다면 그녀는 자신을 친구가 아닌 그저 그런 손님으로 대하게 될 것이고, 그건 정말 참을 수 없는 노릇일 것이다.

그 정도로 친해지기까지도 무척 힘이 들었으니 당연했다. 화산파에 있으면서도 수시로 서신을 주고받으며 겨우 이 정도를 유지할 수 있었는데 괜히 그녀의 심기를 거슬려 미움받고 싶지 않았다. 그 때문에 그리운 마음이 굴뚝같더라도 인내할 수 있었던 것이다.

"소향은 있느냐?"

평소 안면이 있던 점소이에게 그녀의 근황을 물었다. 점소이는 조금 당황한 낯빛으로 대답했다.

"시, 시장에 나갔습니다."

"시장?"

"예, 구경하러……."

"나들이를 나간 것이로구나."

"그, 그렇지요."

목명은 점소이가 왜 이렇게 말을 더듬는지 이해가 가지 않았다. 평소 아주 넉살이 좋고 싹싹해서 손님을 저절로 유쾌하게 만들지 않았던가.

하지만 지금은 그런 데 의문을 표할 만한 상황이 아니었다. 무엇보다 그녀를 한시라도 빨리 보고 싶었기 때문이다.

"알려주어서 고맙구나. 난 장터로 가볼 테니 수고하여라."

"저, 저 공자님!! 공자님!!"

목명은 황급히 칠현금을 들쳐 메고 기루 밖으로 나섰다. 뒤에서 당황한 점소이의 목소리가 들렸으나 신경 쓰이지 않았다.

홀로 남은 점소이가 뒤통수를 긁으며 중얼거렸다.

"가서 보면 후회하실 거란 말을 하고 싶었는데 말입니다."

점소이는 제발 그가 그녀를 만나지 못하길 빌며 그가 떠나고 남은 탁자를 수건으로 열심히 닦았다.

콰당, 디딩.

꽤 무게가 나가는 칠현금이 바닥에 떨어지며 나는 소리였다. 꽤 솜씨 좋은 장인이 석 달간 공을 들여 만든 이 금(琴)은 아름다운 매화가 몸체를 타고 정교하게 새겨져 있어서 보기만 해도 매화 향이 나는 듯했다. 가격만 해도 은자로 사백 냥에 달하는 이 금(琴)을 떨어뜨린 이는 아주 잘생긴 청년이었다.

북적대는 장터를 오가는 사람들은 이 귀해 보이는 악기를 떨어뜨린 청년을 잠시 쳐다보기는 했지만 자기 일과는 상관 없는 일이라 금세 제 갈 길을 걸어갔다.

문제의 청년 목명은 악기를 주울 생각도 하지 않고 멍한 얼굴로 정면을 바라보고 있었다. 약 오 장여 앞에 익숙한 얼굴이 보였다.

장터에는 사람들이 정말 많았지만 그는 그녀를 알아볼 수 있었다. 설사 수십만 명 사이에 끼어 있더라도 그는 그녀를 찾아낼 수 있을 것이다.

그녀는 지금 한 노점 앞에서 파는 싸구려 장신구를 하나 들고 신기한 듯 살펴보고 있었는데, 그 모습조차 여전히 아름다웠다.

목명의 손이 가볍게 떨렸다. 분노해야 할 이 순간에도 그녀를 아름답다 여기는 자신의 눈이 저주스러웠다.

그녀가 살짝 미소 짓더니 옆을 돌아보는 것이 보였다. 자신 쪽이 아닌 반대쪽이었다. 그곳에도 역시 익숙한 얼굴이 보였다. 얼굴 가득 귀찮은 기색이 역력한 청년.

하지만 그녀가 몇 번 더 웃으며 팔짱을 끼자 그는 어쩔 수 없다는 얼굴로 장신구를 함께 살펴보았다.

곧이어 그녀가 다시 환하게 미소 지으며 청년을 바라보자 청년은 노점상의 주인에게 돈을 건네며 장신구를 샀다.

그녀가 더욱더 환하게 웃는다.

그녀가 미소를 지으면 지을수록 목명의 얼굴은 처참히 일

그러져 갔다. 꽉 쥐어진 주먹에서 피가 흘러내렸지만 아무런 고통도 느껴지지 않았다.

잠시 후 그녀와 청년이 어디론가 발걸음을 옮겼으나 목명은 따라갈 생각도 하지 못했다.

그녀의 행복해 보이던 얼굴이, 미소가 지워지질 않았기 때문이다.

자신에게도 웃어준 적은 있었다.

하지만 저런 미소를 보여준 적은 없었다.

문득 그녀가 지금껏 자신에게 보여주었던 모습들이 진심이 아닌, 그저 손님을 대하는 기녀의 모습이었다는 것을 깨달았다.

무엇보다 더 놀란 것은, 그녀가 저런 미소를 지을 수 있도록 만든 자가 자신이 알고 있는 자였다는 것이다.

그저 조용한 목소리로 중얼거렸다.

"왜… 왜 저놈이 소향과 함께… 왜… 저 천한 놈이 어찌해서……."

그의 목소리가 점점 커졌다.

"왜… 왜… 왜, 왜! 왜!! 왜!!"

콰직!!

땅에 떨어진 칠현금이 박살 났다. 훌륭한 장인의 숨결도, 비싼 값어치도 그저 발길질 한 번에 쓸모없는 나뭇조각으로 변해 버렸다.

박살 난 칠현금 앞에 털썩 무릎 꿇은 목명의 목소리가 점차 줄어들었다.

"왜… 왜… 그놈인 거냐? 왜… 비천하기 그지없는 현조란 말이냐……."

땅을 파고든 그의 손톱이 부러져 나갔다. 흙 밑으로 피가 스며들었으나 하나도 아프지 않았다. 심장이 찢어질 듯한 고통에 비하면 이런 아픔쯤은 아무것도 아니었다.

그리고 피어오른 살의(殺意).

난생처음으로 누군가에 대한 살의가 피어올랐다.

무인으로서 느껴본 살의가 아니라 질투 때문에, 아니, 슬픔으로 인해 피어난 원초적인 살의였다.

"죽인다… 현조."

선해 보이기만 하던 목명의 눈빛에 어둠이 짙게 깔렸다.

『귀도풍운』 2권에 계속…

共同傳人

공동전인

설경구 新무협 판타지 소설

마교를 재건하라.

혈마옥에 갇히며 마교 장로들의 공동전인이 된 사무진에게 주어진 과제.
역사상 가장 착한 마교의 교주.
하지만 역사상 가장 강한 마교의 교주가 되고 싶다.

고정관념을 버려요.

마교도라고 해서 꼭 나쁜 놈일 필요는 없잖아요.

지금까지와는 다른 마교.

이제 사무진이 만들어가는 새로운 마교가 모습을 드러낸다.

설봉 新무협 판타지 소설

환희밀공

무유칠덕(武有七德), 금폭(禁暴), 집병(戢兵), 보대(保大),
정공(定功), 안민(安民), 화중(和衆), 풍재(豐財), 자야(者也).
〈좌전(左傳), 선공 십이년(宣公 十二年)〉

무에는 일곱 가지 덕이 있다.
첫째, 난폭을 금지한다. 둘째, 무기를 거두어들인다. 셋째, 큰 나라를 보전한다.
넷째, 공적을 정한다. 다섯째, 백성을 편안하게 한다. 여섯째, 대중을 화합하게 한다.
일곱째, 물자를 풍부하게 한다.

섬서성(陝西省) 육반산(六盤山)에 신력(神力)을 바탕으로
패공(覇功)을 구사하는 가문(家門), 육반루가(六盤婁家).
세상에게 외면받고 멸시당하는 환희교(歡喜敎).
육반루가의 후손과 환희교 교주의 운명적인 만남.

"넌 환희교를 지키는 수문장(守門將)이 될 거야.
강하게, 아주 강하게 키워주마."
'아버지처럼 죽지 않을 거야. 아무도 날 죽일 수 없어.
세상에서 최고로 강한 사람이 될 거야.'